GOLPE DE MISERICÓRDIA

DENNIS LEHANE

Golpe de misericórdia

Romance

Tradução
Luiz A. de Araújo

COMPANHIA DAS LETRAS

Copyright © 2023 by Dennis Lehane

Grafia atualizada segundo o Acordo Ortográfico da Língua Portuguesa de 1990, que entrou em vigor no Brasil em 2009.

Título original
Small Mercies

Capa
Alceu Chiesorin Nunes, inspirada no design
de Milan Bozic/ HarperCollins Publishers

Foto de capa
Eugene Richards

Preparação
Cê Oliveira

Revisão
Huendel Viana
Eduardo Santos

Dados Internacionais de Catalogação na Publicação (CIP)
(Câmara Brasileira do Livro, SP, Brasil)

Lehane, Dennis
   Golpe de misericórdia : Romance / Dennis Lehane ; tradução Luiz A. de Araújo. — 1ª ed. — São Paulo : Companhia
das Letras, 2024.

   Título original: Small Mercies.
   ISBN 978-85-359-3736-7

   1. Ficção norte-americana I. Título.

24-191833   CDD-813

Índice para catálogo sistemático:
1. Ficção : Literatura norte-americana 813

Eliane de Freitas Leite – Bibliotecária – CRB 8/8415

Todos os direitos desta edição reservados à
EDITORA SCHWARCZ S.A.
Rua Bandeira Paulista, 702, cj. 32
04532-002 — São Paulo — SP
Telefone: (11) 3707-3500
www.companhiadasletras.com.br
www.blogdacompanhia.com.br
facebook.com/companhiadasletras
instagram.com/companhiadasletras
twitter.com/cialetras

Para Chisa

Apartar-se inteiramente da sua própria espécie é impossível.
Para viver no deserto é preciso ser santo.
Joseph Conrad, *Sob os olhos do Ocidente*

Nota histórica

No dia 21 de junho de 1974, o juiz do Tribunal Distrital dos Estados Unidos, W. Arthur Garrity Jr., decidiu no caso *Morgan vs. Hennigan* que o Comitê Escolar de Boston "desfavorecia sistematicamente os alunos negros" no sistema público. O único antídoto, concluiu ele, era começar a distribuir e transportar os alunos entre bairros de maioria branca e bairros de maioria negra para acabar com a segregação nas escolas públicas de ensino básico da cidade.

Na região, o instituto com o maior número de alunos afro-americanos era a Escola de Ensino Médio Roxbury. E o com o maior número de alunos brancos era a Escola de Ensino Médio South Boston. Decidiu-se que essas duas escolas trocariam uma parte significativa de seu corpo estudantil.

Essa decisão entraria em vigor no início do ano letivo, em 12 de setembro de 1974. A partir da data da decisão, os alunos e os pais tinham menos de noventa dias para se preparar.

Estava fazendo muito calor em Boston naquele verão, e raramente chovia.

GOLPE DE MISERICÓRDIA

1.

A energia cai pouco antes do amanhecer, e todos na Commonwealth acordam sufocados. No apartamento da família Fennessy, os ventiladores de janela pararam de repente e a geladeira estava salpicada de suor. Mary Pat olha pela porta do quarto de Jules e vê a filha em cima dos lençóis, os olhos fechados, a boca entreaberta e a respiração rasa em um travesseiro úmido. Mary Pat segue pelo corredor e, na cozinha, acende o primeiro cigarro do dia. Olha pela janela acima da pia e consegue sentir o cheiro do calor subindo do tijolo no caixilho.

Só se dá conta de que não pode fazer café quando tenta fazê-lo. Ia esquentar a água no fogão — que é a gás —, mas o fornecedor se cansou das desculpas e suspendeu o serviço na semana anterior. Para livrar a família de contas atrasadas, Mary Pat pegou dois turnos na fábrica de sapatos, seu segundo emprego, mas ainda faltam mais três e uma visita ao escritório de cobrança para que ela possa voltar a ferver água ou assar um frango.

Mary Pat leva a lata de lixo até a sala de estar e joga nela as latas de cerveja. Esvazia os cinzeiros da mesa de centro e da mesa lateral e um que encontrou em cima do televisor. É ali que dá de cara com o próprio reflexo na tela e vê uma criatura que não consegue conciliar com a imagem mental que tem de si mesma, uma imagem que mal se parece com a massa suada de cabelo emaranhado e o queixo caído que veste regata e shorts. Mesmo na superfície acinzentada da TV de tubo, ela consegue distinguir as veias azuis na parte externa das coxas que, de certo modo, não parecem possíveis, ainda não. Mary Pat tem apenas quarenta e dois anos, o que, vá lá, quando tinha doze parecia ser sinônimo de estar com o pé na cova, mas agora, com essa idade, não faz com que sinta diferença de qualquer outra que tenha tido. Tem doze anos, tem vinte e um, tem trinta e três, tem todas as idades ao mesmo tempo. Mas não está envelhecendo. Não em seu coração. Não aos olhos de sua mente.

Mary Pat está examinando seu rosto no televisor, enxugando os fios úmidos de cabelo na testa, quando a campainha toca.

Depois de uma série de residências invadidas dois anos antes, no verão de 1972, a Autoridade Habitacional financiou olhos mágicos nas portas. Mary Pat olha pelo dela e vê Brian Shea no corredor verde-menta, os braços segurando vários pedaços de pau. Como a maioria das pessoas que trabalham para Marty Butler, Brian se veste mais recatado do que um padre. Nada de cabelo comprido ou bigode fininho na gangue de Butler. Nada de costeletas nem de calças boca de sino ou sapatos plataforma. Definitivamente nada de caxemira estampada ou *tie-dye*. Brian Shea se veste na moda de dez anos atrás — camiseta branca por baixo de uma jaqueta azul-marinho. (A jaqueta Baracuta — azul-marinho, bege ou às vezes marrom — é um elemento básico dos caras da gangue de Butler; eles a usam até mesmo em dias como hoje, quando os termômetros se aproximam de trinta graus às nove da manhã. No inverno, trocam por sobretudo ou casaco de couro com um forro grosso de lã, mas, no primeiro dia de primavera, todos voltam a tirar a jaqueta do guarda-roupa.) O rosto de Brian está bem barbeado, seu cabelo loiro cortado à escovinha, e ele veste calça chino amarelada e botinas pretas com zíper nas laterais. Tem olhos azuis cor de limpa-vidros. Ambos a encaram e brilham para ela com um leve ar de presunção, como se ele pudesse ler sua mente e descobrir seus segredos. E isso o divertisse.

"Mary Pat", diz ele. "Como vai?"

Ela imagina seu cabelo molhado grudado na cabeça feito espaguete congelado. Sente cada mancha na pele.

"Acabou a luz, Brian. E você, como vai?"

"Marty está cuidando da energia", diz ele. "Ligou pra um pessoal."

Mary Pat olha para os pedaços finos de pau nos braços de Brian.

"Quer ajuda?"

"Seria ótimo." E os vira nos braços, colocando a pilha de pé junto à porta. "São para os cartazes."

Ela parece se lembrar de ter derramado cerveja na blusa ontem à noite e se pergunta se Brian Shea está sentindo o cheiro de Miller High Life amanhecida.

"Que cartazes?"

"Para a manifestação. Tim G vai trazer já, já."

Mary Pat coloca os pedaços de pau no porta-guarda-chuvas junto à entrada. Elas dividem o espaço com a solitária sombrinha de vareta quebrada.

"Vai ter manifestação?"

"Sexta-feira. Vamos direto para a praça da prefeitura. Fazer barulho pra caramba, Mary Pat. Exatamente como a gente prometeu. Vamos precisar do bairro todo."

"Claro", diz ela. "Pode contar comigo."

Ele lhe entrega um maço de folhetos.

"Estamos pedindo às pessoas que espalhem tudo até meio-dia. Antes que o calor fique insuportável, sabe como é." Então enxuga com as costas da mão o suor que escorria da sua bochecha lisa. "Apesar de que pode ser tarde demais para isso."

Mary Pat pega os folhetos. Examina o de cima:

BOSTON ESTÁ SITIADA!!!!!!!!

UNA-SE A TODOS OS PAIS PREOCUPADOS E ORGULHOSOS MEMBROS DO COMITÊ DO SUL DE BOSTON EM UMA PASSEATA PARA ACABAR COM OS DITADORES JUDICIAIS NA *SEXTA-FEIRA*, 30 DE AGOSTO, NA PRAÇA DA PREFEITURA.

AO MEIO-DIA EM PONTO!
NADA DE INTEGRAÇÃO ESCOLAR. NUNCA!
RESISTIR!
BOICOTAR!

"Estamos pedindo a todos que cubram quarteirões específicos. Você poderia ficar com…" Brian enfia a mão no bolso da jaqueta, tira uma lista e corre o dedo por ela. "Ah. Com a Mercer entre a Eighth Street e a Dorchester. E da Telegraph até o parque. E aí, sim, todas as casas ao redor do parque."

"São muitas casas."

"É pela causa, Mary Pat."

Sempre que a gangue de Butler aparece pedindo favores, o que está oferecendo na realidade é proteção. Mas eles nunca dão exatamente esse nome. Envolvem a oferta em um motivo nobre: o Exército Republicano Irlandês, as crianças famintas seja lá onde for, as famílias dos veteranos. Pode ser que parte do dinheiro acabe mesmo nas mãos dessa gente. Mas, em todo caso, por ora a causa contra a integração escolar parece totalmente legítima. Parece ser *a* causa. Pelo simples fato de eles não terem pedido um centavo aos moradores da Commonwealth. Só trabalho braçal.

"É um prazer ajudar", diz Mary Pat. "Eu só estava enchendo o seu saco."

Brian revira os olhos de tédio.

"Todo mundo enche meu saco aqui. Vou acabar sem saco nenhum." Ele tira um boné imaginário para ela antes de seguir pelo corredor verde. "Foi bom ver você, Mary Pat. Espero que a luz volte logo."

"Espera um pouco", pede ela. "Brian."

Ele se vira para olhá-la.

"O que vai acontecer depois da manifestação? O que vai acontecer se, sei lá, nada mudar?"

Brian joga as mãos para o alto.

"Acho que só vendo para saber."

Por que vocês simplesmente não metem uma bala na cabeça do juiz?, pensa Mary Pat. *Afinal, são a maldita gangue do Butler. Nós pagamos por proteção. Protejam a gente agora. Protejam nossos filhos. Façam com que essa merda acabe de uma vez.*

Mas o que diz é: "Obrigada, Brian. Manda um beijo para Donna".

"Pode deixar." Mais um aceno com o boné imaginário. "Manda um abraço para o Kenny." Seu rosto liso congela por um segundo, quando ele provavelmente se lembra da última fofoca no bairro. Seus olhos se encontram. "Quer dizer, o que eu queria dizer…"

Ela o socorre com um mero "Pode deixar".

Brian dá um sorriso tenso e vai embora.

Mary Pat fecha a porta, se volta e dá de cara com a filha sentada à mesa da cozinha, fumando um de seus cigarros.

"Acabou a porra da luz", reclama Jules.

"Ou então 'Bom dia'", diz Mary Pat. "'Bom dia' tá ótimo."

"Bom dia." Jules lhe dirige um sorriso que consegue ser brilhante como o sol e frio como a lua. "Eu preciso tomar banho, mãe."

"Pois tome, ué."

"A água vai tá fria."

"Está um calor desgraçado lá fora." Mary Pat pega o maço do outro lado da mesa, junto ao cotovelo da filha.

Jules revira os olhos, dá uma tragada e solta a fumaça em direção ao teto numa expiração longa e constante.

"O que ele queria?"

"O Brian?"

"É."

"Como você conhece Brian Shea?" Mary Pat acende seu segundo cigarro do dia.

"Mãe", diz Jules com os olhos arregalados, "eu não *conheço* Brian Shea. Eu sei quem ele é porque todo mundo no bairro sabe quem ele é. O que ele queria?"

"Vão fazer uma passeata", diz Mary Pat. "Uma manifestação. Sexta-feira."

"Não vai adiantar nada."

A garota tenta falar em um tom de apatia despreocupada, mas Mary Pat vê o medo em seus olhos, escurecendo as olheiras. Jules sempre foi uma garota tão linda. Sempre tão linda. E agora já está envelhecendo. Aos dezessete anos. Por causa de tanta coisa — ser criada na Commonwealth (o tipo de lugar que não fabrica misses nem modelos, por mais lindas que as meninas sejam); a perda de um irmão; ver o padrasto ir embora bem quando ela finalmente começava a acreditar que ele fosse ficar; ser obrigada — por um decreto federal — a entrar em outra escola, no seu último ano, em um bairro estranho, conhecido por não deixar crianças brancas andarem por lá depois do pôr do sol; sem mencionar ter apenas dezessete anos e se meter em sabe-se lá que encrencas com os amigos imbecis. Mary Pat sabe que tem muita maconha disponível hoje em dia, e ácido. Bebida alcoólica, é claro; em Southie, o bairro irlandês no sul de Boston, a maioria das crianças saiu do útero segurando uma lata de cerveja e um maço de cigarros. E, claro, o Flagelo, aquele horrendo pó marrom e suas malditas agulhas que transformam crianças saudáveis em zumbis ou em quase zumbis em menos de um ano. Se Jules ficar só na bebida e nos cigarros, com um baseado aqui e ali, vai perder apenas a beleza. E todo mundo acaba perdendo a beleza nos conjuntos habitacionais. Mas que Deus não a deixe passar para a heroína. Para Mary Pat, vai ser como morrer tudo de novo.

Ela percebeu nos últimos dois anos que Jules não devia ter sido criada aqui. Uma olhada nas próprias fotografias de quando era bebê e nos retratos de sua infância, o rosto todo enrugado, os ombros largos e o corpinho robusto, pronto para um teste de *roller derby* ou de outra porcaria qualquer — parece ter saído de um catálogo de jovens fortes irlandesas. A maioria das pessoas preferia brigar com um cachorro de rua raivoso a trepar com uma garota de Southie que foi criada num conjunto habitacional.

Mas essa é Mary Pat.

Jules é alta e musculosa, com o cabelo comprido e liso bem ruivo. Cada centímetro dela é macio e delicado, e assim como os trabalhadores das minas de carvão esperam ficar doentes por inalar poeira, ela simplesmente sabe que vai acabar com um coração partido. Jules, essa criatura que saiu do ventre de Mary Pat, é frágil — frágil nos olhos, frágil na carne, frágil de alma. Seu papo de durona, os cigarros, a capacidade de xingar feito um marinheiro e de cuspir como se trabalhasse no porto, não conseguem disfarçar isso. A mãe de Mary Pat, Louise "Magrela" Flanagan, uma garota irlandesa famosa por ser bem forte, que tinha um metro e oitenta e pesava quarenta e três quilos de puro suor depois de uma ceia de Ação de Graças, disse algumas vezes a ela: "Ou você é uma lutadora ou uma fujona. E as fujonas não podem fugir para sempre".

Mary Pat às vezes queria ter encontrado um jeito de tirá-las da Commonwealth antes que Jules descubra qual dos dois é.

"Afinal, onde vai ser essa manifestação?", pergunta Jules.

"No centro da cidade."

"É mesmo?" Isso provoca um sorriso irônico na garota enquanto ela apaga o cigarro. "Atravessando a merda da ponte." Jules sobe e desce as sobrancelhas. "Olha só pra você."

Mary Pat estende o braço e bate de leve na mão da filha para que ela a encare.

"A gente vai até a prefeitura. Eles não podem nos ignorar, Jules. Vão ter que nos ver, vão ter que nos ouvir, porra. Vocês, crianças, não estão sozinhas."

Jules abre um sorriso esperançoso e ao mesmo tempo frágil.

"Não estamos?" Abaixa a cabeça. Sua voz não passa de um sussurro patético quando ela diz: "Obrigada, mãe".

"Claro que não." Mary Pat sente um aperto no fundo da garganta. "Pode apostar, meu bem."

Essa pode ter sido a conversa mais longa que teve com a filha em meses. Tinha se esquecido do quanto gosta de fazer isso.

Um leve estrondo sacode o chão sob seus pés, agita as paredes, e as luzes se acendem acima do fogão. As pás dos ventiladores começam a se movimentar nas janelas. Nos outros apartamentos, os rádios e os televisores voltam a sobrepor uns aos outros. Alguém solta um berro em comemoração.

"O chuveiro é meu!", grita Jules, se levanta e sai correndo como se devesse dinheiro à cadeira onde estava sentada.

Mary Pat faz café. Leva a caneca à sala de estar com um dos cinzeiros recém-esvaziados e liga a televisão. Todos os canais dão a notícia — o sul de Boston e o próximo ano letivo. Crianças negras prestes a serem levadas a Southie. Crianças brancas prestes a serem transportadas a Roxbury. Não há ninguém, em nenhum dos lados, que esteja satisfeito com a perspectiva.

A não ser os agitadores, os negros que processaram o comitê escolar — que vêm fazendo isso há nove anos porque nada nunca é o suficiente para eles.

Mary Pat trabalhou com muitas pessoas negras no Solar Meadow Lane e na fábrica de calçados para acreditar que eles eram ruins ou preguiçosos por natureza. Muitos negros bons, trabalhadores e honestos querem as mesmas coisas que ela — um salário fixo, comida na mesa, suas crianças em segurança. Ela avisou aos dois filhos que, se dissessem "crioulo" perto dela, precisavam ter certeza de que estivessem se referindo aos negros que não são honestos, não trabalham duro, não continuam casados e só têm filhos para continuar recebendo o auxílio do governo.

Noel, pouco antes de ir para o Vietnã, disse: "A maioria dos que eu conheci é assim, mãe".

"E quantos você conheceu?", quis saber Mary Pat. "Vê muita gente de cor na West Broadway, é?"

"Não", respondeu ele, "mas vejo no centro da cidade. E no metrô." O filho usou uma mão para imitar uma pessoa segurando o corrimão do metrô e a outra para coçar a axila feito um macaco. "Eles sempre vão pra Forest Hills." Então imitou um chimpanzé e Mary Pat bateu nele.

"Não seja preconceituoso", disse ela. "Eu não eduquei você para ser preconceituoso."

Noel sorriu.

Santo Deus, como sente falta do sorriso do filho; viu-o pela primeira vez, torto e largo, quando ele estava mamando, bêbado de leite materno, e isso abriu um buraco em seu coração que se recusa a fechar por mais que Mary Pat queira.

Ele a beijou no topo da cabeça.

"Você é boa demais para esse lugar, mãe. Alguém já te disse isso?"

E então se foi. De volta às ruas. Todas as crianças de Southie adoravam ficar na rua, mas nenhuma adorava mais do que as crianças do conjunto habitacional. Odiavam ficar em casa como gente rica odeia trabalhar. Ficar em casa significava sentir o cheiro da comida dos vizinhos através das paredes, ouvir suas brigas, trepadas, descargas no banheiro, o que eles escutavam no rádio e no toca-discos, o que assistiam na televisão. Às vezes, ela seria capaz de jurar que sentia o cheiro deles, o odor de seu corpo, seu bafo de cigarro e o chulé de seus pés inchados.

Jules volta à sala de estar com seu velho roupão xadrez, agora no mínimo dois números curto demais, enxugando o cabelo.

"A gente vai mesmo?"

"Vamos?"

"*Sim*."

"Aonde?"

"Você disse que ia me levar pra fazer compras na volta às aulas."

"Quando?"

"Porra, *hoje*, mãe."

"Você que vai pagar?"

"Corta essa, mãe, fala sério."

"Estou falando sério. Você reparou que a gente tá sem fogão?"

"E daí? Você nunca cozinha mesmo."

Isso faz com que Mary Pat se levante do sofá com sangue nos olhos.

"Eu nunca cozinho?"

"Não nos últimos tempos."

"Porque não temos gás."

"Ué, e por culpa de quem?"

"Arranja uma merda de um emprego antes que eu rache sua cabeça", diz Mary Pat. "Isso lá é jeito de falar comigo?"

"Eu já tenho um emprego."

"Meio período não conta, querida. Meio período não paga o aluguel."

"Ou a conta de gás, pelo jeito."

"Eu vou te dar uma surra e você vai ver onde vai parar, juro por Deus."

Jules ergue os punhos e dança de um lado para outro, vestindo o roupão ridículo, feito um boxeador no ringue. Um sorriso largo nos lábios.

Mary Pat começa a rir sem querer.

"Abaixa essa mão se não quiser dar um soco na própria cara e passar o resto da vida falando besteira."

Rindo entre dentes, Jules lhe mostra ambos os dedos do meio, sem interromper a dança ridícula com o roupão ridículo.

"Na Robell's então."

"Eu *não tenho* dinheiro."

Jules para de dançar. Coloca a toalha de volta na cabeça.

"Um pouco você tem. Pode não ter dinheiro para pagar a conta de gás, mas tem para a Robell's."

"Não", responde Mary Pat. "Não tenho."

"Então vou para aquela escola de negros parecendo ser mais pobre do que eles?" Está com lágrimas nos olhos e esfrega o rosto na toalha violentamente para detê-las. "*Por favor*, mãe?"

Mary Pat a imagina no primeiro dia de aula, essa garota branca trêmula e seus grandes olhos castanhos.

"Eu ganhei um dinheirinho", Mary Pat consegue dizer.

Jules se ajoelha em sinal de gratidão.

"*Obrigada.*"

"Mas primeiro você precisa me ajudar a bater na porta de um monte de casas."

"Como é que é?", diz Jules.

* * *

Elas começam em Heights. Batem na porta de todas as casas ao redor do parque e do monumento. Muita gente não está (ou acha que ela e Jules são pregadoras da ciência cristã difundindo o "evangelho" e fingem não estar), porém muita gente abre a porta. E poucos precisam ser convencidos. Eles mostram sua indignação, sua virtude, seu ressentimento. Estarão lá na sexta-feira.

"Podem apostar que a gente vai", diz uma senhora com andador e bafo de tabagista. "Podem apostar mesmo."

O sol está se pondo quando elas terminam. Na verdade, está mais para mergulhando nas faixas escuras de fumaça em deslocamento constante a partir da central elétrica no fim da rua West Broadway. Mary Pat leva Jules à Robell's e elas compram um caderno, um pacote com quatro canetas, uma mochila de náilon azul e um jeans boca de sino, mas de cintura alta. Então Jules, enfim parecendo estar se divertindo, vai com a mãe à Finast, onde Mary Pat compra um jantar congelado para si. Quando pergunta o que a filha quer jantar, ela a lembra que vai sair com Rum. As duas vão para a fila do caixa com um jantar congelado e uma *National Enquirer*, Mary Pat pensando que pode perfeitamente andar por aí com as palavras *sozinha*, *velha* e *gorda* estampadas na testa.

No caminho de casa, Jules diz do mais completo nada:

"Você já se perguntou se há algum lugar diferente?"

"O quê?", diz Mary Pat.

Jules desce do meio-fio para evitar um monte de formigas se aglomerando no que parece ser um ovo quebrado. Ela gira ao redor de uma árvore jovem antes de voltar a andar na calçada.

"Você já teve, sabe, a sensação de que as coisas deviam ser

de um jeito, mas não são? E de que não tem como saber porque nunca conheceu, tipo, nada além do que vê? E o que você vê é, sabe", ela gesticula para a avenida Old Colony, "isso?" Olha para a mãe e se inclina um pouco na calçada desnivelada para que as duas não se trombem. "Mas sabe, certo?"

"Sei o quê?"

"Que não nasceu para isso." Jules bate no espaço entre os seios. "Aqui dentro."

"Bem, querida", diz sua mãe, sem ter a menor ideia do que ela está falando, "e para o que você nasceu?"

"Não estou dizendo desse jeito."

"De que jeito?"

"Do jeito como você tá dizendo."

"Então de que jeito você está falando?"

"Só estou tentando dizer que não entendo por que não me sinto como todo mundo."

"Sobre o quê?"

"Sobre tudo. Qualquer coisa." Jules joga as mãos para o alto. "Porra!"

"O quê?" Mary Pat quer saber. "*O quê?*"

Jules acena para o mundo ao redor.

"Mãe, eu só… É como… Tá legal, ok." Ela para e apoia um pé na base de uma cabine telefônica enferrujada. Sua voz sai quase como um sussurro. "Eu não entendo por que as coisas são do jeito que são."

"Quer dizer em relação à escola? À integração escolar?"

"O quê? Não. Quer dizer, sim. Mais ou menos. Estou dizendo que não entendo pra onde a gente vai."

Ela tá falando do Noel?

"Quando a gente morre?"

"Então, sim. Mas, sabe, quando a gente… deixa pra lá, esquece."

"Não, pode falar."

"Não."

"Por favor."

Jules a encara diretamente — uma raridade absoluta desde seu primeiro ciclo menstrual há seis anos —, e seu olhar é vazio e ávido ao mesmo tempo. Por um instante, Mary Pat vê a si mesma no olhar dela... mas si mesma quem? Qual Mary Pat? Qual foi a última vez que desejou alguma coisa? Qual foi a última vez que ousou acreditar em algo tão idiota quanto a ideia de que alguém por aí tem as respostas para perguntas que ela nem consegue formular com palavras?

Jules desvia o olhar, morde o lábio, um hábito quando está tentando conter as lágrimas.

"Quero dizer, pra onde a gente tá indo, mãe? Na semana que vem, no ano que vem? Qual o... Por que a gente faz isso?", ela gagueja.

"Faz *o quê*?"

"Andar, fazer compras, levantar, dormir, levantar de novo? O que a gente tá tentando, sabe, tipo, alcançar?"

Mary Pat quer dar um sossega-leão para a filha. Do que Jules está falando?

"Você tá na TPM?", pergunta ela.

Jules dá uma risadinha espontânea.

"Não, mãe. Com certeza não."

Mary Pat segura as mãos da filha.

"Jules, eu estou aqui. O quê?" Então pressiona as palmas da garota com os polegares como fazia quando ela estava com febre na infância.

Jules abre um sorriso de tristeza e aceitação. Mas aceitação do quê?

"Mãe", diz ela.

"O quê?"

"Eu estou bem."

"Você não parece bem."

"Não, estou bem."

"Não, não está."

"Só estou…"

"O quê?"

"Cansada", diz sua filha.

"Do quê?"

Jules morde a parte de dentro da bochecha, um velho hábito, e olha para a avenida.

Mary Pat continua massageando as palmas dela.

"Cansada do quê?"

Jules a olha nos olhos.

"De mentiras."

"O Rum está te tratando mal? O filho da puta anda mentindo para você?"

"Não, mãe. Não."

"Então quem?"

"Ninguém."

"Você acabou de dizer."

"Eu disse que estava cansada."

"Cansada de mentiras."

"Não, eu só falei isso para que você me deixasse em paz."

"Por quê?"

"Porque estou cansada de você."

Bem, essa foi uma bela machadada no coração. Mary Pat solta as mãos da filha.

"Vai comprar a porra do seu material escolar sozinha da próxima vez. Você me deve doze dólares e sessenta e dois centavos." Ela continua a andar pela calçada.

"Mãe."

"Vai à merda."

"Mãe, espera. Eu não quis dizer que estou cansada de *você*. Quis dizer que estou cansada da merda das suas perguntas."

Mary Pat dá meia-volta e avança tão depressa em direção à filha que a garota dá um passo para trás. (*Nunca dê um passo para trás*, Mary Pat quer gritar. *Não aqui. Nunca.*) Ela põe o dedo no rosto de Jules.

"Eu fiz esse monte de merdas de perguntas porque estou preocupada com você. Falando essas coisas que não têm o menor sentido, com cara de choro, que nem um cachorro abandonado. Agora você é tudo que eu tenho. Ainda não entendeu isso? E agora eu sou tudo que *você* tem."

"Tá legal, isso é verdade", responde Jules, "mas eu sou jovem."

Se sua filha não tivesse sorrido naquele exato momento, Mary Pat podia ter batido nela. Bem ali, em plena Old Colony.

"Você está bem?", pergunta ela à garota.

"Acho que não." Jules ri. "Mas estou. Faz sentido?"

Mary Pat continua parada, encarando-a.

Jules abre os braços para se referir a toda Old Colony, a todas as placas de "SOUTHIE NÃO VAI ARREDAR O PÉ; SEJA BEM-VINDO A BOSTON; TERRA COM LEI; SEM VOTO = SEM DIREITOS" e às mensagens pichadas nas calçadas e nos muros baixos ao redor dos estacionamentos que diziam "Crioulos deem o fora; Supremacia branca; Voltem pra escola e depois pra África". Por um momento, Mary Pat tem a impressão de que estão se preparando para uma guerra. Só faltam as trincheiras e as torres de vigia.

"É o meu *último* ano da escola", diz Jules.

"Eu sei, meu bem."

"E nada faz sentido."

Mary Pat abraça a filha na calçada e a deixa chorar em seu ombro. Não dá a mínima para as pessoas que passam olhando. Quanto mais gente olha, mais orgulho tem da criança frágil que gerou. *Pelo menos a Commonwealth não esmagou o coração de-*

la, fica com vontade de dizer. *Pelo menos isso ela ainda tem, seus irlandeses idiotas, cabeças-duras e sem coração.*

Eu posso ser uma de vocês. Mas Jules não é.

Quando as duas se afastam, Mary Pat enxuga os olhos da filha com o polegar. Diz a ela que vai ficar tudo bem. Que um dia isso tudo *vai* fazer sentido.

Ainda que ela própria esteja esperando esse dia. Ainda que suspeite que todos na face da Terra estejam.

2.

Jules toma outro banho quando elas voltam para casa, então sua porcaria de namorado, Ronald "Rum" Collins, aparece com Brenda Morello, a sombra da filha desde o segundo ano, a tiracolo. Brenda é baixa e loira, tem grandes olhos castanhos e um corpo tão em formato de violão que parece ter sido desenhado por Deus para fazer os homens perderem a linha. A garota sabe disso, é claro, e parece constrangida por esse fato; continua vestindo roupas largas, algo que sempre agradou a Mary Pat. Jules leva Brenda ao seu quarto para ajudá-la a se vestir, e a mãe fica na cozinha com Rum, que, como seu pai e seus tios, é tão bom de papo quanto uma porta. Ainda assim, ele parece ter dominado a arte de falar pouco ou quase nada perto de garotas e dos colegas do ensino médio, trocando o olhar insolente por um desprezo preguiçoso que muitos adolescentes consideram sinal de uma pessoa descolada. E a própria filha de Mary Pat caiu nessa.

"A senhora tá, hã, bonita hoje, sra. F."

"Obrigada, Ronald."

Ele olha ao redor como se não tivesse visto aquela cozinha centenas de vezes.

"A minha mãe disse que te viu no supermercado semana passada."

"É mesmo?"

"É. Disse que a senhora tava comprando cereais."

"Bem, se ela disse."

"Que tipo?"

"De cereal?"

"É."

"Não me lembro."

"Eu gosto de Froot Loops."

"São seus favoritos, é?"

Rum concorda com a cabeça várias vezes.

"Menos quando eles ficam muito tempo no leite e acabam mudando de cor."

"Isso é chato mesmo."

"Por isso eu como rápido." Ele faz uma cara de quem se acha muito esperto.

Enquanto a boca de Mary Pat diz "Essa é uma boa ideia", sua cabeça pensa: *Rezo a Deus para que você não tenha filhos.*

"Mas é verdade, não gosto quando meu leite fica colorido." Ele junta as sobrancelhas como se tivesse dito algo muito profundo. "Não. É. Pra. Mim."

Mary Pat dá um sorriso tenso. *E, caso tenha filhos, por favor, que não seja com a minha filha.*

"Mas eu gosto de leite. Branco."

Ela continua sorrindo porque está muito irritada para dizer qualquer coisa.

"Ah, oi!", diz Rum, e Mary Pat se vira e vê Jules e Brenda entrando na cozinha. Ele vai até Jules, põe a mão no quadril dela e beija sua bochecha.

Pelo menos fala que ela está bonita. Linda.

"Então vamos dar o fora daqui", diz Rum, e dá um tapa na bunda de Jules, que solta um gritinho, o que faz na mesma hora com que Mary Pat queira acertar a porra da cabeça dele com o rolo de macarrão.

"Tchau, mãe." Quando Jules se inclina e lhe dá um beijo no rosto, Mary Pat pode sentir o cheiro de cigarro, do xampu Gee, Your Hair Smells Terrific e um leve aroma do perfume Love Baby Soft atrás das orelhas dela.

Tem vontade de agarrar os pulsos da filha e dizer: *Arranja outro cara. Arranja coisa melhor. Arranja um que seja burro, mas que não seja escroto. Esse aí vai acabar se tornando escroto porque está a um ou dois níveis acima do retardo, e mesmo assim se acha meio esperto, e os que são assim se tornam babacas quando percebem que o mundo está tirando sarro deles. Você é boa demais para esse garoto, Jules.*

Mas o que diz é "Tente voltar para casa em um horário razoável" e retribui o beijo rápido que recebeu da filha.

E então Jules se vai. Noite adentro.

Quando vai esquentar seu jantar congelado, Mary Pat se lembra mais uma vez de que o gás foi cortado. Ela não tem opção a não ser recolocar a comida no freezer e percorrer o quarteirão até o restaurante Shaughnessy. Em Southie, tudo tem apelido — é quase uma lei ou coisa do tipo — de modo que ninguém se refere à propriedade de Michael Shaughnessy como o Shaughnessy, e sim como o Mick Shawn. O restaurante é conhecido por suas brigas nas noites de sábado (eles mantêm uma mangueira atrás do balcão para limpar o sangue no piso) e a carne que é servida lá passa o dia todo cozinhando em uma panela na cozinha minúscula na extremidade do balcão, logo depois da mangueira.

Mary Pat se senta no balcão e come um prato da carne de panela. Toma duas cervejas Old Mil e joga conversa fora com Tina McGuiggan. Ela conhece Tina desde o jardim de infância, embora nunca tenham sido próximas. Tina sempre lhe lembrou uma noz. Uma coisa dura e fechada em si mesma, seca e difícil de quebrar. Os homens a acham "fofa", mas talvez seja porque ela é pequena, loira e tem um olhar indefeso que eles se recusam a acreditar que seja apenas um olhar. O marido dela, Ricky, está cumprindo de sete a dez anos na penitenciária Walpole pela tentativa de assalto a um carro blindado que já começou errada; houve tiroteio, mas ninguém se feriu, graças ao bom Deus. Ricky manteve a boca fechada sobre Marty ter financiado o trabalho, de modo que as coisas não andam tão ruins, o que é bom para ele, mas não ajuda em nada Tina a pagar o aluguel, manter os quatro filhos no colégio católico nem os exames odontológicos deles em dia.

"Mas fazer o quê?", diz ela a Mary Pat ao terminar um breve desabafo sobre o assunto. "Né?"

"É", concorda Mary Pat. "Fazer o quê?"

É o que todo mundo vive dizendo. Assim como *A vida é isso aí* e *Às vezes dá merda mesmo*.

Elas não são pobres por falta de esforço, porque não trabalham o suficiente ou não merecem coisas melhores. Mary Pat pode olhar para quase qualquer conhecido na Commonwealth em particular ou em Southie no geral e encontrar somente gente que trabalha duro, esforçada, que aguenta dez toneladas nos ombros como se não pesassem nada, dia após dia, e que dá aos patrões ingratos dez horas de trabalho a cada jornada de oito horas. Não são pobres por preguiça, essa que é a porra da verdade.

São pobres porque há uma quantidade limitada de sorte nesse mundo, e elas não receberam nenhuma. Se não nasceu com ela, ou esbarrou nela ao acaso por aí na rua, não há nada que você possa fazer. Há muito mais gente do que sorte no mundo, então ou você está no lugar certo na hora certa em que o *segundo* tipo de sorte aparece, uma única vez e nunca mais. Ou não está. Neste caso...

Às vezes dá merda mesmo.

A vida é assim.

Fazer o quê?

Tina toma um gole da cerveja de Mary Pat.

"A carne estava boa?"

"Estava boa sim."

"Ouvi dizer que anda cada vez pior." Tina olha ao redor. "Como tudo hoje em dia."

"Ah, não", diz Mary Pat. "Por que você não pega um pedaço?"

Tina a encara por um longo momento, como se Mary Pat tivesse sugerido que ela botasse fogo no próprio sutiã ou coisa parecida.

"Por que você acha que eu devia comer *isso*?"

Mary Pat olha em seus olhos e vê na escuridão deles que a mulher provavelmente havia bebido algo mais forte antes que ela chegasse.

"Ou não."

"Não, eu só estou curiosa."

"Curiosa sobre o quê?"

"Sobre que porra é essa", responde Tina. "Por que caralho você quer que eu coma o ensopado?"

"O ensopado", Mary Pat sente o sangue ferver e chegar até seu rosto, "não é um ensopado. É carne de panela."

"Você me entendeu. Não finja que não me entendeu, porra."

"E", Mary Pat precisa se segurar para não enfiar a mão na cara de Tina, "não há nada de novo nisso. É a mesma carne de panela de sempre."

"Então coma."

"Já comi."

"Então por que você está me enchendo a porra do saco com isso?"

Mary Pat fica surpresa com o cansaço repentino na própria voz.

"Não estou enchendo o seu saco, Tina."

Tina tinha se inclinado para a frente, com a boca aberta, rugas aparecendo em seu pescoço. Mas então, diante do tom de voz de Mary Pat, seus olhos se suavizam de repente. Ela relaxa no assento e dá uma tragada longa no cigarro, exalando rápido a fumaça.

"Não sei por que disse aquilo."

"Tudo bem."

Tina balança a cabeça.

"Eu só estou *muito* puta. E nem sei por quê. Alguém me falou, nem sei dizer quem, um cara qualquer, que a carne daqui já não é tão boa como antes, e aí eu cheguei no meu limite." Ela segura o pulso de Mary Pat para que ela a encare. "Quer dizer, sabe, Mary Pat? Às vezes eu não dou conta."

"Eu sei", diz Mary Pat. Ainda que não saiba.

Mas, no fundo, sabe.

Meia hora depois está de volta em casa quando Timmy Gavigan traz os cartazes. Timmy G. vem de uma família de nove pessoas na K Street. Jogava hóquei até que bem no ensino médio, mas não o suficiente a ponto de conseguir uma bolsa de estudos onde quer que fosse, de modo que agora, aos vinte anos, trabalha como mecânico na Dorchester Street e presta serviços para a gangue de Butler quando eles precisam de uma mãozinha extra. É isso que todos os jovens daqui querem hoje em dia — um lugar na gangue de Butler. Mas ela desconfia de que Timmy seja no fundo muito sensível, muito decente, para subir na hierarquia como os cascas-grossas como Brian Shea ou Frankie Tomey fizeram. Enquanto o observa ir embora pelo corredor até a rua, espera que ele encontre o próprio caminho antes que algum chefão de presídio encontre um caminho para ele.

Mary Pat passa as duas horas seguintes prendendo os cartazes nos pedaços de pau trazidos por Brian Shea com os pregos que Timmy G providenciou. Alguém claramente presumiu que ela tinha um martelo, o que é verdade. Os pregos são pequenos e finos, daquele tipo que torna difícil mantê-los de pé sem martelar o próprio polegar, mas ela dá um jeito. Pela primeira vez naquele dia, talvez pela primeira vez naquela semana, Mary Pat se sente útil, tem um propósito. Está fazendo sua modesta parte para enfrentar a tirania. Não há outro nome para isso. Nenhum outro serve. Os donos do poder resolveram anunciar a que escola ela deve mandar sua única filha. Mesmo que isso ponha em risco sua educação e até mesmo sua vida.

O que é uma injustiça. E não tem nada a ver com raça. Ela ficaria tão brava quanto se a obrigassem a mandar a filha para o outro lado da cidade, a Revere ou a North End ou a algum lugar de maioria branca. Mas talvez não ficasse *tão* zangada assim, ela pensa, talvez só ficasse um pouco irritada, mas então prega outro cartaz em outra vareta e pensa: *Porra, eu não vejo cor. Vejo injustiça.* Só mais um caso de filhos da puta ricos em suas torres de marfim (em *suas* cidades totalmente brancas) mostrando aos pobres lá embaixo quem é que manda. Nesse momento, Mary Pat sente uma empatia pelos negros que a surpreende. Eles não são tão vítimas quanto ela? Não estão todos tendo que obedecer às mesmas ordens?

Bem, na verdade não, porque muitos negros querem isso. Têm lutado na justiça por isso. E se você saiu de um lixão como Five Corners ou dos conjuntos habitacionais na avenida Blue

Hill ou na Geneva, é claro que ia gostar de estudar em um lugar melhor. Mas Southie não é um lugar melhor, é apenas um lugar com mais gente branca. A escola South Boston é uma bagunça tão grande quanto a Roxbury. Os mesmos banheiros imundos, os mesmos vazamentos nos canos, as mesmas paredes com infiltração, o mesmo mofo, a pintura descascada, os livros didáticos desatualizados com páginas arrancadas. Mary Pat não pode culpar os negros por quererem fugir do buraco de merda onde vivem, mas trocá-lo pelo lixão onde ela vive não faz o menor sentido. E o juiz que ordenou tudo isso mora em Wellesley, onde a lei que ele mesmo sancionou não se aplica. E se os negros tivessem entrado com um processo para estudar na escola Wellesley? Na Dover? Na Weston K até às oito? Mary Pat iria numa manifestação a favor *deles*.

Mas eis que há uma outra voz perguntando: *Você faria isso mesmo? De verdade? De quantas formas diferentes dá para xingar um negro, Mary Pat?*

Vá se foder.

Quantas? Seja sincera.

Eu conheço "neguinho" e "crioulo".

Nem vem com essa. Diga a verdade. E não só as que você conhece, as que já usou. As que já saíram da porra da sua boca.

Mas são só palavras, implora ela a um juiz imaginário. *Gente pobre falando merda sobre gente pobre. Não tem nada a ver com raça. Eles querem que fiquemos brigando uns com os outros feito cães por qualquer resto de comida para que a gente não perceba que estão fugindo com o banquete.*

Assim que termina seu trabalho e todos os cartazes estão empilhados ao longo da parede de cada lado da porta de entrada, ela se senta à mesa da cozinha e fica ouvindo os sons da Commonwealth em uma noite quente de verão, desejando que sua filha estivesse com ela. As duas poderiam jogar copas ou assistir televisão.

Em algum lugar do conjunto habitacional, alguém chama um tal de Benny. Um bebê acorda chorando. Um único rojão explode. Algumas pessoas passam por baixo da sua janela falando sobre alguém chamado Mel e uma ida à sapataria Thom McAn em Medford. Ela consegue sentir o cheiro do oceano. E daquele rojão solitário.

Mary Pat nasceu aqui. A três prédios de distância em Hancock. Dukie foi criado em Rutledge. (Todos os prédios da Commonwealth têm o nome de um dos signatários da Declaração da Independência: Jefferson, Franklin, Chase, Adams, Wolcott, no qual ela mora agora, e alguns outros.) Conhece cada tijolo e cada árvore.

Um casal jovem passa sob a luz amarelada e enjoativa de um poste quando o rapaz diz que está com o saco cheio dessa vida. A garota responde: "Você não pode simplesmente desistir. Tem que tentar". Ele diz: "Mas é uma merda". Ela diz: "É a única saída. Você tem que tentar".

Pouco antes de não conseguir mais escutá-los por causa da distância, Mary Pat tem quase certeza de ter ouvido o rapaz dizer: "Bom, tudo bem".

Seus olhos estão quase se fechando de cansaço. Ela enfim vai para a cama. Ainda pode ouvir a garota dizendo "Você não pode simplesmente desistir. Tem que tentar" e se pergunta onde Ken Fen pode estar agora (embora suspeite que já saiba, embora definitivamente não queira saber). Mary Pat se pergunta se ele ainda sente raiva dela e por que parece não dar a mínima para o fato de ela sentir tanta raiva dele, por ele tê-la abandonado, por ela nunca ter mudado — e ele sim. E quem Kenny pensa que é para mudar depois de quase sete anos de casamento? Quem é que pode aprontar uma coisa dessas?

"Por que você parou de me amar, Kenny?", pergunta Mary Pat à escuridão. "A gente jurou perante Deus."

Ela se vê esperando que Kenny de algum modo se materialize no escuro, pelo menos seu rosto, mas lá não há nada além da própria escuridão.

E então ouve o que poderia ser a voz dele em sua cabeça, mas a única coisa que ele diz é: "Chega, Mary Pat. Chega".

"Chega do quê?", sussurra ela.

"Para", diz ele. "Só para."

Agora as lágrimas caem quentes por seu rosto. Escorrem dos seus olhos pelas bochechas até o travesseiro, e do travesseiro à gola do pijama.

"Parar *o quê?*"

Nada. Ele não diz mais nada.

Quando cai no sono, Mary Pat pode ouvi-la. Ou imagina que pode. Debaixo do asfalto, debaixo dos porões e do subsolo.

A rede.

De circuitos, condutores e conexões que canalizam a eletricidade, a água e o aquecimento que sobem pela fiação, pelos canos e pela tubulação para dar vida a seu mundo. Ou não, como foi o caso desta manhã. Ela pode vê-la se espalhar por sua consciência sonolenta como um cobertor suave de luz. Pode sentir a vibração sob suas pálpebras.

Tudo está conectado, ela se imagina murmurando para alguém. *Tudo realmente está conectado*.

3.

Jules não volta para casa nessa noite.

Não é algo muito fora do normal. Nem é grande coisa. (Ainda que faça uma veia pulsar na garganta de Mary Pat e que seu estômago permaneça embrulhado até a hora do almoço.) Jules tem dezessete anos. Uma adulta aos olhos do mundo. Se fosse um rapaz, poderia se alistar no Exército.

Mesmo assim, antes de ir trabalhar, Mary Pat liga para a casa dos Morello. O pai de Brenda, Eugene, atende com um "O quê" espinhoso.

"Oi, Eugene", diz ela. "A Jules dormiu aí? Pode chamar ela?"

Eugene diz que vai dar uma olhada e volta um pouco depois.

"Nenhuma das duas." Pode ouvi-lo engolir algo, talvez café, acender um cigarro e dar uma longa tragada. "Elas vão aparecer quando precisarem de dinheiro. Eu preciso desligar, Mary Pat."

"Claro, claro, Gene, obrigada."

"Deus te abençoe", diz ele antes de encerrar a ligação.

Deus te abençoe. Dá para acrescentar isso à lista que inclui "A vida é assim" e "Fazer o quê?". Frases que trazem conforto porque retiram o poder de quem fala. Frases que dizem que tudo depende de outra pessoa, você não tem culpa, é inocente.

Inocente, claro, mas também impotente.

Mary Pat vai trabalhar, chega um minuto antes do horário, e a irmã Fran ainda a olha feio, como se chegar um minuto adiantada fosse tão ruim quanto um minuto atrasada. A irmã Fran parece estar prestes a disparar uma de suas pérolas de sabedoria religiosa como "Deus favorece os devotos porque na vida devota vive a sabedoria da humildade" ou "Deus favorece os asseados porque na limpeza dá para ver melhor o reflexo do Senhor". (Ela usa muito essa última com os limpadores de janelas.) Mas se limita a bufar quando passa por trás de Mary Pat e a deixa trabalhar em paz.

Mary Pat é auxiliar de enfermagem no Solar Meadow Lane em Bay Village, um bairro que ninguém sabe se é de brancos, negros ou gente queer, a duas estações de metrô da Commonwealth, no limite do centro da cidade. Meadow Lane é uma casa de repouso para idosos ("uma casa de repouso para a velharada", como ela e suas colegas de trabalho a chamam depois de algumas cervejas), administrada pelas Filhas da Caridade de São Vicente de Paulo. Mary Pat trabalha no turno da manhã, das sete às três e meia da tarde, de domingo a quinta-feira, com meia hora de almoço. Já tem esse emprego há cinco anos. Não é ruim depois que se aceita a humilhação que acompanha tarefas como lavar penicos, dar banhos diários em pessoas adultas e ainda manter um ar de subserviência não só para velhos brancos rabugentos como também para velhos negros rabugentos. Com toda certeza, não é o tipo de trabalho com o qual ela sonhava quando pegava no sono, ainda menina. Mas é previsível, e pode trabalhar na maior parte dos dias enquanto pensa em outras coisas.

Mary Pat começa o dia acordando os residentes da casa de repouso, e depois, junto com Gert Armstrong e Anne O'Leary, servindo o café da manhã. Elas passam a manhã toda ocupadas porque a Sonhadora ficou doente e o turno da manhã precisa de quatro pessoas. A Sonhadora é a única mulher negra no turno delas e, que Mary Pat se lembre, nunca ficou doente. Seu verdadeiro nome é Calliope, mas, segundo ela mesma contou certa vez, todo mundo a chama de Sonhadora desde o primeiro ano da escola. O apelido combina com ela — a Sonhadora sempre tem um olhar vago, como se estivesse em outro lugar, e uma voz suave e sonolenta. Seus movimentos são como uma chuva leve de verão. Quando sorri, faz isso muito devagar.

Todo mundo gosta da Sonhadora. Até mesmo Dottie Lloyd, que odeia negros fervorosamente, reconhece que a Sonhadora é uma "neguinha das boas". Uma vez, Dottie disse a Mary Pat: "Se todos trabalhassem tanto quanto ela, se fossem tão educados assim? Caramba. Ninguém nunca ia ter qualquer problema com eles".

Mary Pat se considera quase uma amiga da Sonhadora; elas passaram muitos almoços conversando sobre serem mães. Mas é uma amizade entre uma pessoa negra e outra branca, não é como se fossem manter contato. Mary Pat pergunta à irmã Vi, uma das freiras amigáveis, se ela sabe o que aconteceu, porque a Sonhadora nunca fica doente, e a irmã Vi a encara de um jeito estranho, um jeito que seria esperado da irmã Fran. Um olhar de julgamento e frieza. E diz: "Você sabe que eu não posso conversar sobre isso com outra funcionária, Mary Pat".

Depois do café da manhã, ainda bem ocupadas, precisam cuidar dos penicos ou ajudar os que ainda não estão na fase do penico a ir ao banheiro, coisa que geralmente envolve limpar bundas, uma humilhação que Mary Pat acha ainda pior do que lavar penicos. Quando a velharada não precisa de ajuda para ir ao banheiro, então não precisam de ajuda nenhuma, e ela e as outras garotas (todas as auxiliares são mulheres) vão dar os banhos da manhã.

Na hora do almoço, Mary Pat liga para casa, mas Jules não

atende. Telefona de novo para os Morello, e dessa vez quem atende é Suze, a mãe de Brenda. Ela diz que não, não viu nenhuma das duas, mas acha que logo vão aparecer.

"Quantas vezes, Mary Pat", diz Suze, "quantas vezes já passamos por isso com elas? E as duas sempre aparecem."

"É verdade", responde Mary Pat, e desliga.

De volta ao trabalho, quando elas estão preparando as bandejas para o almoço, Dottie Lloyd menciona que um "crioulo traficante de drogas se matou" na estação Columbia e acabou ferrando o horário dos trens. Por que só não o tiraram dos trilhos e deixaram os trens passarem? O cara acabava com a vida das pessoas vendendo aquele veneno e agora está atrapalhando o dia de todo mundo? Não dá para saber o que é pior.

"O neguinho foi encontrado no trilho do trem que chegava na estação", diz Dottie. "Pelo menos podia ter feito o favor de morrer no trilho do trem que saía de lá. Então teria sido problema só de Dorchester e, sabe, o pessoal de Dorchester tem mais é que se foder."

Mary Pat tira a bandeja grande de alumínio com caixinhas de leite da geladeira e a coloca na mesa de preparação, pondo as caixinhas nas bandejas de plástico rígido que levam para os quartos.

"De quem a gente tá falando mesmo?"

Dottie entrega a Mary Pat a edição matinal do *Herald American*, e ela lê por cima da mesa. HOMEM É ATROPELADO POR VAGÃO DO METRÔ. A matéria prossegue informando que, esta manhã, Augustus Williamson, de vinte anos, foi encontrado morto sob a plataforma de chegada da estação Columbia e que a polícia confirmou que ele sofreu múltiplos traumas na cabeça.

A notícia não diz nada sobre o homem negro morto ser traficante de drogas, mas grandes chances de ser isso mesmo, do contrário, como teria ido parar lá? Por que ele iria tentar ir para a parte branca da cidade? Os brancos não vão para a parte deles.

Mary Pat não conhece ninguém que diga que vai passar a tarde na avenida Blue Hill comprando roupas ou um disco na Skippy White's. Ela fica do lado dela da cidade, do lado dela da porra dos *trilhos*, e por acaso é pedir demais que eles façam o mesmo? Por que precisam ser do contra? Se for ao centro da cidade, tudo bem, é onde todo mundo se mistura, pretos, brancos e porto-riquenhos. Eles trabalham juntos, reclamam juntos dos chefes, da vida que levam, da cidade também. Mas depois voltam aos próprios bairros e dormem nas próprias camas até que precisem se levantar na manhã seguinte e fazer tudo de novo.

Porque a verdade é que raças diferentes não se entendem entre si. Não é invenção de Mary Pat, nem vontade sua que gostem de outros tipos de música, de outras roupas e de outra comida para botar na mesa. Mas é assim que as coisas são. Eles gostam de outros carros, de outros esportes, de outros filmes. Até o jeito de falar é diferente. Os porto-riquenhos mal falam a língua, mas a maioria dos negros que ela conhece nasceu aqui e, mesmo assim, é como se fossem de outro lugar. Falam aquelas gírias deles, das quais, a verdade seja dita, Mary Pat gosta muito, adora o ritmo, adora o modo como enfatizam certas palavras em uma frase como nenhuma pessoa branca que ela conheça conseguiria fazer, têm um jeito de terminar suas histórias com gargalhadas estrondosas. Mas isso não soa como o discurso que sai da boca de Mary Pat ou de seus amigos. *Ora, se vocês não gostam da gente,* Mary Pat quer perguntar, *e não gostam da nossa música, da nossa roupa, da nossa comida, dos nossos costumes, por que querem entrar no nosso bairro?*

Para vender drogas aos nossos filhos ou roubar nossos carros. Essa é a única resposta plausível.

Alguma coisa na notícia do jornal, porém, a incomoda pelo resto do turno. Mary Pat não tem certeza do quê, mas tem algo ali que a deixa alerta. O quê? O que é? E então ela se dá conta.

"Qual é o sobrenome da Sonhadora?", pergunta a Gert.

"Calliope", responde Gert.

Mary Pat franze a testa.

"Você realmente respondeu isso?"

"O quê?"

"Calliope é o nome dela", diz Anne O'Leary dando um longo suspiro.

"Então qual é o sobrenome dela?", pergunta Gert.

"Você que é amiga dela!", rebate Anne a Mary Pat. "Como não sabe?"

"Sei lá." Mary Pat sente o rosto ficando vermelho. "Eu só a chamo de Sonhadora."

A sala cai num silêncio quase constrangedor, mas não exatamente, que só é quebrado quando ninguém menos que Dottie diz: "Williamson".

"O quê?"

"O sobrenome da Sonhadora. É Williamson."

"Como você sabe disso?"

"Eu sou muito observadora."

Mary Pat procura pela mesa de preparação até encontrar o *Herald*. Abre o jornal e mostra o artigo para as colegas, aponta para o nome do traficante morto — Augustus Williamson.

"E daí?", diz Gert.

Gert é mais burra que um ônibus cheio de retardados e dirigido por um retardado.

"E daí", diz Mary Pat, "que a Sonhadora sempre falava do filho, Auggie."

As outras demoram mais um minuto até entender.

"Que merda", diz Anne O'Leary.

"É por isso que ela não veio trabalhar", explica Dottie.

4.

No caminho de casa, Mary Pat não consegue admitir a própria preocupação, mas também não perde tempo. Sem desvios, sem um trago em nenhum bar. Vai direto para casa.

Jules não está lá. E basta uma olhada rápida ao redor para que Mary Pat saiba que a filha não voltou para casa durante o dia.

Ela telefona para os Morello pela terceira vez, Suze atende de novo, mas diz imediatamente: "Ela está aqui. Vou chamá-la".

Mary Pat escorrega pela parede até se sentar, mas não consegue decidir se o que está sentindo é alívio ou alguma outra coisa. Suze disse "Jules está aqui"? Ou "ela está aqui"? Nesse caso, "ela" poderia ser…

Brenda, cuja voz ouve agora.

"Oi, sra. F."

"Oi, Brenda." Um pavor profundo pesa no estômago de Mary Pat. "Jules está aí?"

"Eu não vejo a Jules desde ontem à noite." As palavras da garota saem um pouco depressa demais, como se ela as tivesse praticado.

"Não? Com quem você a viu pela última vez?" Mary Pat acende um cigarro.

"Ela estava com o Rum, sabe, e, hum, sabe, o Rum."

"O Rum e o Rum? Quer dizer que tem dois dele agora?"

"Não, quis dizer só o Rum. Ela estava com o Rum."

"Onde eles estavam?"

"Carson."

Carson é a praia local. Não é tão boa assim. Sem ondas. Só uma enseada do porto, nada de oceano. Serve mais como um lugar para os jovens irem beber atrás da antiga casa de banhos.

"Que horas você viu a Jules e o Rum pela última vez?"

"Lá pela meia-noite…"

"E os dois simplesmente foram embora?"

"Tipo, foram, quer dizer, sabe."

"Eu não sei." Mary Pat consegue ouvir a irritação na própria voz. Torce para que Brenda não a ouça e assim não querer revelar mais nada. Mary Pat suaviza o tom. "Só estou tentando encontrá-la, Brenda." E descontrai ainda mais o clima com uma risada envergonhada. "Sou só uma mãe boba e preocupada."

Só há o silêncio do outro lado da linha. Mary Pat morde o lábio inferior com força o suficiente para sentir gosto de sangue e de nicotina.

"Quero dizer", explica Brenda, "quero dizer, ela foi embora com o Rum, e essa foi a última vez que eu a vi."

"Ela estava bebendo?"

"Não!"

"Mentira", diz Mary Pat. A máscara cai por um momento. "Brenda, não pense que eu sou a porra de uma idiota porque aí eu não te chamo de mentirosa. Ela estava muito bêbada?"

Chiados e estalos na ligação. Um cachorro late ao longe do outro lado da linha. Então Brenda diz:

"Ela estava, sabe, um pouco alegrinha. Tinha tomado algumas cervejas, um pouco de vinho".

"Baseado?"

"Sim."

"Ela estava caindo de bêbada?"

"Não, não. Só meio tonta, sra. F. Juro."

"Quer dizer que, quando você a viu pela última vez, ela estava com o Rum?"

"É."

"E você não teve notícias dela desde então?"

"Não."

"E se tiver?"

"Eu ligo para a senhora na mesma hora."

"Eu sei que vai ligar, Brenda." Mary Pat endurece um pouco as palavras antes de acrescentar: "Obrigada".

Brenda desliga, deixando Mary Pat olhando para o telefone em sua mão e sentindo um desamparo estridente que percorre rapidamente seu corpo. Jules tem dezessete anos, é capaz de fazer o que bem entende. Se Mary Pat chamar a polícia, sabe que eles não vão poder fazer nada até que ela esteja desaparecida por setenta e duas horas. *Pelo menos*. E Mary Pat não tem todo esse tempo. Portanto, agora só lhe resta sentar sobre as próprias mãos ou fumar um cigarro atrás do outro até que a filha volte para casa.

Ela tenta fazer isso durante algum tempo, mas se vê pensando em Sonhadora Williamson, que vai precisar enfrentar a vida sem o filho, e lembra que ela lhe enviou um lindo cartão quando Noel morreu. Mary Pat vasculha uma gaveta em que guarda a maioria das coisas relacionadas à morte do filho — a placa de identificação e as medalhas de guerra, o cartão funerário plastificado, os cartões de condolências — e finalmente encontra o que a Sonhadora enviou. Na parte da frente há uma cruz e as palavras

48

"Que o Senhor te dê força na sua hora de necessidade". Dentro, abrangendo os dois lados, ela escreveu o seguinte:

Prezada sra. Mary Patricia Fennessy

É terrível para uma mãe perder o filho. Eu não consigo imaginar a dor que está sentindo. Muitas vezes no trabalho você me trouxe um sorriso no rosto ou fez com que o dia passasse mais depressa ao me contar histórias do seu querido Noel. Como ele dava trabalho! Só aprontava! Amava muito a mãe, isso estava claro, e a mãe o amava de volta. Não sei por que nosso bom Deus iria impor uma coisa tão dolorosa a uma mulher tão boa como você, mas sei que Ele fez de nosso coração algo muito grande para que nossos mortos possam viver aqui dentro. É aí que o seu Noel está agora. Vivendo no coração da mãe como já viveu no útero dela. Se eu puder ajudar de alguma forma, por favor, entre em contato comigo. Você sempre me mostrou tanta bondade e a sua amizade é muito importante para mim.

Minhas sinceras condolências,
Calliope Williamson

Mary Pat fica sentada à mesa da cozinha encarando a carta até as palavras ficarem borradas. Essa mulher escreveu para ela como se fossem amigas. Assinou com o sobrenome, do qual Mary Pat nem conseguiu se lembrar naquela tarde. Chamou-a de uma boa mulher e falou sobre uma amizade que Mary Pat acha difícil entender. Sim, Mary Pat é *amigável* com a Sonhadora, mas *amizade* é algo totalmente diferente. As mulheres brancas de Southie não são amigas das negras de Mattapan. O mundo não funciona assim.

Durante um minuto ou dois, Mary Pat procura papel e caneta para escrever uma nota de pesar para a Sonhadora, mas só consegue encontrar uma caneta e umas folhas de rascunho. Decide procurar um cartão adequado amanhã e guarda a caneta na gaveta.

Pega uma cerveja, o maço de cigarros e um cinzeiro e vai para a sala de estar. Liga a televisão, coloca no noticiário e dá de cara justamente com a reportagem sobre Auggie Williamson. Os investigadores acreditam que ele foi atropelado pelo trem e morreu entre meia-noite e uma da madrugada, e o impacto jogou seu corpo para debaixo da plataforma. O condutor do trem não sentiu a colisão. Outros trens passaram pelo corpo durante toda a noite até o último horário, e alguns passaram por ele naquela manhã até que um condutor viu o cadáver no vão sob a plataforma. A polícia não confirma os rumores de que drogas tinham sido encontradas com ele, tampouco explica como o rapaz foi parar na plataforma na noite anterior nem por que ou se pulou ou foi empurrado para os trilhos.

Uma fotografia dele aparece na tela e Mary Pat consegue ver a Sonhadora em seus olhos, que eram de um castanho tão suave que chegavam quase a ser dourados, e em seu queixo e seus lábios. Ele parece tão jovem. Mas o repórter anuncia que Auggie se formou no ensino médio há dois anos e trabalhava como estagiário administrativo na Zayre.

Formado no ensino médio? Estagiário administrativo? Desde quando traficantes de drogas fazem estágio?

Mas, ah, pensa ela ao encarar os olhos dele no televisor, *você não passa de uma criança*. A mãe dela costumava dizer que, a partir do momento que uma criança dá os primeiros passos, cada passo a leva para mais e mais longe de sua mãe. Mary Pat olha para a fotografia do filho da Sonhadora, um momento antes que suma da tela, e imagina a foto da própria filha sendo exposta no mesmo noticiário, talvez amanhã, talvez na noite seguinte.

Onde é que *ela está*, porra?

Mary Pat desliga a televisão. Liga para a casa de Rum, chama a mãe dele. Nenhuma das duas morre de amores uma pela outra, então a conversa é breve: "Não, Ronald não está aqui, está trabalhando no Purity Supreme até as dez. Não, não vejo a Jules há, sei lá, tipo uma semana, talvez até há mais tempo. Mais alguma coisa?".

Mary Pat desliga.

Fica apenas sentada. Sentada e esperando. Não tem ideia se durante uma hora ou um minuto.

Antes que se dê conta do que está fazendo, pega os cigarros e as chaves da bandeja junto à poltrona reclinável e sai do apartamento. Contorna o prédio e então percorre o caminho até chegar à porta da sua irmã em Franklin. Big Peg tem uma filha da mesma idade de Jules; as garotas não são muito próximas, mas gostam de ficar chapadas juntas. Pode-se dizer quase a mesma coisa sobre Mary Pat e Big Peg — não são muito próximas, mas isso nunca as impediu de encher a cara juntas caso se esbarrassem.

Mary Pat não é muito de viajar, mesmo assim chegou a conhecer partes de New Hampshire, de Rhode Island e do Maine. Big Peg não. Peg se casou com Terry "Terror" McAuliffe dois dias depois do baile de formatura. Começaram a namorar no primeiro ano do ensino médio na South Boston, e os dois não têm nenhuma ambição além do fato de não quererem sair do sul de Boston. Quando o casal vai até Dorchester já é um dia importante, e Dorchester só fica a seis quarteirões de distância. E se alguém achar que eles são muito limitados, Big Peg e Terror Town vão mandar a pessoa ir se foder, porque só se importam com Southie. Criaram sete filhos que têm o mesmo orgulho dos pais pela região, como o evangelho tinha de Cristo (caso Cristo tivesse sido criado na Commonwealth e fosse propenso, de forma geral, a acabar com qualquer um que não pensasse desse modo). Dependendo da idade, essas crianças — Terry Junior, Little Peg, Freddy, JJ, Ellen, Paudric e Lefty (cujo nome verdadeiro é Lawrence, mas ninguém nunca o chamou dessa forma) — ditam as regras nas esquinas, na entrada dos conjuntos habitacionais e nas caixas de areia dos parquinhos com um orgulho tão radiante e inabalável que não tinha como não terminar em briga quando aquilo fosse minimamente questionado. Sendo ela mesma cria dos conjuntos habitacionais, Mary Pat sabe muito bem o que acontece quando a suspeita de que você não é bom o suficiente de repente se transforma na convicção de que o resto do mundo está errado a seu respeito. E, se ele está errado sobre você, provavelmente está errado sobre todo o resto.

Big Peg está com um vestido desbotado e segura uma cerveja e um cigarro aceso na mesma mão quando abre a porta de correr.

"Tá tudo bem com você?", pergunta à irmã com um olhar desconfiado.

"Eu estou procurando a Jules."

Big Peg escancara a porta.

"Entra, entra."

Mary Pat obedece e elas ficam paradas ali dentro, as duas irmãs que nunca foram muito próximas. O apartamento de Peg tem três quartos e atualmente acomoda nove pessoas. O corredor da entrada leva à cozinha nos fundos e os quartos dão para o corredor. O barulho do lugar está, como sempre, vários decibéis acima do ponto que a maioria dos seres humanos considera suportável para conseguir pensar.

"Credo, você com certeza usou essa calça."

"Não, eu não."

"Usou sim, dá pra sentir o cheiro da sua bunda *peidorreira* nela."

"Vai se foder."

"Eu vou te bater com um taco de beisebol."

"Não vai não. Onde você vai arranjar um?"

"Freddy tem um."

"Mamãe, segura ela!"

Jane Jo, também conhecida como JJ, sai correndo de um dos quartos e atravessa o corredor para entrar em outro. Sua irmã mais nova, Ellen, corre atrás dela, ambas aos berros. E, então, o quarto em que as duas entram parece estar a ponto de explodir. Lá dentro, as coisas são reviradas, derrubadas, pancadas abafadas podem ser ouvidas através das paredes.

"Que merda você tá fazendo no meu quarto?"

"Preciso do seu taco de beisebol."

"Que taco? Vaza do meu quarto."

"Me dá o taco."

"Eu vou é te dar uma tacada na cabeça, isso sim."

"Só me ajuda a achar o taco."

"Pra que você quer ele?"

"Para bater na Ellen."

Há uma pausa e então:

"Legal."

Ellen começa a chorar.

Big Peg leva Mary Pat à cozinha e fecha a porta.

"Quando você a viu pela última vez?", pergunta Peg.

"Ontem à noite. Mais ou menos por volta desse horário."

Big Peg bufa.

"Já fiquei sem o Terror por *duas semanas* quando ele saiu pra beber. Ele sempre aparece."

Ele/ela/eles sempre aparece. Se ouvir isso mais uma vez essa noite, Mary Pat vai abrir a merda da cabeça de alguém com as próprias mãos.

"A Jules não é o Terry", diz Mary Pat. "É a Jules. Tem dezessete anos."

"Little Peg!", grita Big Peg de repente, e vinte segundos depois sua filha mais velha, uma garota que sempre conseguiu ser inquieta e apática ao mesmo tempo, entra pela porta.

"O que foi?"

"Seja educada. Cumprimenta a sua tia."

"Oi, Mary Pat."

"Oi, meu bem."

"Você viu a Jules?", pergunta Big Peg. "Olha para a sua tia enquanto conversa com ela."

"Não vejo ela faz um tempo." Os olhos apáticos e inquietos de Little Peg se contraem com apatia para Mary Pat. "Por quê?"

"Eu não a vejo desde ontem à noite", responde Mary Pat. Pode sentir o próprio sorriso indefeso e esperançoso se estendendo ao redor do cigarro. "Estou começando a ficar meio preocupada."

Little Peg a encara com um olhar vazio, a boca frouxa e entreaberta. Ela poderia ser um manequim em uma vitrine da Kresge's.

Mary Pat se lembra de cuidar dela uma vez ou outra quando ela tinha cinco anos. *Aquela* Little Peg era hilária e tinha energia de sobra. Era tão consciente de si mesma e da vida ao seu redor, tão *alegre*.

O que suga isso deles?, Mary Pat se pergunta.

Será que somos nós?

"Quer dizer que não a vê há algum tempo?"

"Não."

"Há quanto tempo?"

"Eu vi a Jules no parque ontem à noite."

"Em qual?"

"Parque? O Columbia."

"A que horas?"

"Lá pelas onze? Talvez quinze pra meia-noite, no máximo."

"Por que no máximo?"

"Porque a mamãe me dá uma surra se eu não chegar antes da meia-noite."

Mary Pat olha para a irmã, que ergue as sobrancelhas com orgulho em confirmação.

"Então foi entre onze e meia-noite?"

"Foi."

"Com quem ela estava?"

Agora essa garota inquieta de olhar vazio, cabelo seboso e testa cheia de espinhas parece hesitar.

"Você sabe."

"Não sei."

"Sabe, sim."

"Juro por Deus, eu não sei." Mary Pat se aproxima tanto que consegue ver o reflexo do próprio olhar no da sobrinha. "O Rum?"

A garota confirma com a cabeça.

"E quem mais?"

"Você sabe."

"Pare de falar 'você sabe'."

Little Peg olha para a mãe, mas Big Peg está com as narinas bem abertas e sua respiração é pesada o bastante para que possam ouvi-la acima de todos os outros barulhos na casa. Sempre um sinal, desde que Big Peg era menina, de que estava prestes a explodir.

"Responda, minha filha."

Little Peg volta a olhar para Mary Pat, mas abaixa os olhos.

"Bom, quero dizer, o Rum estava com o George D."

Big Peg dá um tapa na lateral da cabeça da filha. Little Peg nem se mexe.

"Você está de brincadeira com a gente?"

"Tá falando do George Dunbar", diz Mary Pat.

"Sim."

"O traficante de drogas", completa Mary Pat.

Mais um tapa de Big Peg, no mesmo lugar, na mesma velocidade.

"O cara que vendeu aquela merda que *matou* seu primo Noel? Esse cara? Você anda saindo com esse filho da puta?"

"Eu não saio com ele."

"Olha como você fala comigo."

"Eu não saio com ele", sussurra Little Peg. "A Jules sim."

Mary Pat sente o sangue do corpo todo congelar — o coração, a garganta, até as entranhas, tudo simplesmente congela.

Apesar de todo seu poder, a única coisa na qual a gangue de Marty Butler não consegue dar um fim é o tráfico de drogas em Southie. Eles tentam; há muitos boatos sobre pequenos traficantes encontrados em covas rasas na Tenean Beach ou com agulhas enfiadas nos olhos em armazéns abandonados, mas mesmo assim as drogas entram no bairro. Elas vêm dos negros, é claro, pela Mattapan e por Jamaica Plain e por toda Dorchester, mas são os brancos como George Dunbar que as vendem para sua própria gente. E ninguém da gangue de Butler vai matar George, segundo os boatos, porque a mãe dele é a namorada de Marty Butler. Mary Pat ouviu dizer que o próprio Marty já bateu em George algumas vezes, até o deixou de olho roxo certo dia, mas o rapaz continua traficando. E ele não é o único, de modo que as drogas continuam chegando em grande quantidade.

"É como quando os japoneses mandavam várias ondas de camicases contra meu pai e meus tios em Dubaya Dubaya Dois", disse Brian Shea a Mary Pat certa vez. "Se mandassem o suficiente, alguns atingiam o alvo. E nem mesmo a melhor Marinha do mundo seria capaz de pará-los. E nós somos só um grupo, Mary Pat, não dá para a gente impedir tudo de entrar."

Isso foi quando Mary Pat procurou Brian (e por tabela Marty) querendo justiça pela morte de Noel.

"Mas *conseguem* punir as pessoas que vocês sabem que estão vendendo", implorou ela.

"E fazemos isso quando botamos as mãos nelas. A gente dá uma bela lição. Às vezes, uma permanente."

Mas não George Dunbar. Porque ele é intocável.

E agora esse traficante intocável de veneno está andando com a filha dela?

Com toda a gentileza possível, Mary Pat diz a Little Peg:

"Por que George Dunbar anda saindo com a Jules?"

"Ele é bem amigo do Rum."

"Eu não sabia disso."

"E ele é, sabe…"

"Se você disser 'sabe' mais uma vez…", rosna Mary Pat.

"Ele tá com a Brenda."

"O que quer dizer com 'tá com ela'?"

"É o namorado dela."

"Desde quando?"

"Desde, sei lá, acho que desde que as férias começaram."

"Quer dizer que você viu os quatro juntos no parque?"

"Sim, quer dizer, não. O quê?" Por um segundo, Little Peg parece muito confusa. Está com a cara de quem, na experiência de Mary Pat, se perdeu na própria mentira. "Tipo sim e não, porque a Brenda e o George estavam brigando, então ela deu o fora, e o Rum, o George e a Jules foram embora logo depois, e aí foi quando eu voltei para casa."

"E isso foi na Carson Beach?"

"O quê? Não. Não, foi no parque Columbia, como eu falei."

"Porque a Brenda me contou que estavam todos na Carson."

"Então ela é uma puta de uma mentirosa."

Big Peg dá mais uma tapa na cabeça da filha.

"Olha essa boca suja."

"A gente estava no parque Columbia", repete Little Peg.

"Foi lá que eu vi a Jules. Se ela foi pra Carson depois, aí eu já não sei, porque voltei para casa."

Mary Pat e Big Peg se entreolham — é o olhar de toda mãe quando sabe que o filho contou uma história e vai se ater a ela por enquanto. Não adianta insistir; porque aí talvez a garota comece *mesmo* a mentir.

"Tá legal", diz Mary Pat. "Obrigada, meu bem."

Little Peg dá de ombros.

"Pode ir", diz Big Peg.

Assim que a garota vai embora, Peg tira duas cervejas da geladeira, e elas se sentam à mesa da cozinha, bebendo. Quando a conversa fiada se esgota em menos de um minuto, as duas se voltam para as nuvens de tempestade que pairam sobre o bairro, sobre as quais está todo mundo falando.

Dos filhos mais velhos de Big Peg, um já terminou o ensino médio e três ainda estão cursando. Todos ganharam na loteria e vão permanecer na South Boston. Sortudos. Nada de Roxbury para eles. Nada de ter medo dos banheiros, dos corredores e das salas de aula para os três.

Só que isso não é o suficiente para Big Peg. Ah, não.

"Eles não vão nem a pau", diz ela.

"O quê?"

Peg toma um gole da cerveja enquanto faz que sim com a cabeça.

"Eles não vão nem a pau. Vamos participar do boicote. A Magrinha ia se revirar no túmulo se visse um bando de neguinhos no mesmo corredor que a neta dela na Escola de Ensino Médio South Boston, Mary Pat. Me diga se estou errada."

Magrinha (ou Magrela) era como elas chamavam sua falecida mãe, Louise. Só os filhos a chamavam assim, e, quando ela estava viva, só faziam isso pelas costas.

"Você tá certa", admite Mary Pat, "mas e o estudo deles?"

"Eles vão voltar a estudar. Isso vai durar um mês, dois no máximo. Quando a cidade perceber que não vamos ceder e que só queremos o que é nosso..." Big Peg dá uma piscadela. "Vão recuar."

As palavras — a confiança de Big Peg — não são convincentes. Por isso mesmo, o medo que corroeu o estômago de Mary Pat o dia todo está de volta.

Big Peg percebe isso, assim como as lágrimas que brotam nos olhos da irmã.

"Vai dar tudo certo", diz ela.

Mary Pat olha a irmã nos olhos pela primeira vez em sabe--se lá quanto tempo e consegue ouvir a sinceridade da própria voz quando sussurra:

"Não posso perder mais um filho. Não posso. Não posso perder... mais nada." Ela limpa uma única lágrima antes que chegue à bochecha e bebe um pouco de cerveja.

"Não pode ceder ao desespero, querida. Nada de ruim acontece com as crianças de Southie desde que fiquem em Southie", diz Big Peg.

Mary Pat bate o punho na mesa com tanta força que as latas de cerveja tremem.

"Noel teve uma overdose no parquinho na porra *do outro lado da rua*."

Big Peg não se abala.

"Noel foi para uma merda de país do outro lado do mundo e voltou com a cabeça toda ferrada porque saiu do bairro." Seus olhos imploram para que ela tenha o mínimo de bom senso.

Mary Pat encara a irmã do outro lado da mesa. É isso que as pessoas realmente pensam sobre seu filho? Que foi por causa do Vietnã que ele caiu nas drogas? Ela própria tentou pensar assim durante algum tempo, mas depois encarou a triste verdade de que Noel não começou a usar heroína no Vietnã (o charuto de maconha tailandês, sim, a heroína, não); Noel começou a usar heroína bem aqui em Southie.

"Noel nunca usou heroína no Vietnã", diz Mary Pat, e as palavras soam como um argumento frágil ao saírem de sua boca. "Ele ficou viciado aqui. Bem aqui."

Big Peg suspira como se desistisse de tentar convencê-la e desvia o olhar do rosto de Mary Pat. Levanta-se, bebendo o resto da cerveja, e diz:

"Bom, preciso levantar cedo para ir trabalhar."

Mary Pat concorda com a cabeça. Então se levanta.

Big Peg a acompanha pelo corredor barulhento, todos os sete filhos brigando por alguma coisa, discutindo por coisas à toa sem capacidade de enxergar que existem problemas maiores.

"Ela vai aparecer", diz Big Peg quando chegam à porta.

Mary Pat se sente muito derrotada para se irritar.

"Eu sei."

"Durma um pouco."

Mary Pat ri da sugestão.

"Sua vida não pode girar em torno deles", diz Big Peg, e fecha a porta.

5.

Mary Pat encontra Rum no terminal de carga e descarga atrás do Purity Supreme. Dez da noite e o calor abafado ainda gruda na pele como um cobertor molhado; o terminal cheira a alface murcha e a bananas tão maduras que a casca até sai. Rum está fumando um cigarro e bebendo cerveja com os outros funcionários do supermercado que trabalham no carregamento, no caixa e na reposição de estoque e que acabaram de sair do expediente. Ele parece confiante por estar cercado de outras pessoas e até dá um sorrisinho quando ela sai do Bess e a porta range e o motor engasga até desligar.

Bess é a van caindo aos pedaços de Mary Pat, que vai continuar dirigindo a lata-velha até que finalmente vire sucata. Não que ela dirija muito, mas vez ou outra é necessário. Podia ter vindo a pé, mas queria dar o flagrante com os faróis do carro, vê-los se dispersando como ratos de esgoto pelo terminal de carga e descarga, exceto Rum, que ela iria encurralar com o para-choque ou a porta do veículo. Só se esqueceu do detalhe de que seu carro mais fazia as pessoas rirem do que se sentirem ameaçadas. Bess é um Ford Country sedã 1959 em duas cores. A parte de trás está caída como a bunda de um cachorro velho, a ferrugem e os cascalhos no inverno tinham corroído as rodas e um terço da pintura, os racks do teto tinham sumido havia muito tempo (ninguém lembra onde nem quando), as duas lanternas traseiras estão quebradas (mas ainda acendem), e o escapamento só continua lá por causa da bênção de Deus e de um barbante desgastado. Hoje em dia, a única coisa que se pode dizer a favor de Bess é que ela era um ótimo veículo para sair por aí com duas crianças, já que tem sob o capô um motor 352 V8 que faz com que voe na estrada, e o rádio ainda funciona. Nos tempos áureos, Bess ostentava dois tons diferentes de verde — "April" e "Sherwood" —, mas, a essa altura, as cores estão tão desbotadas que você teria que acreditar na palavra de Mary Pat quanto a isso.

Quando ela desce do carro, os garotos iluminados pelos faróis se afastam, menos Rum, que apenas a observa com uma sobrancelha erguida, coisa que lhe dá vontade de quebrar a cara dele bem quando ele der uma tragada no cigarro.

Mary Pat vai direto ao ponto.

"Cadê a Jules?"

"Como é que eu vou saber?"

"Não deixe a cerveja subir à cabeça agora, Ronald. Você pode confundir isso com coragem."

"O quê?"

"Cadê a minha filha?"

"Não sei."

"Quando a viu pela última vez?"

"Ontem à noite."

"Onde?"

"Na Carson Beach."

"E depois?"

"Depois o quê?"

"Aonde ela foi?"

"Voltou andando para casa."

"Você deixou a minha filha voltar a pé para casa nesse bairro à uma da madrugada?"

"Eram quinze para uma."

"Você deixou a minha filha voltar a pé para casa neste bairro às quinze para uma?"

Ele leva a lata de cerveja à boca.

"Hã…"

Mary Pat joga a cerveja dele no chão com um tapa. "*Sozinha?*"

Ninguém se atreve a fazer palhaçada no terminal de carga. Ela conhece a mãe de cada um deles. E eles a conhecem. Estão quietos como um banco de igreja esperando sua vez de confessar.

"Não, não", Rum se apressa em dizer. "Ela não estava sozinha. George deu uma carona pra ela."

"George Dunbar?"

"É."

"O traficante de drogas?"

"O quê? É."

"Deu carona para a minha filha?"

"Sim. Eu estava muito fodido."

Mary Pat dá um passo para trás, finge avaliá-lo.

"Onde você vai estar daqui a uma hora?"

"O quê?"

"Responde a porra da pergunta."

"Acho que vou estar em casa."

"*Acha* que vai estar em casa? Ou vai estar em casa?"

"Em casa. Vou para casa."

Mary Pat repara no Plymouth Duster alaranjado dele de quatro anos estacionado na vaga de funcionário. Sempre odiou a visão daquele carro, como se tivesse o pressentimento de que o dono dele lhe traria problemas.

"Se George não confirmar sua história, vou atrás de você."

"Tudo bem", diz Rum, e ela sabe que ele tem algo a esconder.

"Você pode só me contar agora mesmo."

"Não tenho mais nada pra falar."

"Se não contar agora vai se arrepender."

"Tô de boa."

"Tá legal." Ela abre os braços como se quisesse dizer "a escolha é sua".

Mary Pat vê o pomo de adão de Rum subir e descer quando ele engole em seco, e então o garoto olha para os próprios pés e para a lata de cerveja caída no chão.

Mary Pat entra de novo em seu carro, e todos a observam, de olhos arregalados, engatar a ré e sair do estacionamento.

Durante uns dez anos, George fez parte da estrutura da família Fennessy, sempre entrando e saindo da casa com Noel; esse tempo todo Mary Pat nunca sentiu que conhecia o rapaz de verdade. Era como se uma parte dele, uma parte fundamental, estivesse faltando. Certa vez, ela disse isso a Ken Fen e ele respondeu: "A maioria das pessoas são como cachorros — alguns são leais, outros maus, outros simpáticos. Mas tudo isso, bom e ruim, vem do coração".

"Que tipo de cachorro é George Dunbar?"

"Nenhum", disse Kenny. "Ele é a porra de um gato."

Agora ela está olhando para esse gatuno que nem se deu ao trabalho de ir ao enterro de Noel.

"Por que o Rum iria mentir?"

"Eu não faço ideia do que se passa na cabeça dos outros."

George Dunbar fez dois anos de faculdade. Formou-se em

economia. Ele não desistiu por não ter conseguido acompanhar; desistiu porque estava ganhando muito dinheiro vendendo drogas. Seus tios são donos de uma empresa de construção e, ela sempre ouviu dizer, prometeram lhe dar um terço do negócio que antes pertenceu ao seu falecido pai. Mas George prefere traficar drogas. Para um rapaz de Southie, ele fala como alguns dos ricos com que ela esbarrou ao longo dos anos — como se suas palavras e as de Deus viessem do mesmo poço, ao passo que as dela vêm de um lugar totalmente fora do mapa.

"Então você não deu carona para ela?"

"Não, eu não. Ela foi para casa mais ou menos às quinze para uma."

"E por você tudo bem deixar uma garota da idade dela voltar para casa sozinha nesse bairro?"

George lhe lança um olhar de pura perplexidade.

"Eu não sou o guarda-costas dela."

Eles estão no gazebo do Marine Park. Do outro lado do Day Boulevard, Pleasure Bay está iluminada por um luar pegajoso. Foi fácil encontrar George. Ele fica por ali quase todas as noites. Todos em Southie, desde a polícia até as crianças, sabem disso. Mais uma prova de que ele tem costas quentes. Se você quiser comprar drogas, é só ir até o gazebo e procurar George Dunbar ou um dos garotos que trabalham para ele.

Mary Pat se pega desejando que a mãe dele acabe ferrando com a vida de Marty Butler e seja jogada na sarjeta. E que dois dias depois alguém desmanche o penteado perfeito de George Dunbar metendo uma bala na merda da cabeça dele.

"O que vocês ficaram fazendo ontem à noite?", pergunta ela.

George dá de ombros, mas ela o flagra lançando um olhar para as árvores à distância, sinal de que está pensando na reposta em vez de simplesmente responder.

"A gente tomou algumas cervejas na arena do Columbia. Depois fomos à Carson."

"A que horas?"

"Onze e quarenta e cinco."

Mary Pat não sabia que jovens eram tão pontuais. Estão sempre arredondando o horário: "eu estava por lá ao meio-dia. À uma. Às duas".

Mas essa gente — Little Peg, Rum e agora George Dunbar — não param de falar "onze e quarenta e cinco" ou "quinze para uma". Como se, naquela noite, todos estivessem de olho no relógio que nenhum deles tem.

Dois garotos de bicicleta e um hippie em uma Kombi ficam esperando do lado de fora do gazebo, observando-os, querendo que Mary Pat vá embora para que possam fazer sua comprinha.

George repara neles.

"Preciso ir."

"Ele era seu amigo."

"O quê?"

"Noel", diz ela. "Ele considerava você um amigo."

"Eu era amigo dele."

"Você mata seus amigos?"

"Me deixa em paz", diz George com muita calma. "E não volte aqui, sra. Fennessy."

Ela estende o braço e lhe dá um tapinha no joelho.

"George, e se tiver acontecido alguma coisa com minha filha e você estiver envolvido?"

"Eu disse para me deixar em…"

"Marty não vai poder te salvar. Ninguém vai poder te salvar. Ela é tudo para mim." Mary Pat aperta o joelho dele com força. "Portanto, reze *de joelhos* hoje à noite, George, para que minha filha apareça sã e salva. Do contrário, pode ser que eu volte aqui e te mate com minhas próprias mãos."

Ela fica encarando seus olhos murchos até que ele pisque.

Mary Pat passa com Bess pela casa dos Collins, mas o Duster alaranjado de Rum não está lá. Tanto faz. Não tem muito para onde ele possa ir em Southie com um carro desses.

Ela encontra o Duster vinte minutos depois, estacionado em frente ao bar Campos de Athenry (que, à moda de Southie, todo mundo só chama de "Fields"). Essa é a fortaleza de Marty Butler. Ninguém que não é do bairro entra lá, e ninguém sai de lá se tiver aprontado, mesmo que pouco. Nos seus dez anos de existência, o lugar nunca ficou lotado, nem mesmo no dia de São Patrício, e nunca houve uma briga lá dentro. A única pessoa conhecida por ter cheirado cocaína no banheiro teve o nariz quebrado por Frankie Toomey, também conhecido como Sepultura, também conhecido como o maior dos assassinos da gangue de Butler.

Mary Pat estaciona Bess em uma vaga na Tuckerman e volta a pé. Encontra Rum sentado no canto do bar, bebendo cerveja com uma dose de uísque. Todos eles ficam aqui — todos os garotos que terminaram o ensino médio sem planos para o futuro e com mais culhões que cérebro para serem úteis a Marty de vez em quando. Ela pede o mesmo que Rum e o ignora enquanto espera a bebida, embora sinta o olhar dele e ouça sua respiração pesada. Então analisa o resto do bar. Tim Gavigan, o rapaz que levou os cartazes à sua casa, está aqui; ela tem a impressão de ver Brian Shea lá no fundo, e com certeza repara em Cabeção, que fez alguns trabalhos com Dukie nos velhos tempos. Há alguns outros caras que ela reconhece, mas cujos nomes não lhe vêm à cabeça, caras que estão nessa vida.

O barman, Tommy Gallagher da Baxter Street, traz as bebidas dela, pega o dinheiro e a deixa sozinha com Rum. Ela bebe o uísque. Vira-se para Rum. Toma um gole da cerveja.

"Você mentiu para mim."

"Não menti não."

"Claro que mentiu. O George não levou a Jules para casa."

"Primeiro, eu disse que ela voltou para casa a pé, mas aí você ficou puta, então eu disse que George levou Jules para que você largasse do meu pé." Ele levanta e abaixa as sobrancelhas enquanto toma um gole da cerveja.

"Então ela voltou para casa sozinha?"

Ele encara a própria bebida.

"Foi o que eu falei, cacete."

"Então essa é a sua versão da história."

"É, é a minha versão da história. Por que você não…"

Quando Mary Pat quebra o nariz dele com o punho direito, o estalo soa como um taco batendo numa bola de bilhar. O bar inteiro ouve. Rum grita feito uma garotinha, e ela dá outro soco, exatamente no mesmo lugar, através das mãos macias dele que cobrem o machucado. Em seguida, Mary Pat lhe dá um soco no olho, usando o punho esquerdo dessa vez.

Ele diz algo como "espera" e "caralho, que merda", mas, a essa altura, ela está dando um soco atrás do outro na cabeça oca dele — olho esquerdo, olho direito, lado esquerdo, lado direito, dois socos rápidos na orelha esquerda e depois um único gancho na mandíbula. Um dente — amarelo de nicotina e vermelho de sangue — salta da boca de Rum.

Eles a arrastam para longe dele, as mãos que a seguram são fortes, firmes. Deixam claro que não estão para brincadeira.

Mas quando seguram seus braços, Mary Pat usa as pernas. Ela o chuta no rosto, no peito e no estômago o mais rápido possível. Então seus pés encontram o ar.

Eles a forçam a se sentar em um dos bancos de bar.

Ela ouve uma voz conhecida dizer: "Para. Mary Pat, para. Por favor".

Ela encara os olhos azuis de Brian Shea.

"Vamos", diz ele. "Hein?"

Mary Pat respira fundo.

Os homens a seguram com mais gentileza, mas não a soltam.

"Tommy", diz Brian Shea ao barman, "manda mais uma rodada para ela. Depois para a gente também."

Rum tenta se levantar, mas volta a desabar no chão.

"Podem me soltar", diz Mary Pat com calma.

Brian inclina a cabeça para olhá-la nos olhos.

"Tem certeza?"

"Sim. Estou bem."

"Você está bem." Brian ri. "Ela está bem!", ele grita para os homens que a seguram, e todo o bar dá risada.

Brian faz um aceno com a cabeça, e as mãos — pelo menos seis — a soltam.

Rum consegue ficar de joelhos, mas vomita sangue.

"Ela pode ter perfurado um pulmão do cara", diz Pat Kearns.

"Levem ele pro médico na G", diz Brian. "Avisem o doutor que não precisa ser tratamento VIP. Esse aí é um idiota qualquer. Um carro usado."

Eles começam a arrastar Rum para fora.

"Pela porta *dos fundos*, seus imbecis", rosna Brian.

Então o arrastam na direção oposta. Por fim, chegam à porta dos fundos e saem, e o barulho do bar volta ao normal, o qual, como Mary Pat achou, parece inquieto e dúbio, mas, mesmo assim, um zumbido agradável.

"Não dá para deixar essa passar, Mary Pat."

Ela toma sua segunda dose de uísque e encara Brian.

"Eu sei."

"Você começou uma briga nesse lugar, o santuário do Marty."

"Não foi uma briga."

"Ah, não?"

Mary Pat balança a cabeça.

"Foi uma surra. Aquele bostinha não deu um soco."

"Você não pode *dar surras* no território do Marty. Se fosse homem, já estaria morta. Ou, sabe, pelo menos com algum osso quebrado."

"Então quebra um osso meu, mas espera até eu encontrar a minha filha."

Brian aperta os olhos. Toma sua dose de uísque.

"Jules?"

"É."

"Onde ela está?"

"É a pergunta que não quer calar. Ninguém teve notícias dela desde ontem à noite."

"Por que você não disse logo?"

"Eu disse." Mary Pat aponta com o polegar para o sangue e o vômito de Rum no chão. "Para ele."

Brian faz uma careta.

"Aquele idiota? Pedir informação para ele é como pedir informação para o reboco de uma parede." Ele aponta dois dedos para o próprio peito. "*Nós* vamos te ajudar. *Nós* estamos a serviço desse bairro. Podíamos ter passado o dia procurando por Jules se você tivesse pedido. Ninguém esqueceu o que você fez pela gente, o que Dukie fez — estamos com você, Mary Pat." Então tira do bolso um pequeno bloco de notas e um lápis. Lambe a ponta do lápis enquanto abre o bloco em cima do balcão. "Conta tudo que você sabe."

Quando Mary Pat termina de falar, Brian diz:

"Vou esclarecer o que você fez aqui hoje com o Marty." Põe o bloco e o lápis de volta no bolso da jaqueta. "Mas você precisa me dar vinte e quatro horas."

"Vinte e quatro horas?"

"Não vai demorar tanto. Talvez demore umas três horas, mas você não pode sair por aí como Billy Jack — Mary Pat Jack — espancando as pessoas. Não pode fazer isso. Vai chamar muita atenção."

"Não posso ficar vinte e quatro horas de mãos abanando."

Brian solta um longo suspiro.

"Então me dá até, digamos, amanhã às cinco. Um dia inteiro. Tem que dar pra gente esse tempo para encontrar ela para você. Não sai por aí investigando e nem pensa em chamar a polícia, deixa que a gente cuida disso."

Mary Pat acende um cigarro, gira-o várias vezes entre os dedos. Fecha os olhos.

"Isso é pedir muito."

"Eu sei que é. Mas com esse negócio da integração escolar e a morte daquele crioulo ontem à noite, não precisamos atrair mais atenção para nosso bairro. Porque as pessoas podem começar a perguntar como as coisas realmente funcionam, e isso não pode acontecer, Mary Pat. Não pode mesmo."

Ela olha ao redor, pode sentir que todos estavam olhando para eles, mas agora fingem que não. Volta-se para Brian Shea.

"Amanhã às cinco. Não vou me segurar mais nenhum minuto depois disso."

Brian sinaliza para que Tommy sirva outra rodada.

"Sem problemas."

6.

Mary Pat não dorme mais que três horas durante a noite, mas não três horas seguidas. O sono chega em um bloco de quinze minutos, seguido pela angústia, por olhos abertos na escuridão, pela inquietude e pela desesperança, seguido por outros quinze minutos de sono duas horas depois, com os mesmos olhos abertos no escuro em sequência.

Deitada na cama, encarando o breu, ela sente que alguém a observa lá do alto, seja lá quem for, mas não a ouve. Finalmente, esse alguém perde o interesse nela, e Mary Pat fica sozinha no universo.

No trabalho, ela não passa de um zumbi, fazendo as tarefas no automático, torcendo para que nenhum paciente invente de ter uma parada cardíaca, pois ela não será capaz de salvá-lo. Pelo segundo dia seguido, a Sonhadora está de folga, de modo que de novo estão trabalhando com uma a menos. A fofoca corre solta nos corredores — Auggie Williamson se suicidou. Não, teve uma overdose e caiu na frente de um trem. Há testemunhas, mas nenhuma se apresentou à polícia. Ele foi perseguido até a plataforma. Foi um acordo entre traficantes que acabou mal, ele tentou fugir, escorregou e caiu na frente de um trem. *Creck-creck.*

Mas nenhum dos boatos explica como o condutor não notou o impacto. Talvez não tivesse visto Auggie, mas deve ter *sentido* a batida. Estava em todos os jornais que o rapaz morreu entre meia-noite e uma da madrugada, mas seu corpo só foi encontrado de manhã, escondido sob a plataforma. Então, como deve ser terminar seu turno, ir para casa e dormir oito horas, depois acordar com a notícia de que você esmagou a cabeça de alguém conduzindo o vagão do metrô? Pobre coitado, alguém diz, vai ter que viver com isso pelo resto da vida.

Depois do trabalho, Mary Pat tira o uniforme no vestiário e veste a roupa que estava usando antes, então faz uma coisa que não admite nem para si mesma até estar travessando o rio Charles na linha vermelha — toma o metrô para Cambridge.

Desembarcando na estação Harvard, entra na Harvard Square, e é tão ruim quanto desconfiava que seria — há hippies nojentos em toda parte, o ar cheira a maconha e suor, a cada cinco ou seis metros alguém está tocando violão, cantando sobre o amor ou sobre Richard Nixon, cara. Nixon saiu de helicóptero do gramado da Casa Branca há quase três semanas, mas continua sendo o bicho-papão desses medrosos mimados que fogem do recrutamento. Ela perde a conta de quantos deles estão descalços, andando pelas ruas sujas com calças boca de sino puídas, camisas multicoloridas com miçangas e cabelos compridos, as garotas sem sutiã, com a bunda aparecendo no shorts cortado, enchendo o ar de fumaça de cigarro de cravo e de baseado, cada um deles dando uma puta vergonha para os pais, que gastaram uma grana absurda para mandá-los à melhor escola do mundo — uma escola que nenhum pobre teria dinheiro para entrar, pode ter certeza disso —, e retribuindo o favor zanzando por aí com os pés sujos e cantando músicas ruins sobre o amor, cara, o amor.

Quando Mary Pat entra no campus, a proporção de hippies para estudantes de aparência normal cai para cerca de um em cada três, o que não deixa de ser reconfortante. Os outros alunos se parecem com os universitários dos filmes — mandíbulas quadradas, corte de cabelo à escovinha, meninas de vestido ou de saia e blusa, o cabelo alisado e brilhante, os rapazes usando sapatos Oxford, calça chino e caminhando com a confiança da classe alta.

O que os dois grupos têm em comum é uma confusão profunda sobre o que *ela* poderia estar fazendo ali.

Mary Pat não está vestida como uma mulher largada do conjunto habitacional. Está vestida como muitas donas de casa que, nesse exato momento, estão percorrendo o sul de Boston (ou Dorchester ou Rozzie ou Hyde Park) — blusa de poliéster vermelha, calça comprida e uma jaqueta xadrez, desafiando o calor. Ela vestiu essa roupa para o trabalho naquela manhã porque queria enfatizar que estava no controle — *Sou eu quem manda, esqueça os cortes e os hematomas nos nós dos meus dedos e se concentre apenas na senhora respeitosa diante dos seus olhos.* Mas uma parte sua também sabia que ela poderia não voltar direto para casa depois do trabalho, que poderia cruzar o rio para visitar um mundo tão diferente do seu que ela se sentiria mais em casa em outro país. Na Irlanda, com certeza. No Canadá, talvez. Havia pensado que parecia inteligente, organizada, mas a julgar pelos olhares tortos que os narizes arrebitados e os hippies lhe lançavam nos jardins de Harvard, ela se destacava exatamente por ser quem ela é — uma mulher da classe trabalhadora do outro lado do rio que entrou no mundo deles vestindo seu risível melhor catálogo da loja de departamento. Eles presumem que ela pegou o metrô errado, acabou perambulando pelo campus de Harvard como uma criança perdida num supermercado, antes de voltar ao seu mundo encardido para contar aos seus filhos encardidos as coisas lindas que viu, mas nunca poderá ter.

Mary Pat visitou este lugar uma vez com Ken Fen, há dois anos, pouco antes do Natal, um dia depois que ele conseguiu oficialmente o emprego no setor de correspondências da universidade. Era um sábado no auge do inverno, de modo que no campus só havia uns poucos estudantes bem agasalhados e nenhum hippie vadiava na praça em um dia que fazia nove graus negativos. Eles conheceram o patrão dele, cujo rosto ela já não lembra, que deu a Ken Fen a chave da sala e a chave mestra das caixas de correio e explicou as obrigações do turno dele, que ia do meio-dia às oito e meia da noite todos os dias da semana. Então os deixou explorar a sala.

A sala do correio ficava no porão do salão memorial, um prédio tão grandioso e imponente que é difícil imaginar alguém como Ken Fen trabalhando ali, dia após dia, sem que alguma parte dele estremecesse ante a majestade do lugar.

Kenny Fennessy foi criado no conjunto habitacional da D Street, um lugar tão violento que fazia com que a Commonwealth e a Old Colony parecessem, em comparação, com bairros muito mais ricos. Era um sujeito enorme, de um metro e noventa e um. Mãos que se transformavam em punhos de ferro quando as fechava. Se você mexesse com ele, iria precisar de três pessoas para te ajudar, porque Ken não iria parar de lutar enquanto um médico-legista não encerrasse o expediente. Mas, se você *não* mexesse com ele, Kenny jamais iria encostar a mão em você. Nunca iria te provocar ou intimidar. Ia querer ouvir a sua história, passar um tempo com você, descobrir o que você gosta de fazer e te fazer companhia. Desde que nasceu, Ken Fen não teve escolha senão aceitar a violência. Mas ele simplesmente nunca aceitou o ódio.

Quando Mary Pat o conheceu, Ken Fen tinha acabado de se

divorciar e pagava uma pensão de rei para uma ex-mulher que, certa vez, havia lhe dito com um orgulho amargo que ela não era capaz de amar e, se fosse, não iria desperdiçar essa capacidade com ele. Ele e Mary Pat namoraram durante um ano antes de se casarem. Ken Fen nunca teve um puto no bolso antes de arrumar o emprego na sala do correio de Harvard, o que lhe deu a esperança de que, em alguns anos, quando tivesse quitado todas as suas dívidas, poderia tirá-los dos conjuntos habitacionais.

Como um bônus de seu emprego, Ken Fen podia assistir gratuitamente às palestras da universidade. Não podia obter créditos, mas podia ficar de ouvinte. Foi aí que os problemas começaram. De repente, ele passou a voltar para casa com livros (*Siddharta* é um dos que Mary Pat se lembra, *O tambor*, outro), de uma hora para outra deu para citar pessoas das quais ela nunca tinha ouvido falar. Não que tivesse ouvido falar de muita gente, mas, de repente, Kenny começava a *citá-las*, ainda que nunca tivesse feito isso antes.

Mary Pat o encontra sentado sozinho a uma mesa no centro da sala do correio. Tinha planejado chegar bem na hora do almoço dele, mas Kenny não está comendo, está simplesmente lendo (é claro). Ele ergue os olhos e dá um sorriso radiante quando ela entra, mas que desaparece como se tivesse sido arrancado com um tapa. Ela percebe no mesmo instante que ele esperava ver outra pessoa.

"Oi", diz ela.

Kenny se levanta.

"O que você está fazendo aqui?"

"Você viu a Jules?"

Ele nega com a cabeça.

"Por que eu teria visto a Jules?"

"Achei que pudesse ter vindo aqui. Não sei onde ela está."

"Quando a viu pela última vez?"

"Duas noites atrás."

"Meu Deus, Mary Pat." Kenny se aproxima e segura seu braço. "Venha se sentar."

Mesmo que não quisesse vê-la, mesmo que ainda esteja bravo com ela (ou os sentimentos dele são piores do que a raiva de algum modo?), mesmo que tenha estado tão irritado e impaciente na última vez em que conversaram — quando ela mais precisa, ele está ali. Kenny é uma rocha. Sempre foi. O primeiro a dar apoio, o último a pedir ajuda.

Mary Pat se deixa levar quando ele a conduz à mesa e puxa uma cadeira. Os olhos dela se enchem de lágrimas. O medo que escondeu bem fundo vem à tona, e um pequeno gemido escapa de seus lábios enquanto Kenny a senta e puxa outra cadeira à sua frente.

Mary Pat leva alguns segundos para recuperar o fôlego e, quando começa a falar, não consegue mais parar. Tudo sai num turbilhão.

"Eu não a vejo desde a outra noite e tenho esse... *pressentimento*? Tenho esse pressentimento, Kenny, e é o pior de todos, pior do que qualquer outro. Não me senti assim nem quando Noel esteve no Vietnã, e é pior do que o dia em que Dukie, que Deus o tenha, saiu de casa e nunca mais voltou. É como se uma parte dela nunca tivesse saído de mim, sabe? Está aqui dentro esse tempo todo e se tornou outra coisa, como se tivesse se... *moldado* ao meu corpo. Com as entranhas, o sangue, os órgãos e todo o resto sem o qual a gente não consegue viver? É onde parte dela sempre esteve. Mas, mas, mas não consigo senti-la aqui dentro pela primeira vez desde que ela nasceu." Mary Pat bate o punho contra o próprio peito com mais força do que pretendia. "Ela não está mais *aqui*."

Kenny lhe entrega lenços de papel que encontrou em algum lugar, Mary Pat os usa e fica surpresa por voltarem ensopados na sua mão. Ele pega os lenços molhados e lhe dá outros novos, então mais outros e outros até que o rosto dela fique seco, e o nariz, limpo.

"Então você não a viu nem teve notícias dela?", pergunta Mary Pat.

Kenny a observa com pesar.

"Não."

"Ela iria te procurar se acabasse se metendo em algum tipo de encrenca que não quer que eu saiba."

"Provavelmente, sim."

"Ela te adora."

"Eu sei."

"Ela tem o seu número de telefone?"

"Tem."

Isso dói um pouco. Mary Pat não tem o número do telefone dele, mas sua filha tem.

"Então tá bem", diz Kenny, "vamos de novo. Me diga o que você sabe."

Ela fala por cinco minutos.

"Então tá", diz ele com aquela voz analítica que às vezes usava para explicar uma jogada que Mary Pat não tinha entendido em uma partida de futebol ou, mais tarde no casamento, quando estava explicando o significado de uma de suas citações. "Eles ficam pelo parque até meia-noite. Depois mais quarenta e cinco minutos na Carson. Jules vai para casa a pé. Essa é a história deles."

Mary Pat concorda com a cabeça.

"E eles insistiram nela."

"Parece mentira."

"Por quê?"

"Eles estavam muito bêbados, certo? Estavam bebendo, chapando e essa merda toda?"

"Sim."

"Mas todos estavam de olho no horário."

"Foram pontuais", completa Mary Pat. "Isso também me incomodou."

Kenny pensa um pouco, seus olhos, como sempre, cheios de uma inteligência que ele jamais conseguiu esconder totalmente, por mais que tentasse, a segunda coisa que ela mais amava nele, perdendo só para sua gentileza.

"Espera um pouco", diz Kenny. "Todo esse mistério, ou seja como a gente for chamar, aconteceu entre meia-noite e uma da manhã de sábado, certo?"

"Certo."

"Bom, o que fica bem em frente ao parque, Mary Pat?"

Ela dá de ombros.

"Um monte de coisas."

"A estação Columbia", diz Kenny. "Onde aquele garoto negro morreu."

Mary Pat não entendeu aonde ele queria chegar.

"Sim..."

"Entre meia-noite e uma da madrugada", repete ele. "É o que os jornais dizem."

"Mas o que uma coisa tem a ver com a outra?"

"Não sei, talvez eles tenham visto alguma coisa."

Mary Pat tenta colocar isso na cabeça.

"Ou", continua Ken Fen, "talvez tenham alguma coisa a ver com o que aconteceu."

Mary Pat estreita os olhos para ele, e nesse momento uma moça negra com um black power enorme entra na sala carregando uma sacola de comida. Mary Pat sente o cheiro — há algo frito lá dentro — e repara nas duas garrafas de coca-cola que ela segura. Vê o sorriso caloroso que ela abre ao ver Kenny.

Então, Mary Pat pensa num misto de desgosto e constrangimento, *é ela.*

Foi por ela que você me abandonou.

Por essa neguinha.

A garota — *caramba, ela é muito bonita,* Mary Pat pensa antes que consiga se conter — agora está com um sorriso hesitante no rosto quando olha para Mary Pat, e por algum motivo, a primeira coisa que Mary Pat consegue dizer é:

"Quantos *anos* você tem?"

"Pelo amor de Deus." Ken Fen afasta sua cadeira da dela.

A moça se aproxima deles, agora com um leve sorriso nos lábios.

"Eu tenho vinte e nove." Põe a comida na mesa e fica atrás de Kenny. "E você?"

Mary Pat não pode deixar de achar graça por dentro, mas não demonstra.

A sala cai em um silêncio desconfortável. Quanto mais tempo ele dura, mais esquisito se torna. E, no entanto, nenhum deles se dispõe a quebrá-lo.

Até que Mary Pat se levanta e diz a Kenny:

"Me avisa se tiver notícias de Jules."

Ele faz uma careta. Aponta para a menina/mulher negra que agora está ao seu lado.

"Mary Pat, esta é…"

"Eu não quero saber a *porra* do nome dela."

A menina/mulher negra ofega e acaba rindo enquanto arregala os olhos.

Mary Pat sente a raiva pulsar dentro de si. Chega a sentir os olhos ficando vermelhos. Consegue imaginar os dois atravessando a ponte Broadway, a pequena mão escura dela na branca enorme dele. É quase insuportável de pensar — os olhares que devem receber! A humilhação que iria crescer como uma onda e desabar sobre Mary Pat e Jules e até sujar a memória de Noel, que Deus o tenha.

Kenny Fennessy dos conjuntos habitacionais da D Street volta para Southie como traidor da sua raça, como um amante de negros.

Se Ken Fen e a "neguinha" fossem pegos vivos ou mortos em sua breve caminhada — e duvidava que chegassem à C Street com vida, até a E no máximo —, a vergonha iria seguir Mary Pat e Jules enquanto mantivessem o sobrenome Fennessy e provavelmente durante décadas depois. Seria impossível de superar.

Mas são Kenny e a menina/mulher negra que olham para *ela* com desprezo. Como seria possível?

"Como você consegue viver consigo mesmo", rosna ela para Kenny, "é impossível de entender."

"Como *eu* consigo viver comigo?", rebate Kenny. A mulher tenta segurar o braço dele, mas ele a ignora e vai em direção a Mary Pat.

Ela se sente desnorteada de repente. Não queria nada *disso*. Por um momento, não consegue pensar em nada para dizer, só quer fugir dali, só quer voltar a procurar Jules. Mas foi algo que se acumulou durante tanto tempo desde que Kenny a deixou que as palavras simplesmente escapam de sua boca.

"A gente era feliz."

"A gente era *feliz*?", repete Kenny.

É um golpe duro — eles não eram. Ela era. Mas ele nunca pareceu ser.

"Tivemos alguns trancos pelo caminho."

"Não eram trancos, Mary Pat. Era a merda da nossa vida *murchando*", diz ele. "Desde que aprendi a andar, só vi ódio e raiva e gente se embebedando para não sentir mais nada. Então essa gente se levantava no dia seguinte e fazia a mesma merda de novo e de novo. Durante décadas inteiras. Passei toda a minha vida morrendo. Seja lá quanto tempo de vida ainda me resta, vou viver. Estou cansado de me afogar."

A linda garota negra continua os encarando com uma calma que ao mesmo tempo ofende e causa admiração em Mary Pat.

Mary Pat volta a olhar para Kenny e consegue ver, para além da raiva dele (e da própria), a esperança em seus olhos — pequena, mas incandescente —, como se tentasse dizer: "Viva esta nova vida comigo".

E uma parte dela quase responde: "Sim, sim, vamos". Uma parte dela quase agarra o rosto dele e o beija e diz entre dentes: "Vamos embora *agora*".

Mas, de algum modo, o que diz é:

"Ah, então quer dizer que você é bom demais pra gente?"

Kenny solta um estalo desesperado com a boca. Alguma coisa entre um grito fraco e um suspiro barulhento. Qualquer microfragmento de esperança que os olhos dele ainda expressavam se foi, e agora tudo que ela vê é o vazio das pupilas, das íris e da alma.

"Dê o fora daqui", diz ele gentilmente. "Se Jules aparecer, mando voltar para sua casa."

7.

Já passa das cinco horas e nenhuma palavra de Brian Shea. Mais uma, duas horas e nada.

Mary Pat vai até o Fields. Há um aviso na porta: FECHADO PARA ASSUNTOS PARTICULARES.

Que merda é essa?, ela quer gritar. O bar inteiro é um assunto particular.

Mary Pat bate na porta. Pelo menos uma dúzia de vezes. O suficiente para que sua mão direita ainda inchada depois da surra que deu no idiota do namorado da filha volte a doer.

Ninguém atende.

Mary Pat tenta a casa de Brian Shea em seguida. Em Telegraph Hill, é uma das casas geminadas originais de tijolos vermelhos em frente ao parque. Donna, a esposa dele, atende a porta. Ela e Mary Pat (assim como Brian) eram da mesma turma no ensino fundamental, também na South Boston. As duas eram unha e carne, mas isso foi antes que a vida delas tomasse rumos diferentes. Mary Pat acabou sendo mãe de dois filhos no conjunto habitacional enquanto Donna Shea (antes Dougherty) se casou com um fuzileiro naval, viajou pelo mundo e voltou depois que o marido foi atacado pelos próprios homens em um lugar chamado Binh Thúy. Donna não teve filhos e, quando voltou, foi morar com a mãe idosa e parecia ter se contentado com o próprio declínio longo e vagaroso quando se juntou a Brian Shea e todo o curso de sua vida mudou de novo. A mãe dela morreu, Brian foi promovido a segundo no comando da gangue de Butler, eles se mudaram para uma casa em Telegraph Hill e Brian comprou um Mercury Capri de duas cores novinho em folha para ela. Sem filhos, sem bichos de estimação, sem responsabilidades. Donna Shea acertou no alvo. Agora suas únicas preocupações são um cancelamento da hora marcada na manicure e algum caroço inexplicável no peito.

Donna olha para Mary Pat do batente e pergunta:

"Pois não, o que deseja?"

Como se Mary Pat tivesse batido na porta para vender seguro de vida.

"Oi", diz Mary Pat. "Tudo bem?"

"Tudo certo." Donna parece entediada. Olha para a rua por cima do ombro de Mary Pat. "Do que precisa?"

"Estou procurando o Brian."

"Ele não está."

"Você sabe onde ele está?"

"Por que quer saber onde meu marido está?"

"Ele estava investigando algo para mim."

"O quê?"

"Onde a minha filha pode estar. Ela está desaparecida faz duas noites."

"O que isso tem a ver com ele?"

"Ele se ofereceu para investigar."

"Então espera a resposta dele."

"Ele disse que ia me dar um retorno até hoje às cinco."

"Só que ele não está aqui."

"Tá bem."

"Tá bem."

"Então."

"Então."

"Eu só..."

"O quê?"

"Só estou tentando achar minha filha, Donna."

"Então, ache sua filha."

"Estou tentando", mas o que queria dizer/gritar era: "Por que você está sendo tão filha da puta?". Não consegue pensar em mais nada para dizer, então vira as costas e começa a descer os degraus.

"Mary Pat", diz Donna gentilmente.

Mary Pat se vira para olhá-la.

"O quê?"

"Desculpa. Não sei por que disse aquilo."

Então a convida a entrar.

"Não faço ideia de por que eu não sou feliz", diz Donna depois de pegar uma cerveja para cada uma. "Mas *não sou*. Quer dizer, tenho tudo. Não é? Olha só para esta casa. Brian é um cara legal, também se veste bem. E cuida de mim. Nunca me bateu. Não consigo me lembrar de uma única vez que tenha gritado comigo. Então, por que eu não sou feliz?" Ela aponta para a sala de jantar. A cristaleira é do tamanho de um freezer de açougueiro, o lustre acima delas é tão enorme que sua sombra é como uma trepadeira pelas paredes, a mesa de jantar à qual estão sentadas tem lugar para doze pessoas. Donna reitera: "Por que eu não sou feliz?".

"Como é que diabos eu vou saber?", responde Mary Pat com uma risada desconfortável.

Donna dá uma tragada no cigarro.

"Tem razão. Tem razão, tem razão, tem razão."

"Não sei se tenho *tanta* razão assim", diz Mary Pat. "Eu só não sei por que você não é feliz."

"O sexo é bom", diz Donna. "Ele cuida de mim, compra tudo que eu quero."

Mary Pat consulta o antigo relógio de pêndulo no canto da sala: oito e vinte. Quase três horas e meia depois do prazo prometido por Brian Shea.

"Donna", diz ela, "não consigo achar a Jules. E Brian prometeu investigar. Por isso preciso encontrá-lo."

"Você não está querendo trepar com ele?"

"Não, não quero trepar com ele."

"Por que não?"

"Porque trepei com ele no colégio e não achei tão bom assim."

Donna fica da cor de uma batata cozida — um branco translúcido. Seus olhos ficam do tamanho de uma bola de beisebol.

"Você trepou com meu Brian?"

"No ensino médio."

"Com *meu* Brian?"

"Ele não era seu na época."

"Mas a gente era amiga."

"É."

Donna apaga o cigarro sem tirar os olhos de Mary Pat.

"Por que você não me contou?"

"Porque você tinha uma queda por ele."

"Não tinha não."

"Tinha sim."

"Mas eu estava namorando com o Mike Atardo."

"É verdade. Mas tinha uma queda pelo Brian."

"Eu nunca te disse isso."

"Mas eu sabia."

"Então você trepou com o cara sabendo que eu tinha uma queda por ele?"

"Eu estava bêbada. Ele também."

"Ah."

"Pois é."

"E onde eu estava?"

"Em Castle Island com Mike Atardo."

Ela solta um gritinho.

"Na noite em que perdi o meu cabaço?"

"É."

Donna solta outro gritinho. E Mary Pat também. É bom se lembrar de quem foram por um momento antes de precisar voltar a conviver com quem são.

Depois de algumas risadinhas, Donna diz:

"Ah, que merda, Mary Pat, que porra. Como a gente veio parar aqui?"

"Aqui onde?"

"Aqui. A gente mal se conhece. Nós éramos *amigas*."

"Você foi embora."

"Fui."

"Morou no Japão."

"Argh."

"Na Alemanha."

"Piorou."

"No Havaí, ouvi dizer."

Donna acende outro cigarro.

"Lá foi legal."

"Sinto muito pela morte do seu marido."

"Também sinto muito pelo seu."

"Não, ele só foi embora."

Donna balança a cabeça.

"O seu primeiro marido. Dukie?"

"Ah, sim", Mary Pat concorda. "Isso foi há muito tempo."

"Ainda deve doer."

"Ele me batia muito."

"Ah. E o segundo?"

"Nunca. Ele era um amor."

"Mas te largou."

"É."

"Por quê?"

Mary Pat demora tanto para falar que, quando enfim diz alguma coisa, Donna terminou o cigarro e a sala está mais escura.

"Ele tinha vergonha de mim."

"Do quê?"

"Sei lá."

"Do seu cabelo?"

Meu cabelo é feio?

"Da sua cara? Das suas tetas? Do seu... o quê?"

"Do meu ódio." Mary Pat acende um dos seus cigarros.

"Não entendi."

"Eu também não." Mary Pat solta a fumaça durante um longo momento. "Mas foi o que ele disse no dia em que foi embora. Disse: 'Tenho vergonha do seu ódio'."

Donna solta uma bufada

"Parece arrogante."

"É o que ele é."

"Então ele que se foda. E tipo, qual é, ele não odeia ninguém? É a porra de um santo?"

"Exatamente."

"Sorte a sua ter se livrado dele."

"Meh."

"Não?"

"Estou sozinha. Tenho quarenta e dois anos, sabe?"

"Você vai arranjar outro cara."

"Eu gostava dele."

"Um cara melhor."

Mary Pat dá de ombros.

"*Vai sim.*"

"Talvez pode ser que eu encontre um cara que seja melhor para mim, mas nunca vou encontrar um cara melhor que ele."

As duas passam algum tempo em silêncio. A casa parece grande e fria demais — mesmo em plena onda de calor — para que Mary Pat consiga imaginar alguém sendo feliz ali. Se sentia inveja de Donna ao entrar, duvidava que continuaria a se sentir assim ao sair.

"Por que perder tempo com Brian?", pergunta Donna de repente. "Por que não vai direto para a fonte?"

"Marty?"

"Não. A fonte. O namorado da Jules."

"Falei com Rum duas vezes. E quebrei a cara dele na segunda vez. Não acho que ele vai ser, hã, muito acessível daqui pra frente."

"O Rum não é o namorado da Jules."

"O quê?"

"Qual é, Mary Pat, você já sabe disso."

"Não sei, não."

"Merda. Merda, merda, merda. Puta merda. Merda." Donna fica tão pálida que sua boca rosa se torna vermelha.

Mary Pat a observa como se assistisse a uma panela de pressão prestes a explodir.

"Quem é o namorado da Jules, Donna?"

Por um momento, só há o barulho do relógio de pêndulo. Novas sombras são projetadas na sala. Lá fora, folhas secas arranham a calçada.

"Ela está com o Frank."

"Que Frank?"

"Você só pode tá de brincadeira comigo, qual Frank você acha?"

Mary Pat não quer nem pronunciar o nome.

"Frank Toomey?"

"Hã, é."

"O Frankie Sepultura?"

"Sim."

Frankie Toomey é casado e tem quatro filhos. A única coisa capaz de redimi-lo, fora sua boa aparência e sua bela voz de cantor, é sua devoção à família. (E ele *é* bonito, nível galã de cinema; é a cara do James Garner.) Mais do que lindo, ele tem carisma de sobra, mas só usa seu charme com as crianças do bairro. Compra doces e sorvetes para elas, dá alguns dólares para os mais pobres para que consigam "ajudar em casa". Todos os garotos querem ser como o Frankie quando crescerem, e não como o Marty. E é com o Frankie, e não com Marty, que todas as meninas querem namorar, pelo visto. Ele anda pelas ruas não como se fosse dono delas, mas como se as tivesse construído com as próprias mãos. Chama todos pelo nome e tem uma risada cordial que dá para ouvir a quarteirões de distância. Esse é o Frank Toomey que todas as crianças conhecem.

Os adultos sabem que o seu apelido é Sepultura porque ele já sepultou mais corpos do que consegue contar. Quando não está matando para os irlandeses, fica à disposição dos italianos. Durante a guerra McLaughlin no início dos anos 1960, Frankie matou tantos caras que o barbeiro Al Coogan, ao vê-lo se aproximando da barbearia, correu para a rua tentando fugir dele e acabou quebrando o quadril ao ser atropelado. Frankie só queria cortar o cabelo.

"A minha filha?", murmura Mary Pat.

Donna está com uma cara de dor.

"Achei que você soubesse. Todo mundo sabe."

"*Todo mundo* quem?"

"Sabe, todo mundo."

"Menos eu."

"Sinto muito."

"Sente mesmo?"

"Claro que sim. É como quando estamos no mundo de Marty, no mundo de Brian. A gente meio que só mora lá, só convive uns com os outros. Só sabe o que contam para a gente."

"Mas você sabia que Frankie Toomey estava saindo com a Jules, uma menina sete anos mais nova do que *metade* da idade dele."

"É."

"E tudo bem por você?"

Elas se encaram e o tempo desaparece, e talvez, apenas talvez, as meninas que um dia foram pudessem dar uma luz às mulheres que são agora.

Mas os olhos de Donna ficam distantes.

"Eu não sou babá de ninguém, Mary Pat."

"Você é a segunda pessoa que me diz isso essa semana." Mary Pat se levanta. "Sabe, a gente sempre diz que não faz vista grossa. Podemos não ter muita coisa, mas temos o bairro. Nós cuidamos uns dos outros." Ela estala os dedos e derruba a lata de cerveja, observando o líquido escorrer pela mesa de Donna Shea. "Que monte de merda."

Vai embora enquanto Donna corre para pegar os panos de prato.

8.

Os dois caras encostados no sedã marrom desbotado estacionado em frente ao prédio dela têm tanta cara de policiais que podiam muito bem ter vindo fardados. O mais novo e mais alto dos dois tem um bigode de bandido e costeletas compridas. Seu cabelo grosso chega aos ombros do casaco de couro sintético preto, e a corrente de ouro no pescoço reflete a luz do poste, e ele pisca para Mary Pat quando ela se aproxima. Poderia apostar que ele assistiu a *Serpico* pelo menos três vezes, porque está a cara do Al Pacino.

O outro, o mais baixo, é rechonchudo e está a um passo da obesidade se não se cuidar. Para Mary Pat, ele tem a cara de um ex-boxeador ou de um agiota. Usa um chapéu de aba curta. Sua roupa está muito apertada e a gravata está torta desde o dia em que a comprou. Divorciado, presume ela, bebeu muito sozinho enquanto jantava na frente da TV. Uma descrição, Mary Pat logo percebe (e a rejeita com a mesma pressa), que também serviria para ela. Ao examiná-lo mais de perto, calcula que ele tem trinta e poucos anos, dez anos mais jovem do que tinha achado antes, mas com certeza parece mais velho depois de ter passado por uns anos difíceis.

Os dois mostram os distintivos. O mais jovem se identifica como detetive Pritchard. O outro é o detetive Coyne.

"A Julie está em casa?" A voz de Coyne é muito gentil e não combina com a aparência dele.

"Não, não está."

"Posso saber onde ela está?" Novamente, seu tom de voz é quase educado.

"Não sei. Eu mesma estou à procura dela."

"Desde quando?", pergunta o policial mais jovem de casaco de couro sintético. A voz dele é rude e sem qualquer gentileza.

"Não sei dela faz", Mary Pat engasga ao se dar conta disso, "quarenta e oito horas."

"A senhora falou com alguém sobre isso?"

"Quem?"

"A polícia?"

"E vocês iam fazer o quê? Iam mesmo procurá-la?"

"Sem qualquer sinal de violência?" O detetive mais velho nega com a cabeça. "Não, a gente não faz isso."

"Então, de que adianta dar queixa na polícia?"

Os dois se entreolham e dão de ombros ao mesmo tempo. Ela tem um bom argumento.

"Podemos entrar?", pergunta Coyne.

Mary Pat não quer ser vista deixando de boa vontade dois policiais entrarem no prédio. Seria como levar um pedófilo a um jantar de Natal.

"Está uma bagunça", diz ela.

Coyne sorri educadamente, mas há ceticismo em seus olhos.

"Há um banco bem ali." Ela o indica com o queixo.

Eles se sentam em um banco em frente a uma quadra de

basquete sem cestas, só com os postes e as tabelas, sob uma luz amarelada. De vez em quando, um morcego sobrevoa a quadra de modo errático, como uma pipa em meio a uma tempestade.

"Então, na última vez em que a senhora viu Julie, ela...", diz Coyne.

"Jules."

"Como?"

"Ninguém a chama de Julie. É Jules."

"Entendi. Quando foi a última vez que a senhora a viu?"

"Duas noites atrás. Lá pelas oito da noite."

Pritchard anota isso em um caderno.

"Dá pra gente pular esse papo furado?", pergunta Mary Pat.

"Claro", responde Coyne com calma, e Mary Pat gosta dessa tranquilidade. Talvez ele seja o primeiro policial que ela conhece que não é um babaca beberrão e mulherengo. Ou talvez ele só seja muito bom em fingir ser um homem decente.

Mary Pat põe um cigarro na boca e Coyne oferece seu Zippo antes que ela possa encontrar o próprio. No isqueiro, há um emblema dos fuzileiros navais — a águia, o globo, a âncora — e datas de serviço que ela não consegue entender. Acena com a cabeça quando o cigarro acende, e Coyne afasta o isqueiro e o fecha com um leve clique.

"A minha filha", começa Mary Pat, "não voltou para casa no sábado à noite. Estou à procura dela desde então. Descobri que Jules saiu com várias pessoas que afirmam ter estado no parque Columbia e depois na Carson Beach entre onze horas e quinze para uma da madrugada. Essas pessoas são Ronald Collins, Brenda Morello, George Dunbar e minha sobrinha, Peg McAuliffe."

Ela espera Pritchard terminar de escrever os nomes no caderninho e então prossegue.

"Havia outros jovens lá também, mas não sei dizer quem.

Minha sobrinha foi embora antes da meia-noite. George Dunbar e Ronald Collins afirmam que minha filha saiu quinze para a uma para voltar para casa, e ninguém mais sabe dela depois disso."

"A senhora acredita nessa história?", pergunta Pritchard, ainda escrevendo no caderno.

"Não."

"E foi por isso que deu aquela surra em Ronald Collins no bar do Marty Butler ontem à noite?"

"Não faço ideia do que o senhor está falando."

Coyne dá risada.

"A cidade toda sabe, sra. Fennessy."

"A senhora arrancou as bolas dele enquanto dava a surra?", pergunta Pritchard.

"Ei", diz Coyne de repente.

"O quê?"

"Não se xinga na presença de uma mulher. Muito menos se fala em genitália."

"Geni-o quê?"

Mary Pat lança um olhar de gratidão a Coyne. É coisa de quem mora nos conjuntos — se você não conhece a mulher, não fale palavrão perto dela, mesmo que ela xingue mais do que um caminhoneiro bêbado. É falta de educação. A mesma regra vale para partes íntimas.

"De onde você é?", pergunta Mary Pat a Coyne, porque agora sabe que ele é daqui.

Coyne aponta com a cabeça para Dorchester.

"Savin Hill."

"Stab-n-Kill", diz ela. Esfaqueia e mata.

"Olha só quem fala", responde ele, olhando ao redor, para o lixão de tijolos vermelhos da Commonwealth.

Mary Pat abre um sorriso de cumplicidade.

"Jules não entrou em contato com ninguém, nem comigo,

nem com o padrasto, nem com os amigos. Pelo menos é o que os amigos dela dizem. Uma mãe sabe quando o filho anda aprontando."

"E o que a senhora acha?"

"Que ela está com problemas", diz Mary Pat, exalando toda a fumaça cinzenta de uma vez. "Por que estão à procura dela?"

"Por que acha que ela está com problemas?" Coyne não desvia o olhar do dela.

Mary Pat encara a quadra de basquete vazia, ouve o morcego voar desesperadamente em algum lugar no alto. Ela se lembra do que sabe desde que Ken Fen levantou a possibilidade.

"Tem algo a ver com Auggie Williamson. O rapaz que morreu na estação Columbia."

A expressão de Coyne permanece indecifrável.

"Por que acha isso?"

"Porque ela estava por perto com alguns dos amigos idiotas dela, e agora vocês estão aqui fazendo perguntas. Dois mais dois." Mary Pat joga a bituca pela cerca de arame na quadra vazia.

Coyne acende um cigarro e deixa o isqueiro no banco entre os dois. Mary Pat consegue ler metade de uma palavra — "Viet" — apesar da sombra que encobre o banco.

"Onde prestou serviço militar?"

Ele parece confuso por um momento, então segue o olhar dela e entende.

"Em toda parte. Ainda não havia guerra. Eu era um 'consultor'."

"Aquele lugar já era uma merda?"

"Ah, sim", diz Coyne. "Só que mais bonito. A gente ainda não tinha explodido tudo. Os vietcongues também não. Mas já dava para saber que ia dar ruim em 1962. Conhece alguém que serviu lá?"

Mary Pat faz que sim com a cabeça.

"O meu filho." Ela pega Pritchard lançando um olhar de "vamos continuar com o interrogatório" para Coyne, que se limita a repreendê-lo em silêncio

"Ele voltou para casa?", pergunta Coyne.

"Mais ou menos."

"Como assim, 'mais ou menos'?" Coyne olha para a quadra de basquete como se Noel pudesse estar por ali naquele exato momento.

"Ele teve uma overdose." Mary Pat o encara. "Então parte dele voltou, mas outra parte não."

Por um momento, Coyne não mexe um músculo. Sua pele branca como giz consegue ficar ainda mais pálida, e Mary Pat desconfia que ele perdeu alguém muito próximo — um filho ou irmão — para a heroína. Quando o detetive pega o isqueiro no banco para guardá-lo no bolso, ela repara no leve tremor de sua mão. Coyne solta a fumaça.

"Eu sinto muito, sra. Fennessy."

"Sabe qual bairro mandou mais garotos ao Vietnã?", pergunta Mary Pat.

Ele arrisca.

"Southie?"

Ela nega com a cabeça.

"Charlestown. Mas Southie foi o segundo. Depois Lynn. Depois Dorchester. Roxbury. Eu tenho um primo que trabalha no conselho de alistamento militar. Ele me contou tudo isso. Sabe quem não mandou muitos garotos ao Vietnã?"

"Eu imagino", diz Coyne com uma amargura tão antiga que soa como apatia.

"O pessoal de Dover", responde Mary Pat. "De Wellesley, Newton e Lincoln. Os filhos deles se esconderam na faculdade e na pós-graduação e tiveram médicos para atestar que eles tinham o tal zumbido no ouvido ou o pé chato ou alguma lesão óssea ou qualquer outra mentira que conseguiram inventar. São as mesmíssimas pessoas que querem colocar minha filha num ônibus e levá-la até Roxbury, mas que não iriam deixar um preto dar dois passos no bairro deles se a grama já tiver sido aparada e já tiver anoitecido."

"Você tem um bom ponto", diz Coyne. "O que a Jules acha da integração escolar?"

Mary Pat o encara durante tanto tempo que ele termina o cigarro e começa a se sentir desconfortável.

"Sra. Fennessy?"

Ela entende aonde ele quer chegar.

"Um rapaz negro se joga na frente de um trem e o senhor acha que alguns garotos brancos podem estar envolvidos porque estavam chateados com a integração escolar?"

"Eu não disse isso."

"E nem precisa."

"E o garoto não se jogou na merda da frente de trem nenhum", diz Pritchard.

Coyne trava a mandíbula e seus olhos afetuosos brilham frios e cruéis para o parceiro.

"Como ele morreu?", pergunta Mary Pat.

"Ainda estamos aguardando uma conclusão quanto a isso", responde Coyne.

"Por que a senhora não pergunta à sua filha?", diz Pritchard.

"Vince", Coyne diz ao parceiro, "cala a boca. Faz esse favor para mim."

Pritchard revira os olhos e dá de ombros feito um adolescente. Coyne se volta para Mary Pat.

"Nós temos testemunhas que viram Auggie Williamson conversando com um grupo de garotos brancos perto do parque Columbia por volta da meia-noite. Depois esses garotos o perseguiram até a estação Columbia, onde ele morreu. Não podemos confirmar que sua filha estava entre esses jovens, mas seria melhor se ela viesse até nós do que o contrário. Portanto, sra. Fennessy, se sabe onde ela está, faça um grande favor a si mesma e conte para a gente."

"Eu *não sei* onde ela está", diz Mary Pat. "Já arranquei os cabelos tentando achar ela."

Coyne a encara.

"Quero acreditar na senhora."

"Estou pouco me lixando se acredita em mim ou não, só quero encontrar minha filha. Fiquem à vontade para ir atrás dela, já que fazem tanta questão."

Coyne concorda com a cabeça.

"Sabe de algum lugar onde ela possa estar escondida?"

Se Jules tem um esconderijo, ele faz parte da sua vida secreta. Essa que pode envolver Frank Toomey. O qual, por associação, iria envolver Marty Butler. E dizer a um policial qualquer coisa que o leve a Marty Butler seria o mesmo que enfiar a cabeça no forno, ligar o gás e acender um último cigarro.

"Não sei."

Mary Pat está tentando manter a esperança longe dos olhos e de sua voz porque as coisas finalmente passaram a fazer algum sentido — se Jules esteve envolvida em alguma besteira que levou à morte daquele rapaz negro, é bem possível que esteja escondida em um lugar num raio de dez quarteirões de onde Mary Pat está agora. E, se for esse o caso, ela pode muito bem resolver qualquer cagada que a filha possa ter feito, porque sabe lidar com esse tipo de coisa.

Coyne lhe entrega um cartão de visita — *Det. Sarg. Michael Coyne, Departamento de Polícia de Boston — Div. de homicídios.*

Homicídios. Ho-mi-cí-dios. Não é o tipo de besteira cotidiana que traria um policial à porta da sua casa. Não é um roubo no

açougue ou um cheque sem fundo. Isso é tão grave quanto câncer no ovário.

Coyne aponta para o cartão.

"Se ela der as caras, ligue para este número e peça para
transferirem para este ramal. Ou só peça para falar comigo."

"Detetive Michael Coyne."

"Bobby", diz ele. "Todo mundo me chama de Bobby."

"Por quê?"

Ele dá de ombros.

"Qual é o seu nome do meio?"

"David."

"E todo mundo chama você de Bobby?"

Ele dá de ombros de novo.

"É a vida, vai entender."

"Tá legal, Bobby." Mary Pat guarda o cartão no bolso.

Coyne se levanta e desamassa a calça. Pritchard fecha o caderno.

"Se vir a sua filha", diz Coyne, "faça a coisa certa, sra. Fennessy."

"E que coisa seria essa?"

"Faça com que ela ligue para nós antes de mais nada."

Ela concorda com a cabeça.

"Isso é um sim?"

"É só um aceno."

"Que significa que vai pensar no assunto?"

"Que significa que ouvi o que você disse."

Mary Pat pega seu maço, vai em direção ao prédio e entra.

9.

Mary Pat acaba dormindo na poltrona e acorda uma hora depois, quando alguém esmurra a porta. Ela corre e a abre sem verificar quem está do outro lado, seu corpo pulsando com a esperança de que seja Jules.

Mas não é. Não há ninguém lá. Ela varre o corredor com os olhos. Nada. Volta a olhar para dentro do apartamento. Está vazio como nunca esteve depois que Dukie ou Ken Fen ou mesmo Noel se foram. Está vazio como um cemitério — cheio dos fantasmas que nunca vão voltar à vida.

No oitavo ano, a irmã Loretta costumava dizer que, mesmo que o inferno não fosse a fogueira com demônios chifrudos e tridentes como era pensado na Idade Média, ele era com toda a certeza um grande vazio.

Era uma separação eterna do amor.

Que amor?

O amor de Deus.

O amor de qualquer um.

Todo o amor do mundo.

A dor provocada por um tridente ou mesmo por um fogo eterno não se compara à dor do vazio.

"O exílio eterno", dizia a irmã Loretta, "o coração para sempre intocado e abandonado."

Mary Pat só volta para dentro a fim de pegar os cigarros e o isqueiro.

Quando chega ao Fields, o recado ainda está na porta — FECHADO PARA ASSUNTOS PARTICULARES — e as luzes atrás da única janela no alto são fracas, mas Mary Pat começa a bater na porta e não para. Usa a mão esquerda porque a direita ainda dói depois de usar a cabeça de Rum como saco de pancadas. Ela bate durante um minuto inteiro quando alguém do outro lado da porta a destranca. Três vezes. Uma após outra. E então mais nada. É o último aviso — se quiser entrar, é só abrir. Última chance de ir embora.

Não dá para ignorar o medo. Súbito, é a única coisa que ela consegue sentir. Uma presença encarnada. Tão real e substancial quanto outro ser humano parado na calçada ao seu lado. Outras pessoas entraram por essa porta, Mary Pat sabe, e nunca mais foram vistas. Não é só a porta de um edifício; é a fronteira entre dois mundos.

Mary Pat pensa em Jules dançando na cozinha com o roupão naquela manhã, fingindo lutar boxe, mostrando aquele seu sorriso torto e cheio de dentes, e abre a porta.

O sujeito parado atrás do balcão está com um cigarro aceso entre os lábios e aperta os olhos por causa da fumaça que entrou em seu olho direito enquanto ele se servia de uma dose de rum. Todo mundo o chama de Weeds, porque ele é feio e magrelo. Tem lábio leporino, estrabismo no olho esquerdo, e dizem que empurrou o irmãozinho de um telhado quando eram pequenos só para ouvir o barulho do impacto. Não está de jaqueta naquela noite, só de camiseta, a qual parece suja à luz fraca.

Larry Foyle está sentado a uma mesa junto à parede. Ele é gordo como a mascote da Michelin, com uma papada também digna de nota. Sua cabeça é enorme, como a de uma estátua. Suas mãos poderiam fazer carinho num alce, de tão grandes. Ele ainda mora com os pais e pode ser visto muitas vezes empurrando a cadeira de rodas do avô no Day Boulevard. Larry geralmente é tranquilo, um cara simpático, mas essa noite mantém os olhos na cerveja e não lança um único olhar para Mary Pat. Assim como Weeds, está sem a jaqueta. Ela não consegue distinguir o estado da camiseta, nem mesmo a cor, mas consegue sentir o fedor dele de longe.

Não há mais ninguém ali além dos dois. No fim do corredor, a porta dos fundos está aberta; Mary Pat olha para Weeds. Ele aponta com os olhos uma vez naquela direção, um sinal para que ela vá em frente. Depois bebe sua dose e se serve de outra.

Ao atravessar o bar, Mary Pat espera ouvir os pés de uma cadeira sendo arrastados, corpos se movendo, passos correndo atrás dela. Sente uma veia que nem sabia que existia pulsar em sua garganta. A extensão do bar leva a um corredor estreito e escuro que dá nos banheiros e na porta dos fundos. Cheira a desinfetante e mictórios. A brisa noturna parece úmida e quente em seu rosto.

Brian Shea está esperando por ela. Mary Pat nunca esteve nesse lugar e fica um pouco surpresa ao ver que transformaram aquela parte do prédio em uma espécie de gruta, com pedras arredondadas cobrindo o chão e luzes penduradas nas paredes externas do bar e do estúdio de tatuagem ao lado. Algumas mesas e cadeiras de ferro dividem espaço com vasos de plantas e um ou outro barril de cerveja. Do outro lado, há uma casa azul de três andares com acabamento branco. Ela já foi alvo de dezenas de boatos — é onde Marty Butler mora; é um esconderijo; é um cassino sofisticado; é um bordel sofisticado; é onde guardam todas as pinturas roubadas do Museu Fogg em 1971. Até hoje Mary Pat nunca a tinha visto por inteiro, só o último andar da rua. Não parece nada demais, é igual a todas as casas de três andares de Southie e Dorchester, exceto pela pintura, que segue bem cuidada.

Brian Shea não lhe oferece uma cadeira, mas ela se senta na que está diante dele mesmo assim. A primeira coisa que ele diz, com um sorriso levemente cruel, é:

"Você foi até a *minha casa*?"

"Fui."

"Por que faria isso?"

"Você não cumpriu com a sua palavra."

"A minha o quê?"

"A sua palavra. Você disse que ia me procurar até às cinco horas. Não procurou."

O sorriso de Brian fica um pouco maior, um pouco mais cruel.

"Você está aqui há tempo suficiente, Mary Pat, para saber que uma pessoa como você não dá ordens a uma pessoa como eu."

"E você está aqui há tempo suficiente, Brian, para saber que estou cagando e andando para o que você acha sobre o que eu acho."

Brian segura a própria nuca e a encara com seus olhos azuis translúcidos. Sua camiseta não está tão suja quanto a de Weeds, mas ela repara no pó branco em seus braços e na mancha em sua bochecha.

Esses caras invadiram uma escola? Ou ligaram um misturador de cimento?

"Você sabia que a minha Jules estava tendo um caso com o Sepultura?"

"Ele não gosta desse apelido."

"Será que ele prefere 'Pedófilo'?"

"Ela tem dezessete anos."

"Então você sabia."

Brian desvia o olhar para o chão só por um momento.

"Sabia."

Mary Pat se sente tonta de repente. Como se pudesse cair da cadeira.

"Jules está com ele agora? Com Frankie?"

Brian nega com a cabeça.

"Frank não a vê há dias."

"Como você sabe?"

"Ele me contou. Prometi a você que ia perguntar por aí, foi o que fiz."

"Eu mesma vou perguntar para ele."

"Não vai não", diz Brian. Há um leve tom de fúria em sua voz, e Mary Pat sabe que não é uma ameaça vazia, mas uma promessa. "Frank tem mulher e filhos e provavelmente está sendo vigiado vinte e quatro horas pela polícia local ou federal. Você não vai fazer um escândalo na casa do Frank. Está me ouvindo?"

"Então onde Jules está?"

"Eu perguntei se você me ouviu, porra."

"Ouvi."

O pescoço dele relaxa. Brian volta a se recostar na cadeira.

"Então onde ela está?"

"Não sei."

"Você disse que perguntou por aí."

"Perguntei mesmo."

"E o que te disseram?"

"Que Jules foi vista pela última vez voltando para casa naquela noite."

"Não acredito em você."

"Eu não ligo."

"A polícia foi até a minha casa."

"Tem certeza de que não foram chamados por você?"

Mary Pat faz uma careta.

Brian arregala os olhos.

"Bem, como é que eu vou saber, Mary Pat. Não sei quem você é agora. Você está maluca, porra."

"Minha filha desapareceu."

"Garotas da idade dela desaparecem o tempo todo. Talvez Jules esteja pedindo carona para ir até San Francisco ou, sei lá, até a Flórida."

"Os policiais disseram…"

"Agora você acredita em policial?"

"Eles disseram que ela estava metida naquela confusão em que o garoto acabou morrendo."

"Que garoto?"

"O rapaz na estação de trem."

"O neguinho traficante?"

"Como você sabe que ele era traficante de drogas?"

Brian solta uma bufada.

"Ah, beleza, então ele estava procurando o Exército da Salvação e se perdeu. Satisfeita?"

"Os policiais disseram…"

"Para de falar 'os policiais disseram', 'os policiais me contaram'. Perdeu a porra do juízo? Nós não conversamos com tiras aqui."

"Eu não falei com eles, eles vieram falar comigo. Disseram que um grupo de garotos brancos perseguiu o garoto negro até a estação. Acham que pode ter sido George Dunbar, Rum, Brenda Morello e minha filha." Mary Pat acende um cigarro.

Brian a observa com expectativa, a qual desaparece pouco a pouco.

"É isso? Os policiais falam para você que alguns garotos brancos, que podem *ou não* ser sua filha e os amigos dela, *talvez* tenham perseguido um crioulo traficante até a estação Columbia, onde ele *pode* ter caído de cabeça nos trilhos e morrido? E o que você quer fazer com essa informação?"

"Descobrir se é verdade se isso me ajudar a encontrar a minha filha."

Brian percebe o pó de giz nos próprios braços e o limpa. Aponta para algo que Mary Pat não havia notado até então — uma marreta apoiada em uma caixa de ferramentas perto da escada da casa de três andares de Marty.

"Eu trabalhei feito um cachorro o dia inteiro, ajudando o chefe a reformar a casa dele, e estou exausto. Exausto. Enquanto isso, você vai na minha casa perturbar a minha mulher e derrubar cerveja em cima da mesa da minha sala como uma porca sem educação. Depois vem aqui, *duas vezes*, enquanto a gente se mata para deixar a sala de estar do chefe bonita. E por quê, Mary Pat? Porque a porra da sua filha provavelmente está chapada ou transando com alguém e se esqueceu de te ligar? Ou porque ela mandou um grande 'foda-se' para essa merda, para essa cidade, para esses caras que querem levar um bando de chimpanzés filhos da puta para a escola dela, e resolveu ir para a Flórida. Porque eu aposto mil dólares do meu próprio bolso que é para lá que ela foi. Por isso é melhor pensar na sua filha na Flórida, enchendo a cara e se bronzeando. Melhor lembrar que os filhos vão embora, deixam o ninho, mas os vizinhos são para sempre. Eles cuidam de você em caso de doença, contam quando alguém está rondando a sua casa, esse tipo de coisa." Brian acende um cigarro, seus olhos azuis translúcidos encarando os dela através da chama. "Mas *você* não está sendo uma vizinha tão boa assim agora. E a gente está ficando bem cansado disso."

"Vocês estão ficando cansados disso?"

"Todo mundo está."

"Então pode dizer para todo mundo que estou só começando." Ela se levanta.

Brian joga a bituca do cigarro no peito dela. Faz isso casualmente, depois olha para ela sem expressão enquanto Mary Pat limpa a fagulha e as cinzas antes que queimem o tecido da camisa.

"Coisas ruins", diz ele enquanto tira um novo cigarro do maço, "acontecem com vizinhos ruins."

Mary Pat não consegue pensar em uma resposta — na verdade, não consegue pensar em nada a essa altura; seu cérebro está esgotado —, por isso vai embora.

10.

Na manhã seguinte, Mary Pat vai trabalhar se sentindo tão estraçalhada que é como se tivesse sido esfaqueada. A essa altura, todas as suas colegas sabem que ela não vê a filha há três dias e começam a evitá-la. Algumas parecem pensar em lhe oferecer condolências ou… algo assim, mas estão com muito medo para se aproximar.

Na sala de descanso, durante o café, toda a conversa gira em torno de Auggie Williamson.

Por ora, os jornalistas reconstituíram alguns fatos daquela noite. O carro dele — um Rambler de 1963 — quebrou na rodovia Columbia. Com isso, Auggie tinha algumas opções, nenhuma delas ideal. A primeira seria andar quase dois quilômetros a pé pela estrada até chegar a Upham's Corner e virar na rua Dudley, a partir da qual ele estaria entre a sua gente. Mas isso significaria percorrer toda essa distância em meio a um bairro branco, para entrar em outro mais ou menos misturado para então chegar a um bairro de maioria negra.

A segunda opção, a que Auggie escolheu, era atravessar uns

quinhentos metros até a estação Columbia. Lá ele poderia tomar o metrô rumo ao sul, torcer para não dar de cara com nenhuma gangue de brancos nas quatro paradas até a estação Ashmont, onde poderia pegar um ônibus até Mattapan e encontrar segurança entre os seus.

Auggie Williamson escolheu essa opção, mas até chegar à estação Columbia, ou ele falou alguma merda para as pessoas erradas ou tentou fazer alguma besteira que só um neguinho faria, como roubar outro carro para chegar em casa ou assaltar alguém para comprar a passagem.

E aí teve o que mereceu.

Ou pelo menos é isso que as mulheres na sala de descanso concluíram.

Mary Pat lê os jornais enquanto as outras fofocam.

Auggie Williamson estava voltando do trabalho na loja de departamentos Zayre da Morrissey Boulevard. Tinha trabalhado até meia-noite porque estavam fazendo o inventário naquele fim de semana e ele estagiava no departamento administrativo. Segundo os jornais, Auggie tinha vinte anos. Havia ganhado um prêmio de beisebol na escola Boston English, na qual havia mantido uma média oito consistente durante todos os quatro anos. Depois da formatura, trabalhou durante um ano em uma pizzaria na Mattapan Square antes de começar a estagiar na Zayre.

Mary Pat desconfia que ouviu parte dessas informações da boca da Sonhadora ao longo dos anos. Desconfia porque não estava realmente escutando.

A Sonhadora tem duas filhas, Ella e Soria, que Mary Pat sabia da existência, embora nunca conseguisse se lembrar do nome delas. Criadas na mesma casa que Auggie, os três filhos do mesmo homem, o marido da Sonhadora, Reginald, uma pessoa doce, respeitosa e educada. A Sonhadora trabalha com Mary Pat, Reginald é funcionário público, Ella está no ensino médio, Soria, na sétima série. Toda a família parece ser honesta e da classe trabalhadora em ascensão. Auggie não tinha antecedentes criminais.

Mary Pat encontra uma fotografia do rapaz com uniforme de beisebol no *Herald American* do dia anterior.

"Olha só como tentam fazer com que ele pareça um santo." De repente, Dottie está de pé atrás dela, um cigarro apagado na boca. Ela o acende. "Ficam dizendo que ele trabalhava duro, que o pai dele trabalhava duro, blá-blá-blá. É o que vamos ver." Então acena com a cabeça em direção às outras mulheres. "É o que vamos ver."

"Mas", diz Mary Pat calmamente.

"O quê?" Dottie se inclina para baixo a fim de escutá-la.

"Mas ele é o filho da Sonhadora. E nós todas conhecemos a Sonhadora, sabemos o quanto ela trabalha."

As outras murmuram e trocam olhares de possível concordância.

Dottie não aceita isso.

"As mães podem ser santas, isso aparece o tempo todo no noticiário das dez. Mas os filhos, os filhos, Mary Pat, nós todas sabemos, nascem para o crime. Eles não têm pai, por isso…"

"Ele tinha pai."

"E olha só no que deu." Dottie bufa e olha ao redor. "Por mais legal que a Sonhadora seja, quem aqui deixaria a bolsa com o filho dela sozinho? Alguma de vocês?"

Todas as mulheres presentes balançam a cabeça.

Dottie se volta para Mary Pat.

"E você?"

"Deixe-a em paz, Dot", diz Suse. "Ela tem coisas maiores pra se preocupar."

Dot dá um sorriso caloroso para Mary Pat.

"Só estou perguntando, você ia deixar a sua bolsa com esse tal de Auggie Williamson?"

"Não", diz Mary Pat. Mas antes que Dot possa responder, acrescenta: "Eu não iria deixá-la sozinha com ninguém".

"Tá certo. Alguém aqui iria deixar a sua *filha* sozinha com ele?"

As outras balançam a cabeça. Dot olha triunfante para Mary Pat e se afasta ao ver a expressão em seus olhos.

Mary Pat se levanta, segurando um papel que ela não se lembra de ter amassado.

"Não posso deixar minha filha sozinha com ninguém, porque não consigo *achá-la*, porra."

Dottie ergue as mãos.

"Mary Pat, eu sinto muito."

Mary Pat inclina a cabeça ao ouvir isso.

"Sente, é? Porque você fala demais, Dottie, sobre os negros e o quanto eles são preguiçosos e vêm de lares disfuncionais e sobre o quanto todos os homens fazem filhos, mas não ficam por perto para criá-los."

Um sorrisinho maldoso brilha nos olhos verdes de Dottie.

"Porque é verdade."

Então uma pergunta que tem incomodado Mary Pat há um bom tempo — talvez a vida toda, quem sabe? — se transforma em palavras.

"Essa também é a sua verdade, não é?"

Algumas das mulheres se manifestam com ruídos audíveis, algo entre ofegos e gemidos.

"O que você disse?", pergunta Dottie.

"Sua família não é disfuncional também? Seu marido não largou você para criar os filhos sozinha? Eu reparo muito nas pessoas que mais reclamam dos negros e dos defeitos deles, elas geralmente são as que *têm* os mesmos defeitos. Assim, quando foi a última vez que você trabalhou sequer *metade* do que a gente trabalha?"

Dottie fecha o punho e avança na direção de Mary Pat.

"Escuta aqui..."

"Dottie, é melhor você não subir essa mão ou eu vou enfiá--la direto na sua bunda gorda."

Dottie olha para o restante das colegas. Alguns segundos depois, tenta dar risada. Mas quando se volta para Mary Pat, há medo em seus olhos verdes.

"Eu não vou falar duas vezes", diz Mary Pat.

Dottie relaxa a mão devagar e a passa na calça.

"Você não está nada bem." Vira-se para as colegas. "Ela não está bem. E quem pode te culpar?" Dá uma tragada no cigarro, apoiando o cotovelo na mão em concha para disfarçar a tremedeira. Volta a olhar para Mary Pat. "Quem pode te culpar?" Faz uma careta para tentar parecer simpática. Ela pisca uma vez — só uma — para que Mary Pat saiba que esse momento não será esquecido. Nem perdoado. E então sorri, fingindo tristeza para todas que estão na sala. "Coitadinha."

Terminado o intervalo, Mary Pat fica para fumar mais um cigarro e ler os jornais. Se as freiras tiverem algum problema com isso, vão ter que se ver com ela. No seu estado de espírito atual, teriam que ser freiras muito corajosas.

Testemunhas não identificadas viram um homem negro correndo para estação Columbia à meia-noite e vinte, seguido por pelo menos quatro jovens brancos. Uma testemunha achou que eram quatro homens de cabelo comprido, outra testemunha pensou que eram dois rapazes e duas moças. (*Uma daquelas garotas era a minha filha?*, Mary Pat se pergunta. Mas não era bem uma pergunta. *Jules. Pelo amor de Deus. Jules.*) Uma testemunha ouviu claramente alguém assobiar, como se assobia para um cachorro. Outra ouviu alguém gritar: "A gente só quer conversar".

A polícia apurou que havia outras pessoas na plataforma quando Auggie Williamson e seus quatro perseguidores chegaram. Pede que essas pessoas se apresentem para confirmar o relato. Acredita-se — já que ainda não foi provado — que Auggie Williamson caiu ou foi empurrado na via. Que o impacto na sua cabeça o fez girar e ele, de algum modo, caiu nos trilhos e rolou para baixo da plataforma.

Tudo isso soa bastante suspeito. Mesmo que Mary Pat conseguisse acreditar que alguém seria capaz de esticar o pescoço para ver o trem se aproximando sem acabar caindo nos trilhos em frente do vagão, com certeza não conseguia comprar a ideia de que Auggie Williamson tivesse ficado cambaleando tempo o suficiente para o trem passar reto e só depois cair para a frente na via e rolar para debaixo da plataforma.

Nenhuma droga foi encontrada com ele. Os jornais fizeram questão de deixar isso claro. O que dava no mesmo que dizer para os vizinhos de Mary Pat (e para a maioria dos brancos em West Roxbury, Neponset, Milton e qualquer outro bairro da cidade ou ao redor dela de maioria branca) que seja lá quem tenha matado Auggie Williamson — de propósito ou por acidente —, roubou as drogas que ele carregava.

E se ela mesma não tivesse tão envolvida no assunto — se Auggie não fosse filho da Sonhadora Williamson, se Jules não fosse um dos "suspeitos" na morte dele —, Mary Pat também pensaria dessa forma.

Mas lendo os jornais do começo ao fim, fumando um Virginia Slim atrás do outro, a imagem de um Auggie Williamson *não* como um traficante, com certeza não como um garoto de um lar disfuncional e muito provavelmente não como um ladrão, apenas como um rapaz de vinte anos cujo carro acabou quebrando na hora errada e no bairro errado, surge na mente de Mary Pat.

E que bairro era esse, hein, Mary Pat?
O meu.

Quando Mary Pat sai do trabalho no fim do expediente, o AMC Matador caramelo de Marty Butler está estacionado junto ao meio-fio. Assim que ela sai do Solar Meadow Lane, Weeds, que está parado junto à porta traseira, a abre e ela vê Marty sentado no banco de trás.

Mary Pat fica parada na calçada por um momento, fingindo ter opção. Quando essa pequena fantasia desaparece, ela entra no carro.

Marty Butler sorri, beija seu rosto e diz que ela continua tão bonita quanto no dia em que se casou com Dukie, um lembrete de que ele foi ao seu primeiro casamento, de que Dukie era seu empregado e o presente assim como o passado lhe pertencem.

Marty parece ter saído de um catálogo de loja de departamentos. É a imagem ideal do pai imaginário que veste cardigãs e lança uma bola de futebol americano para o filho ou finge rir enquanto socializa com outros pais ideais e imaginários. Corte à escovinha, mandíbula quadrada, covinha no queixo. Olhos que brilham sem qualquer alegria. Nunca tem um fio de cabelo fora do lugar ou barba por fazer. Seus dentes são brancos e retos. Tem uma beleza padrão e parece não ter envelhecido nos últimos vinte anos.

Ninguém sabe como ele se tornou quem é. Há quem diga que foi sua temporada na Coreia. Outros sussurram que Butler sempre foi um fodido da cabeça. Um sujeito que bebia com Dukie e que cresceu com Marty na rua Linden contou que, no ensino médio, Marty perdeu uma irmã para a tuberculose e não foi ao enterro dela para ir jogar basquete. Marcou vinte e quatro pontos.

Enquanto Weeds os leva de volta para Southie, Marty pergunta a Mary Pat:

"Você vai no protesto na sexta-feira?"

"Ah, é." Na verdade, Mary Pat havia se esquecido disso. A indignação por conta da integração escolar que parecia consumir todo mundo no bairro — e que a consumia também até três dias atrás — havia ficado de lado.

"'Ah, é'?", Marty ri. "É só o futuro do nosso modo de vida que está em jogo, Mary Pat."

"Eu sei", diz ela. "Eu sei."

"Você sabe quais países são felizes de verdade? A Dinamarca, a Noruega, a Nova Zelândia, a Islândia. Nada de ruim acontece nesses lugares. Eles não entram em guerra, não há desobediência civil. Nunca estão no noticiário. Têm paz e prosperidade porque são uma única nação. E permanecem como uma nação porque não há raças para misturar, portanto não há mistura." Ele suspira, soprando ar pela boca. "Primeiro, vão decidir onde nossos filhos podem estudar, depois vão nos dizer para qual deus vamos poder rezar."

"Você reza?" Não era sua intenção ofendê-lo, mas Mary Pat nunca pensou que uma pessoa como Marty Butler fosse temente a Deus.

Ele faz que sim com a cabeça.

"Eu rezo toda noite."

"De joelhos?" Ela simplesmente não consegue imaginar isso.

"De costas. Na cama." Marty faz uma careta divertida. "Em geral rezo por sabedoria, às vezes para que Ele abra uma exceção para os membros do nosso rebanho."

O nosso rebanho. O rebanho dele e de Deus. Está tudo explicado.

"Lembra quando a pequena Deidre Ward teve câncer? Claro, ela tinha só sete ou oito anos. Rezei muito naqueles dias, e não é que o câncer entrou em remissão? O Senhor está ouvindo, Mary Pat. O truque é manter a pureza no coração ao Lhe pedir algo."

"Isso vai trazer a minha Jules de volta?"

Marty abre um sorriso triste e dá um tapinha na perna dela. Aperta a carne de sua coxa com firmeza, o polegar e o indicador entrando na pele. E então, volta a bater de leve e afasta a mão quando estão atravessando a ponte rumo a Southie.

"Como está aquele seu carro?", pergunta ele. "Ainda roda?"

Mary Pat faz que sim com a cabeça.

"Por mais incrível que pareça."

Marty Butler sorri para o próprio reflexo da mesma forma.

"Algumas coisas não sabem quando desistir."

"Desistir por quê?", diz ela. "Ele ainda me leva para onde preciso ir."

Marty volta a olhá-la e sobe e desce as sobrancelhas como se fosse uma piada interna.

"E o seu apartamento? Na Commonwealth?"

Ela dá de ombros.

"Continua na mesma."

"É que tenho algumas latas de tinta, Mary Pat. Várias delas. Estão todas num armazém na West Second. De várias cores. Que tal pintar as paredes? Trazer um pouco de vida?"

"Se quiser me dar algumas latas, Marty, é claro que vou aceitar."

Ele agita as mãos como se ela tivesse proposto algo absurdo.

"Não, não, querida. A ideia não é que você pinte o seu próprio apartamento. É só passar alguns dias em outro lugar que vamos lá pintar como profissionais. Quando voltar, o lugar vai estar tão bonito que você nem vai reconhecer."

"Qual é a da onda de reformas, Marty?"

"Como assim?"

"Ora, primeiro a sua casa e agora o meu apartamento?"

Marty a encara com tanta perplexidade que Mary Pat percebe que ele não tem ideia do que ela está falando.

"A casa atrás do Fields", explica ela.

Ele apenas a encara. Ainda sem entender.

Weeds, no banco do motorista, diz:

"Ela está falando da reforma da cozinha, chefe."

"Ah!", diz Marty. "É claro, é claro." Mais uma batidinha no joelho. "O problema é que eu não enxergo aquela casa como sendo 'minha', Mary Pat. Ainda moro no mesmo lugar onde sempre morei, na rua Linden."

Ela sorri, concorda com a cabeça e tenta não transparecer que sabe que ele está mentindo. Brian Shea disse que eles estavam reformando a sala de estar. Já Weeds disse que era a cozinha. E Marty não fazia ideia do que estavam falando até Weeds lhe dar uma dica.

"Bom, pense no assunto em todo caso", diz ele.

O carro para no meio-fio em frente ao Kelly's Landing. Um restaurante drive-thru que remonta aos tempos da Lei Seca — os melhores mariscos fritos da cidade — e que fechou há um mês. Os pais de Mary Pat tiveram seu primeiro encontro no Kelly's; a mãe dela se lembrava do próprio pai a levando lá ainda menina, assim como ela levava Mary Pat, e Mary Pat levava Jules e Noel. E agora o lugar está fechado. Um restaurante que alimentou gerações com comida e lembranças. Dizem que os donos decidiram que estava na hora de tentar algo novo, uma mudança.

Mudança, para aqueles que não têm escolha, acaba sendo só outra palavra para morte. Morte dos seus sonhos, morte dos planos que fez, morte da vida que sempre conheceu.

Eles saem do carro e andam pela calçada em frente ao Kelly's.

"Eu sinto falta do cheiro", diz Marty. "Aquele cheiro de fritura. Durante toda a minha vida, quando eu passava por aqui, o cheiro era aquele. Agora só tem cheiro de peixe."

Mary Pat não diz nada.

"Como chegamos a esse ponto?", questiona Marty.

Ele não está falando sobre o lugar em que estão caminhando. Está se referindo a esse ponto no relacionamento dos dois, no momento presente. Esteve nublado o dia todo, o sol brilhando preguiçoso atrás de uma parede de lã cinzenta. Nenhum sinal de chuva, mas também nenhum sinal de sol. Mary Pat e Marty vão em direção ao Sugar Bowl, um pequeno parque oval cercado por bancos, que fica a uns oitocentos metros da baía em que as duas calçadas se encontram e a partir das quais as pessoas pescam. Os dois passam por homens e umas poucas mulheres lançando suas linhas, alguns por tédio, outros pelo jantar. Ken Fen pescava aqui, vez ou outra voltou para casa com um linguado de gosto forte. Na maior parte das vezes, ele admitia, ia lá só para pensar por um tempo. Todos os pescadores cumprimentam Marty com acenos de cabeça, mas ninguém fala com ele nem se aproxima.

"Como chegamos a esse ponto?", Marty volta a perguntar. Como se ele não soubesse. Como se não soubesse de cada passo que ela deu desde que começou sua busca por Jules.

"Não sei", diz Mary Pat. "Só estou tentando encontrar a minha filha."

"Parece tão desnecessário", diz Marty. "Todo esse…", ele procura a palavra adequada nas nuvens e diz por fim: "conflito."

"Não estou atrás de conflito nenhum", diz Mary Pat. "Não estou procurando briga."

"Do que você precisa?", pergunta ele.

"Eu preciso da Jules. Preciso da minha filha."

"E nós precisamos de paz para o nosso negócio", diz Marty. "Paz, tranquilidade e que ninguém fique de olho no que a gente faz."

"Por mim tudo bem."

"Por você tudo bem, mas deu uma surra num garoto no meu bar? Por você tudo bem, mas sai por aí causando confusão no bairro todo?"

"Ela é minha filha, Marty."

Ele nega com a cabeça rapidamente, os lábios franzidos, como se um assunto não tivesse nada a ver com o outro, como se não estivessem falando a mesma língua.

"Tudo isto, Mary Pat, é uma questão de ordem. As coisas só funcionam quando são feitas de maneira previsível. Veja esta baía." Ele aponta para a água com um gesto. Pleasure Bay. Com calçadas e o pequeno parque em que elas se cruzam. "Sem ondas. Sem surpresas. Diferente do mar aberto." Agora ele aponta para o oceano ao longe. "Lá você tem ondas, tempestades e ressacas." Ele a encara sem expressão. "Eu não gosto do mar aberto, Mary Pat, gosto de baías e gosto de portos."

Eles passam por uma mulher alimentando as gaivotas. Ela joga pedaços de pão duro de um saco de papel branco pontilhado com manchas de gordura. É supreendentemente jovem para fazer esse tipo de coisa, não deve ser mais velha que Mary Pat, mas há um vazio em seus olhos. Não dá para dizer se ela perdeu toda a esperança, todo o amor ou todo o juízo. Mas perdeu alguma coisa. As gaivotas grasnam e sobrevoam a mulher, assustadas. Com medo demais para se aproximar, mas com muita fome para não correr o risco.

"Eu não vou causar nenhum problema", diz Mary Pat a Marty.

"Já está causando."

Ele tira um maço de Dunhill da jaqueta e acende um cigarro com um pequeno isqueiro dourado, virando o rosto para evitar a brisa suave. Mary Pat observa o topo da cabeça dele e repara que seu cabelo castanho é alaranjado em cima, o que significa que ele tinge os fios e o que a leva a se perguntar se Marty seria uma bicha enrustida. Se fosse o caso, muitas coisas sobre ele enfim fariam sentido.

"Se estou causando problemas *para você*", diz Mary Pat com cuidado, "não é de propósito. Só quero achar a minha filha."

"Mas o que isso tem a ver comigo?"

"Ela era a namorada do Frank Toomey."

Marty faz uma careta, como se tivesse mordido alguma coisa estragada. Olha para o mar por um instante e então suspira baixinho.

"Eu sei."

"Marty", diz Mary Pat, "você *sabia* dessa putaria?"

Ele tapa o ouvido, porque detesta ouvir uma mulher xingando.

"Frank me garantiu que não vê sua filha há algumas semanas. Eu perguntei a todos os meus homens. Ela não viu o Frank, nem esteve no bar."

"Onde ela está então?"

"A questão não é essa."

"A questão é justamente *essa*, porra!"

Marty balança a cabeça.

"Sua filha está desaparecida. Sinto muito por isso. Mas o fato de ela ter sumido no mundo não pode estar acima do meu direito de conduzir os negócios nesse bairro."

"Ninguém está te impedindo de fazer negócios."

"Você está." Marty não ergue a voz, mas fala com mais firmeza. "Você está."

"*Como?*"

"Todo mundo está de olho na gente. Se essa monstruosidade de integração escolar acontecer? Vai ter câmeras por todo o bairro como se estivessem filmando o pouso na Lua. E agora com esse neguinho assassinado, e é possível que a sua filha esteja envolvida nisso, vão trazer ainda mais câmeras para cá. E essas câmeras só podem apontar para um lugar: para mim. E para o que é meu. Mas se você continuar a agir assim, meu bem? É isso que vai acontecer."

"Eu só quero encontrar a minha filha."

"Então encontre. Mas vá procurar em outro lugar que não seja na minha organização."

"Mas e se alguém da sua organização souber de alguma coisa e não estiver contando a você?"

"Ninguém seria louco."

Eles se aproximam do Sugar Bowl, e Mary Pat fica surpresa ao ver que está quase vazio. Só há um homem sentado no banco central, observando-os. Esse parque nunca fica vazio num dia de verão. Mas não tem ninguém ali, só esse homem.

Será que é aqui que vou morrer?, Mary Pat se pergunta. *Já não há mais volta?*

Não seria a primeira (nem a quinta) vez, ela sabe muito bem, que Marty Butler faz um problema desaparecer junto com uma pessoa.

A calçada chega ao fim, e o homem desconhecido se levanta do banco. Veste um conjunto casual de calça e terno azul e uma blusa branca de tricô de gola alta. Seu cabelo está penteado para trás com gel. É muito alto e segura uma maleta na mão direita.

"Este é um amigo meu lá de Providence. Pode chamá-lo de Lewis. Está vendo a maleta na mão dele, Mary Pat?", diz Marty.

Ela faz que sim com a cabeça. Lewis a observa como se olhasse para um verme.

"Eu quero dar essa maleta para você", continua Marty. "O Lewis quer te dar outra coisa. Porque não é só o meu negócio que você está afetando com todo esse alvoroço. Está afetando o dele também. E o do pessoal lá de Providence."

"Eu só estou…"

"Não diga que só está *procurando a sua filha*. O buraco é

mais embaixo e você sabe disso. Ora, o Lewis quer acabar com isso à própria maneira. Mas eu o convenci a tentar do meu jeito primeiro."

Lewis entrega a maleta para Mary Pat.

"Abra", diz Marty.

Ela nota, com muita humilhação, que suas mãos tremem ao abrir o fecho central. A maleta está cheia de dinheiro. Pilhas de notas de cem bem usadas, todas amarradas com elástico.

"Brian me contou que Jules foi para a Flórida", diz Marty. O homem de Providence a encara sem piscar. "Brian tem certeza disso."

"Eu não sei se ela fez isso mesmo", Mary Pat consegue dizer.

"Ah", diz Marty, "mas é aí que você tem que dar um voto de confiança. Seus amigos a procuraram para você, o tipo de amigo para quem as pessoas não mentem. E eles não a encontraram. Então você tem que confiar que ela já não está mais por aqui. Mas não é só um voto de confiança que estou pedindo. Você vai precisar ser convincente."

"Como assim?"

"Pegue o dinheiro nessa maleta e use para ir à Flórida. Fique em um bom hotel e passe um tempo procurando sua filha. Com esse dinheiro, Mary Pat, pode passar alguns anos por lá."

Lewis acende um cigarro e a observa através da chama.

Marty está bem na frente dela, encarando-a sem piscar

"Vou levar o meu amigo Lewis de volta pelo caminho que viemos. Você pode ficar um pouco aqui, pensando bem e tomando uma decisão. Se decidir ficar com a maleta, espero que use o conteúdo dela com a melhor das intenções e com a minha bênção. Se decidir devolvê-la, meu endereço é o mesmo. Seja qual for a sua decisão, sabe esse assunto que a gente discutiu? Nunca mais vamos falar sobre ele de novo. Entendeu?"

Mary Pat não consegue dizer nada. Apenas concorda com a cabeça.

"Então estamos de acordo, meu bem." Marty aperta o ombro dela antes de voltar pelo caminho que vieram com Lewis.

Quando eles se afastam o suficiente, Mary Pat relaxa o rosto e um soluço sobe por sua garganta junto com bile. Ela olha para o dinheiro na maleta enquanto suas lágrimas molham as notas.

E sabe que sua filha morreu.

Mary Pat sabe que sua filha morreu.

11.

Bobby Coyne e Vincent Pritchard percorrem Southie para entrevistar a última testemunha — até agora — na sua lista da derradeira noite de vida de Auggie Williamson. A testemunha, um operador de guindaste chamado Seamus Riordan, concorda em se encontrar com eles no terminal de contêineres Boyd, na Summer Street, durante sua pausa para o almoço.

Quando entram em Southie, Bobby sente que há algo diferente. Ele foi criado em Dorchester, apenas alguns quilômetros ao sul, em um bairro totalmente branco e de maioria irlandesa; acha que uma distância de alguns quilômetros entre duas áreas que compartilham as mesmas características étnicas não representa uma diferença tão gritante na cultura na maior parte dos lugares nos Estados Unidos. Mas atravessar a divisa de Southie sempre lhe dá a sensação de que ele acabou de adentrar em uma floresta tropical de uma tribo desconhecida. Não particularmente hostil, não perigosa por natureza. Mas difícil de entender em essência.

Dirigindo pela Broadway, vê um rapaz descer de um ônibus

e então se virar para ajudar uma senhora idosa que estava esperando para embarcar. Em toda a sua vida, Bobby nunca viu tanta gente ajudando velhinhas a atravessar a rua, a desviar de poças ou buracos, a carregar suas compras ou a encontrar a chave do carro delas em bolsas repletas de rosários e lenços úmidos.

Aqui todo mundo conhece todo mundo; param uns aos outros na rua para perguntar pelos cônjuges, filhos, primos de segundo grau. Quando chega o inverno, retiram a neve juntos, empurram carros encalhados, distribuem sacos de sal ou de areia para remover o gelo das calçadas. No verão, juntam-se nas varandas e nos alpendres ou se aglomeram em cadeiras dobráveis nas calçadas para jogar conversa fora, trocar jornais e escutar Ned Martin narrar os jogos do Red Sox no rádio. Bebem cerveja como se fosse água, fumam como chaminés e gritam para chamar uns aos outros — em cada rua, de um carro para o outro e da calçada para janelas altas — como se não se vissem o tempo todo. Adoram a igreja, mas não são muito fãs de missa. Só gostam dos sermões que dão medo; desconfiam de qualquer um que apele para a sua sensibilidade.

Todos têm apelido. Nenhum James pode ser chamado só de James; tem que ser Jim ou Jimmy ou Jimbo ou jj ou, em um caso específico, Tantrum. Há tantos Sullivans que chamar alguém de Sully não é o suficiente. Em suas várias visitas ao bairro, Bobby conheceu Sully Um, Sully Dois, Velho Sully, Pequeno Sully, Sully Branco, Sully da Praia, Sully Dobradinha, Sully Narigudo e Sully Tampinha (que era um cara enorme). Conheceu sujeitos chamados Cabeça de Zíper, Taco de Sinuca, Carne de Panela e Escroto (filho do Sully da Praia). Topou com outros de nome Tetinhas, Boquete, Dreno, Olho Bom (que é cego), Perna Bamba (que é manco) e Mãozinha (que não tem nenhuma).

Todos os homens têm um olhar distante. Todas as mulheres

são invocadas. Um é mais branco do que o outro e o tom de pele tem aquele rosado irlandês que às vezes vira acne e às vezes não. Eles são as pessoas mais gentis que Bobby já conheceu. Até não serem mais. Nesse ponto, são capazes de atropelar a própria avó para quebrar sua cabeça em uma parede de concreto.

Bobby não faz ideia de onde tudo isso vem — a lealdade e a fúria, a fraternidade e a desconfiança, a gentileza e o ódio.

Mas suspeita que tenha a ver com a necessidade de dar algum significado para a vida. Bobby é filho dos anos 1940 e 1950. Quando, se não lhe falha a memória, as pessoas sabiam quem eram. Tinham certeza.

E o "ter certeza" é o que o enlouquece desde então. Foi o que o deixou maluco enquanto estava no Vietnã. Enquanto usava heroína. Enquanto fazia rondas no coração das comunidades negras da cidade — Roxbury e Mattapan, Egleston Square e Upham's Corner.

Bobby quer questionar tudo. *Precisa* questionar tudo. Uma prostituta vietnamita que ele considerava sua amiga certa vez se aproximou dele em uma boate em Saigon e tentou cortar sua garganta com uma gilete entre os dentes. Bobby pensou que ela ia beijá-lo até o último milissegundo, quando ouviu uma voz dentro de si que o fez acordar do transe. Mesmo quando a jogou do seu colo, sentiu uma estranha empatia por ela — se ele fosse uma prostituta vietnamita, também iria querer matá-lo.

Olhando para a Southie agora, enquanto passa pela branquitude uniforme da agitação da Broadway — um bebê branco sendo empurrado num carrinho pela mãe branca enquanto três caras brancos bem fortes de camiseta branca justa saem da farmácia e passam por um casal branco de idosos sentado em um banco, e um bando de garotas brancas corre pela calçada passando por um garoto branco sentado com um ar triste em uma caixa de correio, e, ao redor deles, no fundo e em primeiro plano, só se veem outras pessoas brancas —, Bobby se lembra de quando uma taxista em Hué lhe disse que ela nunca mais poderia voltar à sua aldeia agora que todos sabiam sobre seu caso com um homem branco. (Não Bobby; algum cara muito antes de Bobby.) Isso o chocou, a ideia de que ela podia ser rejeitada por ter dormido com um cara *branco*. Era algo que não fazia sentido de onde Bobby tinha vindo. E ele lhe disse isso. Disse: "Nós viemos resolver os problemas. É por isso que estamos aqui".

A taxista, Cai, respondeu: "É melhor deixar as pessoas em paz".

Esse é o segredo?, Bobby se pergunta enquanto observa a Broadway. *Todo mundo devia ser deixado em paz?*

Seamus Riordan parece ter essa mesma opinião. A primeira coisa que ele diz quando os dois detetives o encontram no trailer de descanso do terminal de contêineres Boyd é: "Vocês não podiam simplesmente me deixar em paz?".

Seamus Riordan é de Southie, portanto vai ser difícil fazê-lo falar. Vai dificultar as coisas, como sempre.

"Por que o senhor estava na plataforma naquela noite?", pergunta Bobby.

"Estava voltando para casa."

"De onde?", quer saber Vincent.

"De onde eu estava."

"Onde você estava?", pergunta Bobby.

"Fora de casa."

"Então o senhor estava fora de casa", diz Bobby de modo agradável. "Foi a algum lugar específico?"

"Fui", responde Seamus, e cruza os braços.

"Onde?"

"Específico?"

"Sim."

"Eu fui, sabe como é."

"Como vou saber?"

"Encontrar alguém."

"Um amigo?"

"Claro."

"Ei!", diz Vincent. "Por que não pulamos esse papo furado?"

Ele está prestes a perder a paciência. Como muitos caras que tentam impor respeito sem muito sucesso, ele tem pouquíssima tolerância a pessoas que não fazem a menor questão de esconder que não o respeitam. Isso o leva a arranjar muitas brigas, o que já gerou duas queixas por abuso de autoridade contra ele no último ano e meio. Portanto, o fato de ter chegado relativamente jovem à divisão de homicídios, o topo da carreira, significa que está progredindo por aprovação automática, o que indica que ele tem as costas quentes na polícia. Deve ser sobrinho, primo ou o brinquedinho de alguém.

O problema é que ele não sabe representar o tira malvado. Parece mais um policial idiota, ou um policial reclamão ou um policial mimado filhinho de papai.

E é por isso que Seamus Riordan dá um sorriso sombrio e diz: "Que papo furado?"

"Esse daí." Vince acende um cigarro e solta a fumaça cinzenta pelas narinas, e é por isso que ele tem mais pelos no nariz do que a maioria dos caras com menos de trinta anos.

Seamus Riordan olha para Bobby.

"Por acaso eu sou suspeito de alguma coisa?"

"De jeito nenhum."

"Sou apenas uma testemunha em potencial?"

"Isso mesmo."

"Então, se eu não gostar do jeito que esse idiota falar comigo, posso simplesmente ir embora e voltar pro meu guindaste, certo?"

Bobby põe a mão no peito de pavão de Vincent.

"Pode, sim."

Seamus Riordan olha para Vicent como se fosse mandá-lo à merda.

"Então olha lá como fala comigo, detetive Serpico."

Vincent agora está dividido — entre aceitar a comparação com seu ídolo (não o personagem, cuja ética ele não compartilha, mas Al Pacino, seu ídolo da moda) ou tomar a comparação como um insulto, o que com certeza era a intenção de Seamus.

Vincent se inclina para a testemunha.

"Olha lá como *você* fala comigo, escutou?"

Seamus dirige a Bobby um olhar de cumplicidade irônica, como se dissesse "Essas crianças de hoje em dia, não é mesmo?".

Bobby também acende um cigarro. Oferece o maço a Seamus, que pega um, e Bobby o acende para ele e o de Vincent. De uma hora para outra, todos estão se dando bem. Como se estivessem prontos para irem juntos ao bar depois dali.

"A coisa toda já tinha acabado quando eu saí do trem", diz Seamus.

"Pode continuar", pede Bobby.

"Tinham quatro garotos…"

"Brancos?"

"Sim."

"Homens ou mulheres?"

"Dois garotos e duas garotas. O trem tinha acabado de sair da estação e todos estavam na beirada da plataforma. Os garotos gritavam uns com os outros, se chamando de retardado, isso deu pra ouvir. E uma das garotas estava, cara, só berrando? Berrando que nem uma doida. E então a outra garota deu um tapa nela e ela calou a boca."

Até o momento, Bobby e Vincent chegaram a esse ponto na linha do tempo daquela noite. As outras testemunhas os levaram ao seguinte:

* * *

1. Auggie sendo perseguido até a estação.

2. Auggie pulando as catracas.

3. Quatro jovens brancos — cujas identidades ainda não foram confirmadas, mas a suspeita é de que se tratava de George Dunbar, Rum Collins, Brenda Morello e Jules Fennessy — pulando as catracas logo atrás dele.

4. Auggie correndo para a plataforma enquanto o trem se aproximava da estação.

5. Os jovens correndo atrás dele.

6. Um dos rapazes brancos gritando: "A gente só quer conversar com você!".

7. Uma garota branca gritando: "Você é bem lerdo para um neguinho".

8. Um dos quatro jovens (ninguém soube dizer qual) arremessando uma garrafa de cerveja.

9. A garrafa caindo perto do pé direito de Auggie Williamson, o que o fez olhar para trás. Seus pés se atrapalharam.

10. O trem entrando na estação.

11. Auggie Williamson tropeçando.

12. Uma das garotas brancas gritando: "Você está no bairro errado, porra!".

13. Um baque. Todas as cinco primeiras testemunhas ouviram o baque. O barulho do impacto — objeto atinge ser humano. (O condutor, entretanto, que provavelmente estava bêbado e a menos de um ano da aposentadoria, afirma não ter visto nem ouvido nada.)

14. Auggie Williamson girando no lugar e se estatelando na plataforma.

A partir desse ponto, as lembranças das cinco primeiras testemunhas ficaram confusas. Eram quatro jovens barulhentos e violentos na plataforma. Ninguém queria chamar a atenção deles por engano. Ninguém queria saber de encrenca. Muito menos ser apontado como mais uma pessoa a estar no bairro errado.

Por isso fizeram vista grossa.

Três delas foram embora. Saíram da estação. Preferiram arriscar e voltar para casa de táxi.

Dois esperaram o trem em que Seamus Riordan chegou. Mantiveram os olhos focados nos trilhos até perceberem os faróis do vagão. Mas nenhum deles voltou a olhar para os quatro jovens nem para o que estavam fazendo com o rapaz sendo perseguido.

O próximo trem chegou. As duas testemunhas embarcaram. Seamus Riordan saiu do vagão. À meia-noite e vinte, foi o único passageiro a descer do trem.

"E foi quando eu vi os cinco."

"Quer dizer, os quatro."

"Os quatro e o neguinho."

"Espera", diz Bobby, "como é que é?"

"Os quatro garotos brancos e o negro", repete Seamus. "Quatro mais um dá cinco."

"Mas ele já tinha caído nos trilhos àquela altura."

Seamus Riordan estreita os olhos para os dois.

"Estava caído aos pés deles."

"*Depois* que o trem saiu da estação?"

"É."

"Não está inventando isso?", pergunta Vincent.

"Quem iria inventar *uma coisa dessas*? Seus pais não tiveram um único filho que não fosse a porra de um retardado?"

Bobby Coyne observa o parceiro em busca de algum sinal de violência iminente, mas agora ele parece um cachorrinho castrado. Se Seamus o provocar um pouco mais, Vincent é capaz de deitar de costas para ganhar um carinho na barriga.

"Então", diz Bobby, "quando o trem partiu, a vítima ainda estava na plataforma perto dos garotos?"

"Sim."

"E aí?"

Seamus arregala os olhos.

"Não sei, porra. Não cheguei aos quarenta e três nessa porra de cidade porque fico encarando quando vejo quatro pessoas paradas em cima de um corpo."

"Quer dizer que ele estava morto?"

"Eu não disse isso."

"O senhor disse 'um corpo'."

"É, tipo uma pessoa estendida no chão. Mas ele estava se mexendo um pouco de um lado para outro. Isso eu vi. Então fui embora."

"Mas ele estava *na* plataforma."

"Quantas vezes vou ter que repetir? Estou falando grego por acaso? Ele estava na plataforma, se mexendo para lá e para cá. Espera, não era bem se mexendo. Mais tipo... se sacudindo." Ele dá de ombros. "Feito, sei lá, um peixe fora d'água."

Vincent lança um olhar para Seamus Riordan.

"Mas que tipo de peixe?"

"Um bacalhau preto", diz Seamus. E os dois caem juntos na gargalhada.

Não pela primeira vez na vida — ou mesmo pela octogésima —, Bobby se vê odiando a humanidade. Fica se perguntando se o crime mais imperdoável de Deus foi ter nos criado para começo de conversa.

"E então o senhor foi embora?", ele pergunta a Seamus Riordan.

Seamus Riordan para de rir.

"Sim, fui embora."

"E um garoto morreu."

Alguma coisa chama a atenção nos olhos dele. Um brilho parecido com vergonha. Ou talvez Bobby só esteja sendo otimista.

Porque, logo em seguida, Seamus dá de ombros e diz: "Não era meu filho".

12.

Depois do seu turno, Bobby vai tomar refrigerante com alguns detetives de furto e roubo no JJ Foley's e depois volta para casa na Tuttle Street, onde mora com as cinco irmãs e o irmão Tim, o padre fracassado. Nenhum dos irmãos Coyne é casado. Três, Bobby entre eles, tentaram e se divorciaram. Duas quase subiram ao altar, mas acabou não dando certo. As outras duas nunca sequer tiveram um relacionamento de longo prazo.

Essa é uma fonte de grande mistério na família extensa dos Coyne e adjacentes — os McDonough, os Donnelly, os Kearney e os Mullen —, bem como para o bairro em geral, porque várias das irmãs Coyne eram muito bonitas, ou pelo menos tinham sido na juventude.

A casa é uma das últimas moradias vitorianas que continuaram pertencendo a mesma e única família na Tuttle Street. A maior parte das outras, construídas para abrigar famílias irlandesas numerosas entre as grandes guerras da primeira metade do século, acabaram sendo divididas entre duas famílias. Algumas até se transformaram em edifícios de várias unidades. Mas não a casa dos Coyne. Era a mesma onde cresceram aprendendo os rangidos e os esconderijos e a fonte dos gemidos tristes nas noites frias de inverno.

Bobby encontra Nancy e Bridget à mesa da cozinha, tomando uísque com soda e fumando cigarros — Parliament para Nancy, Kenty para Bridget. Ele pega uma cerveja na geladeira, um cinzeiro limpo e se junta a elas. Nancy, que trabalha com planejamento urbano, está reclamando de um colega de trabalho para Bridget, que é enfermeira no pronto-socorro no centro. Nancy, ainda com tudo em cima aos quarenta e poucos anos, fala sem parar, enquanto Bridget, dócil, tímida e sempre bebendo quando não está trabalhando, não diz mais que o necessário.

Nancy termina de reclamar de um sujeito chamado Felix e da cafeteira elétrica na sala de descanso e olha para Bobby.

"Você precisa perder uns quilinhos, Michael. Não acha que ele precisa emagrecer, Bridge?"

Bridget olha para baixo.

"Que jeito bacana de me cumprimentar." Bobby abre a lata de cerveja.

"Quero que você viva bastante."

"Você costumava dizer que eu era muito magrelo."

"Mas isso era por causa da heroína."

Bridget não consegue conter o horror de sua surpresa.

"Ora, isso não é nenhum segredo!", diz Nancy.

"Na verdade", diz Bobby, "é um pouco sim."

"Para o mundo lá fora." Nancy gesticula em direção às janelas. "Não aqui dentro."

Claire entra pela porta lateral da garagem e pendura o guarda-chuva em um gancho. "O que aconteceu aqui dentro?"

"Estamos falando da situação do Michael."

"O problema com a droga?" Claire tira a rolha de uma garrafa de vinho tinto e se serve de um copo. Beija de leve a cabeça de Bobby quando passa por ele para se sentar.

"Sim, o problema com a droga", diz Nancy. "Ele acha que a gente vai espalhar para todo mundo."

"Por que a gente faria isso?"

"Ninguém nunca disse isso", responde Bobby. "Só não gosto de falar sobre esse assunto."

"Você é um puta de um herói", diz Claire, e Bobby fica comovido ao ver Bridget observando-o com os olhos arregalados e acenando enfaticamente com a cabeça. "Sabe quanta gente conseguiu largar essa merda?"

"Bem poucas", reconhece Bobby.

"Mas você conseguiu." Claire ergue o copo em um brinde e bebe.

"Eu só estava dizendo que ele podia tentar emagrecer", diz Nancy, "e acabou dando nisso."

"*Nisso* o quê?", pergunta Bobby.

"Olhem só como ele fica chateado."

"Não estou ficando chateado."

"Está sim."

"Santo Deus."

"Como eu acabei de dizer. Chateado."

Bobby suspira e pergunta a Claire como foi o dia dela.

"Essa coisa toda", diz Claire fazendo um pequeno círculo na mesa com sua taça, "vai dar muita merda. E acho que ninguém percebeu ainda."

Claire é secretária no quartel da Comissão de Polícia do Distrito Metropolitano em Southie. Os policiais da CDM trabalham nas praias e nos parques e deixam os crimes que ocorrem nos conjuntos habitacionais sob jurisdição dos policiais civis. Por isso, são chamados de bundões pelos outros da categoria, mas

Bobby sempre os considerou uma fonte de informação muito confiável em relação a tudo que ocorre em Southie.

"É sobre essa história toda da integração escolar?", pergunta Bobby.

Claire faz que sim com a cabeça.

"A gente está recebendo informações bem ruins. Agitação em massa do pior tipo."

"Vai passar", diz Bobby, só para ser otimista.

"Duvido", diz Claire. "Você está trabalhando no caso da morte daquele garoto de cor, não está?"

"Estou."

"Ele era traficante?", pergunta Nancy, curiosa.

Bobby nega com a cabeça.

"Então o que ele estava *fazendo* lá?"

"O carro dele quebrou."

"Ele devia ter tomado mais cuidado."

"Ah, então a culpa é dele", diz Claire, revirando os olhos.

"Não estou dizendo que é culpa dele", retruca Nancy, "só que, se esse garoto tivesse cuidado melhor do carro, ele não teria quebrado e ele não teria morrido."

"Você meio que está dizendo que a culpa é dele", Claire rebate.

"Eu disse justamente o contrário!"

Claire se volta pra Bobby.

"Vocês estão perto de prender alguém?"

"Não, a menos que a gente descubra algo muito crucial. Temos quase certeza de quem foram os culpados. Mas entre saber e provar, sabe, há uma diferença grande."

"Bom, avisa se achar que vai prender um branco de Southie perto do primeiro dia de aula. Porque essa cidade está prestes a *explodir*." Ela enche a taça de vinho.

"Eu não sei", diz ele, de repente exausto.

"Não sabe o quê?", pergunta sua irmã Diane. Ela vem pelo corredor principal, recém-saída de seu expediente na biblioteca pública em Upham's Corner. Vai direto até o fogão e liga a chaleira para fazer chá.

"A gente estava falando sobre o garoto que morreu na estação Columbia", diz Nancy.

"Você pegou esse caso?", Diane pergunta a Bobby.

"Peguei."

"Ouvi dizer que os caras do Marty Butler estavam envolvidos", diz Claire.

"Meh. Na verdade, está mais para idiotas comuns. Mas...", e Bobby pensa em George Dunbar por um momento, "se acabar se tornando um assunto pessoal para ele, pode causar muita dor de cabeça, com certeza."

Muitos policiais estão na folha de pagamento da gangue do Butler. Em nível tanto local como estadual. Mesmo um policial que não é corrupto, não ia querer contrariar ou expor os que o são (ou poderiam ser; nunca se sabe). Se você seguir em frente e abrir um processo contra Marty ou alguém da gangue, as provas começam a desaparecer, as testemunhas de repente ficam com amnésia e os casos tendem a morrer na praia em pleno tribunal. Diante disso, os policiais no centro desses casos têm um histórico de serem rebaixados ou transferidos. Portanto, se resolver atacar ou desafiar a gangue do Butler, tem que acertar no alvo. A menos, é claro, que não seja fã de coisas tipo um bom salário, uma aposentadoria no tempo certo ou um teto sobre sua cabeça. Nada demais.

Claire conhece o dia a dia da vida policial como nenhum dos outros irmãos. Ela dá um tapinha na mão de Bobby e diz:

"Tenha cuidado. Nenhuma vida vale a sua."

Bobby lutou em uma guerra — tá legal, uma "operação militar especial" — em um país a quase quinze mil quilômetros de distância tentando provar o contrário.

Nancy, sempre a primeira a colocar o dedo na ferida, entra na conversa.

"E você tem de pensar em Brendan."

Brendan é o filho de Bobby. Tem nove anos e mora com a mãe, exceto nos fins de semana, quando vem visitar e passa dois dias com o pai, as cinco tias malucas e o gentil e triste tio Tim, o padre fracassado. Bobby ama Brendan de um modo que desafia qualquer ideia que ele já tenha tido sobre o amor antes que o filho viesse ao mundo. Ama aquela criança para além de qualquer pensamento racional. Ama-o mais do que todas as outras pessoas, coisas ou fantasias — ama-o inclusive mais do que a si mesmo e seus próprios desejos — somados.

"Ninguém", diz ele à irmã, "nem mesmo Marty Butler, é louco a ponto de ir atrás de um policial. E mesmo que fosse, com certeza não iria atrás do filho de um policial. Não se ele quiser ver a luz do dia de novo. De onde você tirou essa ideia de merda, Nance?"

Nancy, que nunca admite estar errada, rebate:

"Eu não estava falando em agressão física, *Michael*. Estava falando sobre você perder o emprego, a sua aposentadoria. E, além do mais, o que aquela vaca traiçoeira com quem você casou ia fazer com os nossos fins de semana com o Brendan?"

"É um bom ponto", diz Diane, e até mesmo Bridget concorda com a cabeça.

A família de Bobby adora o filho dele quase tanto quanto o próprio Bobby. Até mesmo Tim, em meio a sua névoa de amargura e ao material de leitura mais esotérico que Bobby já viu, fica visivelmente mais feliz aos fins de semana. E não é porque Brendan seja o único sobrinho da família, mas porque é uma pessoa maravilhosa. Aos nove anos, é atencioso, empático, muito curioso, engraçado pra caramba e afetuoso. É como se ele, de algum modo, tivesse herdado as melhores características dos seus parentes, mas nenhum defeito. Por enquanto, em todo caso.

As irmãs de Bobby diriam: "Isso é só porque a Shannon não o cria sozinha", mas a verdade é que ela é uma boa mãe. Uma esposa terrível, e nem mesmo boa como filha ou irmã, mas ama o filho e se dedicou a criá-lo como nunca fez por nada antes na vida.

"Eu não vou perder o emprego, nem a aposentadoria, nem o meu filho", diz Bobby às irmãs.

"Desde que você não compre briga com o Marty Butler."

"Ele é um bandido", responde Bobby. "Eu sou da polícia."

"Ele é um bandido com *contatos*", lembra Claire.

Não são só policiais que Marty Butler tem na mão. Há juízes com certeza, pelo menos um deputado ou senador estadual provavelmente, e talvez, apenas talvez, diz o mais sombrio dos boatos obscuros, meia dúzia de policiais federais. No decorrer dos anos, muitas testemunhas em potencial contra Marty ou seus auxiliares — cujas identidades foram mantidas em segredo, vale lembrar — desapareceram ou foram assassinadas.

"Eu sei", Bobby garante a todas. "Foram só uns garotos que perseguiram Auggie Williamson até a estação. E, seja lá o que eu descobrir, não tem cara de homicídio doloso. Tá mais para homicídio culposo." Ele boceja contra o punho, exausto. "Eu vou dormir, queridas."

Bobby joga a lata de cerveja no lixo, dá um beijo no rosto de cada irmã e vai para a cama.

Depois de um banho, Bobby se senta à janela, fuma um cigarro e olha para a noite lá fora. Contou a verdade às irmãs — duvida que os garotos envolvidos na morte de Auggie Williamson acabem cumprindo muito tempo de cadeia. E foi esse fato, ele se dá conta, que o deixou subitamente exausto.

Bobby esteve com os pais de Auggie, Reginald e Calliope Williamson, quando eles identificaram o corpo do filho no necrotério. Nenhum dos dois chorou ou se lamentou. Aceitaram ver o corpo estendido na mesa de metal e cada um passou as mãos em um dos braços do garoto — Reginald à esquerda, Calliope à direita. Depois fizeram o mesmo com as bochechas dele. Com as mãos ali — cada um de um lado —, Reginald disse: "Eu te amo, meu filho", e Calliope disse: "Nós sempre vamos estar com você".

Bobby já viu muitos pais identificarem o corpo dos filhos mortos. Isso deixou de incomodá-lo há algum tempo. Porém, o modo como os Williamson acariciaram os braços e o rosto de Auggie, como se fazer isso pudesse confortá-lo em sua viagem para o outro lado, abalou Bobby pela maior parte do dia.

Se quatro garotos negros tivessem perseguido um garoto branco até os trilhos de um trem, estariam enfrentando prisão perpétua. Se recorressem, o melhor acordo seria de no mínimo vinte anos de pena em um presídio de segurança máxima. Mas os garotos que perseguiram Auggie Williamson até os trilhos do metrô, Bobby sabe disso, não vão cumprir mais do que cinco anos. Se chegar a tanto.

E às vezes essa disparidade o esgota.

Bobby termina o cigarro e vai para a cama.

Quando fecha os olhos, pode ver as mãos de Reginald e de Calliope deslizando lentamente pelos braços do corpo do filho.

Nenhum pai ou mãe imagina que vinte anos depois é assim que vai terminar a vida de um filho que você trocou as fraldas ou fez arrotar.

Bobby matou duas pessoas na vida. Nenhuma devia ter mais de dezoito anos. Uma podia ter quinze ou dezesseis. Ele não tem como saber. Matou os dois no Vietnã no mesmo dia em que cortou o mato próximo de sua base. Os vietcongues se escondiam na vegetação e colhiam a própria comida, de modo que o Tio Sam mandou Bobby e seu pelotão, junto com um pelotão sul-vietnamita, para envenenar a área rural em torno da base. Eles tinham pulverizadores manuais e caminhões. Mais ao sul, usavam helicópteros. Qualquer dia, diziam, planejavam jogar aquele veneno de aviões.

Os garotos saíram do mato pelos dois lados da estrada, uns moleques magricelas de cabeça quadrada, segurando fuzis ou facões com o dobro do tamanho deles, atirando ou golpeando como se fossem matar ou morrer tentando. E foi justamente isso que aconteceu. Bobby atirou no rosto de um deles com seu fuzil M14 e foi derrubado pelo outro, que não pensou em usar o facão até Bobby cair no chão. Bobby atirou duas vezes na barriga do garoto com sua .45. O esôfago dele virou geleia. Olhava-o nos olhos quando aquelas balas o perfuraram. Passou alguns segundos olhando em seus olhos, quando o garoto morreu, e pensou: *Por que você não usou o facão antes de me atacar, porra?*

Isso foi na época em que os vietcongues ainda estavam aprendendo. Naquela manhã, Bobby e os outros caras do pelotão mataram quinze deles, o grupo todo. Os corpos ficaram jogados na estrada, e dava para ver pelas costelas aparentes que nenhum deles comia uma refeição decente havia meses.

Dois deles morreram porque tentaram matar o cabo Michael "Bobby" Coyne, de Dorchester, Massachusetts. Mas ele sabia que os garotos tinham morrido porque estavam atrapalhando. Atrapalhando o lucro. A filosofia. Uma visão de mundo segundo a qual as regras só se aplicam às pessoas que não têm o poder de fazê-las.

Chame-os de japas, chame-os de judiados, gringos, xinguelingues, italianada, pretaiada, chame-os do que quiser, contanto que seja algo — qualquer coisa — que remova a humanidade de seus corpos quando você pensar neles. Esse é o objetivo. Se conseguir fazer isso, vai poder mandar jovens atravessarem o oceano para matar outros jovens, ou mantê-los aqui para fazerem a mesma coisa.

Bobby está deitado em uma cama macia e confortável a quase quinze mil quilômetros e doze anos de distância daqueles meninos mortos na estrada e decide que depois de amanhã o sol vai nascer quadrado para os quatro garotos de Southie.

13.

Na manhã seguinte, Bobby manda quatro viaturas atrás dos garotos. Os policiais voltam com apenas dois deles, porém. Julie Fennessy ainda parece estar desaparecida; ninguém a viu desde a noite em que Auggie Williamson morreu. Os boatos dizem que ela está na Flórida, mas ninguém sabe exatamente onde. Isso incomoda Bobby — a mãe estava bastante preocupada com o paradeiro da filha. Mas, se a garota estiver envolvida em uma morte, fugir para a Flórida talvez faça sentido, ainda mais para uma jovem de dezessete anos.

O outro desaparecido é George Dunbar, o traficante de drogas. Ele é filho da principal namorada de Marty Butler, o que pode significar que os policiais não o procuraram com muito afinco ou talvez nem o tenham procurado.

O que significa que, quando Bobby e Vincent forem à prisão, os únicos idiotas que vão estar esperando por eles nas salas de interrogatório serão Ronald Collins e Brenda Morello. Ronald Collins, um rapaz de Southie cuja família fugiu da Irlanda na Grande Fome, é tão burro quanto os irmãos mais velhos, o pai e os três tios, a maioria dos quais, segundo as investigações recentes de Bobby, já foram presos. Ronald é osso duro de roer. Não porque ele seja particularmente difícil de lidar, mas porque é tão cabeça oca que chamá-lo de idiota é elogio.

Brenda Morello, por outro lado, com seus olhos úmidos e queixo trêmulo é a chave. Está disposta a dar com a língua nos dentes desde o momento em que foi pega a caminho do emprego temporário na Sullivan's, em Castle Island. Quando Bobby e Vincent entram na sala de interrogatório, ela ergue os olhos para os dois, prestes a chorar, e as primeiras palavras que saem de sua boca são:

"Por favor, posso ir para casa?"

Bobby se senta diante dela.

Vincent permanece de pé, o que, naturalmente, só deixa Brenda mais nervosa.

Bobby abre seu sorriso mais amistoso.

"Só queremos fazer algumas perguntas."

"E então posso ir para casa?"

Brenda pode ir embora agora mesmo — não foi acusada de absolutamente nada —, mas ela não sabe disso, e não faz parte do trabalho deles prestar esse esclarecimento.

"Pode nos contar o que fez sábado à noite?"

Brenda finge pensar nisso, olha para o teto um momento.

"Sei lá. Eu saí."

"Aonde foi?"

"Vocês sabem muito bem."

"Não sabemos."

"Por aí."

"No parque Columbia?", pergunta Bobby.

Brenda o encara, sua mente trabalhando furiosamente agora que todos os seus temores da razão de ela estar lá foram confirmados.

"Você estava com Ronald Collins, George Dunbar e Jules Fennessy."

"Talvez?", arrisca ela.

"Talvez é o caramba", diz Vincent andando atrás dela.

Os olhos de Brenda se enchem de lágrimas. Vincent continua andando às suas costas e ela fica tensa, esperando um tapa na nuca.

"Brenda", diz Bobby com delicadeza, "olhe para mim."

Ela obedece.

"Nós sabemos que você estava lá. E então alguma coisa aconteceu."

"O que aconteceu?"

"Por que você não nos conta?"

Bobby pode ver o segredo a consumindo de repente — a terrível informação que ela vem guardando dentro de si há quase uma semana.

Mas Brenda retruca:

"Não aconteceu nada. Nada que eu lembre."

Bobby abre sua pasta, tira uma fotografia de Auggie Williamson e a coloca sobre a mesa. Não é uma foto qualquer. Ele vai direto para o ponto fraco — é a foto do necrotério.

Isso tem o efeito desejado. O rosto de Brenda quase desmorona, e ela inspira ar como um peixe fora d'água.

"Não", diz ela. "Nada aconteceu."

Agora sim Vincent bate nela. É só um tapinha na nuca. Brenda grita, mais de indignação que de dor.

Bobby põe o dedo na fotografia.

"Este rapaz morreu. E sabemos por fontes seguras, Brenda, que você foi uma das últimas pessoas a vê-lo com vida."

Ela nega com a cabeça várias vezes.

"Não."

Vincent está parado bem atrás dela.

"Diga não outra vez, sua idiota, que vai ver aonde isso te leva. Já ficou internada em uma UTI?"

Bobby lhe lança um olhar de "vai com calma" e então espera que Brenda volte a olhar para ele antes de perguntar:

"Foi você que gritou 'Você é bem lerdo para um neguinho'?"

Brenda fica em choque.

"Eu nunca disse isso."

"Não?" Bobby olha para Vincent por um momento. "Ouvimos falar que sim."

"Bom, então alguém está mentindo, porque eu não disse isso."

"Mas você estava numa plataforma da estação Columbia quando *alguém* disse isso."

"Eu… O quê? Não, eu estava… Não, eu não estava em plataforma nenhuma. Estava no *parque* Columbia com meus amigos, e então briguei com meu namorado e fui embora. E eles foram para a praia."

"Temos testemunhas que confirmam ter visto você na plataforma do metrô."

"Bom, elas estão mentindo."

"Por que fariam isso?"

"Não sei. Pergunta para elas."

"Podemos chamar a testemunha aqui para te reconhecer."

Isso faz com que o queixo de Brenda volte a tremer.

"Se fizermos isso, aquela senhora que você derrubou vai lembrar, Brenda."

"Eu não derrubei senhora nenhuma", nega a garota com clara indignação.

"Não foi isso que ela disse", rebate Vincent.

"Bom, ela mentiu."

"Todo mundo está mentindo, não é, Brenda?"

"Talvez não todo mundo, mas ela está."

"Ela foi muito convincente", diz Bobby. "Está com o cotovelo todo machucado. Diz que estava saindo do trem que chegava na estação, e você esbarrou nela."

"A gente nem estava desse lado da plataforma", diz Brenda. "A gente estava do outro." Ela percebe o erro com um segundo de atraso. Abaixa a cabeça e olha para os próprios sapatos.

Quando Brenda ergue a cabeça, Bobby vê nos olhos dela que ela vai se entregar. Agora vai contar tudo. Não vai parar de falar antes do amanhecer.

Há uma leve batida na porta, e Vincent a abre para Tovah Shapiro, advogada. Antes mesmo de passar pela soleira, ela diz a Brenda:

"Não diga nem mais uma palavra."

Tovah Shapiro é do pior tipo de advogada de defesa — foi promotora pública, de modo que sabe como os policiais pensam, planejam, agem.

"Eles leram seus direitos?"

Brenda não faz ideia de quem é essa mulher.

"Leram?"

"Não", Brenda consegue dizer.

"Eu me chamo Tovah Shapiro. Sou sua advogada." Ela se senta à mesa ao lado da "cliente".

"Por que você não diz que é a advogada de Marty Butler?", pergunta Bobby.

Tovah inclina a cabeça para ele.

"Oi, Bobby. Tudo certo?"

"Tudo bem, Tovah. E você?"

"Nunca estive melhor. Continua morando na casa da mamãe e do papai?" Antes que Bobby possa responder, ela se vira para Brenda. "Então ninguém leu seus direitos para você, né?"

"O quê?"

"Alguém disse as palavras 'A senhora está presa'?"

"Não."

"Então podemos ir embora."

"Agora?"

"Agora, querida."

Ao se levantar, Brenda aponta para Vincent com o queixo.

"Ele me bateu."

Tovah assobia devagar e diz a Vincent:

"Mesmo com um monte de queixas contra você? Ah, Vinny, assim fica fácil demais."

Bobby ergue a fotografia de Auggie Williamson para Brenda. Ela olha e depois vira rápido o rosto.

"Ele era um ser humano, Brenda. Você sabe o que aconteceu com ele. Podemos te oferecer um acordo."

Tovah ri com sarcasmo.

"Você precisa fazer uma acusação, Bobby, antes de oferecer um acordo."

"Vamos fazer isso muito em breve."

Tovah revira os olhos nebulosos para Bobby. Tudo nela é nebuloso. Nebuloso e sexy pra caramba — o jeito como ela anda, como ri, como morde o lábio de baixo antes de metralhar todo mundo.

"Você não tem nenhuma prova." Ela busca os olhos dele para confirmar.

Bobby espera estar conseguindo encará-la de volta com frieza.

"A gente tem muita coisa."

Tovah continua olhando para ele sem piscar. Buscando alguma coisa. Se continuarem com isso por muito mais tempo, Bobby vai precisar de uma ducha gelada.

"Vou repetir, você não tem nenhuma prova."

Eles saem da sala de interrogatório e dão de cara com Rum Collins parado no corredor ao lado de Boon Fletcher, do escritório de advocacia Fletcher, Shapiro, Dunn & Levine. Boon revira os olhos para Bobby, como se dissesse que esperava mais dele, e Bobby usa o dedo do meio para coçar a ponte do nariz.

Ele e Vincent ficam parados no corredor e observam os garotos de Southie saírem com dois advogados que eles não teriam como pagar nem se ganhassem na loteria. Agora Bobby sabe que se quiserem fechar esse caso, vai ser muito mais difícil.

Depois de bater o ponto na saída, Bobby começa a sentir aquela coceira de novo. Antigamente, o melhor jeito de acabar com essa comichão era a agulha, a colher e a heroína. Agora ele reconhece isso como um sinal de que faz muito tempo desde que foi a uma reunião.

Encontra uma no porão de uma igreja em Roxbury. Desce a escada até a sala, que tem o mesmo cheiro de todas as outras salas de reunião dos Narcóticos Anônimos — de café, cigarro e donuts.

Bobby escolhe um lugar no círculo. Quórum baixo essa noite — nove pessoas para vinte e cinco cadeiras — e ninguém está muito a fim de papo. Um empresário branco com uma maleta parece puto da vida; uma mulher porto-riquenha com roupas de empregada doméstica parece envergonhada. Há um homem negro forte calçando botas de construção cobertas do mesmo pó de reboco que cobre o cabelo dele. Uma mulher que parece ser professora do ensino fundamental, um cara de meia-idade com os mesmos olhos tristes de cachorro abandonado, um rapaz de vinte anos que provavelmente foi obrigado a vir por um juiz e que parece estar chapado naquele exato momento. Três deles Bobby com certeza já viu em outras reuniões — a comissária de bordo negra da Pan Am, o caminhoneiro polonês, a mulher que tem cara de pássaro que perdeu um dos filhos num incêndio. Mas ninguém está muito a fim de compartilhar. Por fim, o sujeito que coordena o grupo, Doug R., olha para Bobby e diz:

"E você, amigo? Quer compartilhar alguma coisa?"

Há meses que Bobby não se abre em uma reunião. Seu padrinho, Mel, um policial aposentado, avisou que esse é mais um sinal de que uma recaída pode estar a caminho. Fechar-se para o mundo também é uma forma de mentir para si mesmo.

Depois de algumas tosses secas e palavras atropeladas, ele consegue dizer umas poucas frases com dificuldade.

"Eu tive um sonho outra noite. A minha mãe e um amigo meu dos fuzileiros estavam me procurando em uma rua em Hué."

"Em Way?", pergunta uma mulher de cabelo loiro cacheado e olhos verdes intensos. É a pessoa que Bobby imaginou que fosse professora.

"Hué. É uma cidade no Vietnã. Fiquei um tempo numa base lá perto. Então, é, eis que minha mãe, que morreu quando eu era criança, e meu amigo Carl Johansen, que morreu quando eu estava lá, estão me procurando por essa rua. E posso ver os dois porque estou numa espécie de vitrine enorme. Estou correndo bem ao lado deles e gritando: 'Ei, sou eu! Sou eu!'. Mas eles não me ouvem. Eu começo a bater no vidro e eles continuam sem conseguir me ouvir. Então a vitrine acaba e não consigo sair. Minha mãe e Carl continuam andando e chamando meu nome até que não consiga mais ouvi-los. Então me viro nessa loja vazia, e vejo meu isqueiro, minha colher e a heroína sobre uma mesa. A seringa é de cobre. Tem uma cadeira realmente confortável para eu me sentar. E faço isso. Daí em diante, vocês já sabem, arrumo as coisas e injeto. Não vou mentir, foi gostoso pra caralho."

As pessoas se mexem na cadeira, desconfortáveis. Bobby pode sentir Doug R. o observando com cuidado, perguntando-se se cometeu um erro ao pedir que compartilhasse.

"Acho", continua Bobby, "que Carl estava no meu sonho

porque, durante muito tempo, usei a guerra como uma desculpa para me drogar. 'Vi tanta coisa terrível, isso e aquilo, então estou perdido.' Mas a guerra não fez com que eu me perdesse. Voltei sem um arranhão. Mas de certa forma me perdi lá. Porque voltei a ser como uma criança. Não sabia nada, nem mesmo a língua. Não conhecia os deuses deles, não conhecia os costumes, qual era o modo certo ou errado de me comportar. Eu era apenas um garoto de vinte e dois anos com uma arma." Ele olha para o grupo, não consegue dizer apenas por seus olhos ou por sua linguagem corporal se está falando demais, se algum deles se identifica com o que está dizendo. Mas segue em frente, tropeçando em cada frase como um bebê de colo aprendendo a andar. "Esta cidade aqui é muito cinza o tempo todo, sabe?" Ele olha para o teto. "Agora o sol está brilhando durante o dia, mas é um lugar bem cinzento durante sete meses por ano. Ou talvez, sei lá, a minha casa que era muito cinza quando eu era criança. Lembro como eram as coisas depois que minha mãe morreu — talvez até quando ela estava viva — e parece que tudo tinha cor de calçada, até mesmo o ar.

"Mas no Vietnã?" Bobby olha ao redor. "Aquilo sim era verde de verdade. Passei anos tentando descrever a cor e nunca consegui — os campos de arroz pela manhã cheios de neblina, e o céu laranja e vermelho quando anoitece, e os pássaros voando baixo sobre a foz dos rios, e, sei lá, parece que os deuses escolheram aquele lugar para passar as férias. É mágico. Mas aquela beleza toda ficou cheia de morte, e quando percebi que *eu* era a morte, andando por ali com a minha arma enorme, isso fodeu com a minha cabeça. Eu estava matando toda a beleza." Ele se dá conta de que baixou a cabeça sem perceber e volta a olhar para cima. Olha todos nos olhos. "Mas, quando eu me drogava, tudo aquilo ia embora, e eu só conseguia ver a beleza. Quando eu me injetava, me sentia como, como..." Bobby se concentra no rosto da mulher loira, vê algo em seus olhos que parece desesperado e esperançoso ao mesmo tempo. "Como se toda aquela beleza se espalhasse pelas minhas veias. Como se estivesse em casa dentro do meu corpo. E tudo era perfeito. Eu me sentia completo."

A mulher loira pisca. Uma única lágrima cai do olho dela e se parte, ao tocar a bochecha, em três lágrimas menores que são como um trio de palavras sagradas para Bobby — comunhão, consagração e consumação.

A mulher desvia o olhar, mas Bobby consegue sentir todos os outros olhando para ele. Dá de ombros de repente, envergonhado por ter falado por tanto tempo.

Doug R. diz:

"Obrigado por compartilhar."

Seguem-se alguns aplausos educados.

O cara de terno que parece estar muito irritado fala em alto e bom som:

"Eu sou viciado em heroína porque Deus, se não está morto, com certeza tirou umas férias."

Bobby pode sentir todos se segurando para não resmungarem para ele.

Na escadaria em frente à igreja, quando Bobby está saindo, a mulher loira desce os degraus e para ao seu lado. Ela diz:

"As pessoas aí dentro sabem que você é da polícia?"

Ele a observa e percebe que há algo vagamente familiar no rosto dela.

"É o tipo de coisa que eu não costumo espalhar por aí."

"Você me prendeu uma vez. Há dois anos."

Merda. É exatamente por isso que Bobby não fala sobre sua profissão nas reuniões.

"Eu nunca esqueci seu rosto", diz a mulher. "Sério, mas a

voz gentil." Ela acende um cigarro e olha para ele através da fumaça. "Você estava usando na época?"

"Dois anos atrás?" Ele faz que sim com a cabeça. "Deve ter sido pouco antes de eu parar."

"Então você usava, mas prendia viciados como eu."

Bobby tenta não se esconder mais da própria hipocrisia.

"Sim", responde ele.

Todos os outros foram embora com seus carros. Só os dois ainda estão na frente da igreja. Uma brisa leve balança os galhos das árvores e bagunça os fios de cabelo dos dois. À distância, podem ouvir o tráfego na via expressa sudeste — uma buzina rápida, o estrondo de pneus de caminhão.

A mulher sorri. Um sorriso afetuoso e repentino.

"Você me prendeu, mas nunca fez uma acusação."

"Não?"

Ela nega com a cabeça.

"Você me colocou numa viatura e me levou para a delegacia. Mas então me perguntou quem eu costumava ser antes de me viciar e eu respondi que ainda conseguia trabalhar muito bem, obrigada. Tinha um bom emprego como…"

"Assistente social." Bobby sorri, lembrando. "Seu cabelo estava diferente."

"Ele é meio castanho-claro na verdade, então comecei a tingir. Fiz permanente."

"Cai bem em você", diz ele, e imediatamente quer dar um tiro na própria cabeça. *Cai bem em você?* De onde é que isso saiu?

"Você me levou a uma clínica na avenida Huntington", diz ela. "Lembra?"

"Mais ou menos."

"Entrou comigo e disse: 'Você ainda pode voltar a ser quem realmente é'."

"Funcionou?"

"Demorou mais seis meses. Mas agora estou limpa há quatrocentos e oitenta e um dias."

"Isso é ótimo."

"Ainda dá medo. Para você também?"

"Ah, sim."

Ela estende a mão para ele.

"Carmen."

"Você não tem cara de Carmen."

"Eu sei. Mas minha mãe gostava de ópera."

Bobby sorri como se tivesse pegado a referência. Aperta a mão da mulher.

"Michael. Mas todo mundo me chama de Bobby."

"Meu Deus, por quê?"

"É uma longa história."

"Você não pode me contar enquanto a gente vai até o meu carro? Estacionei um pouco longe, e aqui é meio perigoso."

"Claro."

Eles caminham juntos pela calçada.

É uma noite agradável de verão que cheira a chuva iminente. Bobby acompanha Carmen até o carro. Lança alguns olhares de canto de olho para ela e a pega fazendo o mesmo com um sorriso de cumplicidade. Ele considera a possibilidade de que talvez o oposto do ódio não seja o amor, e sim a esperança. Porque o ódio demora anos para ser construído, mas a esperança pode se esgueirar por uma fresta quando a gente menos espera.

14.

O telefone não para de tocar. Mary Pat olha para ele sem saber há quanto tempo está sentada no sofá da sala, sem saber há quanto tempo o telefone está tocando. Ele para. E então, um minuto depois, começa novamente. Para depois de tocar nove vezes. Um minuto de silêncio. Talvez mais. Talvez cinco minutos. Então toca de novo. Uma vez. Duas vezes. Três vezes. Na metade do quarto toque, Mary Pat tira delicadamente o fio da tomada.

Deve ser do Solar Meadow Lane. Mary Pat devia estar no trabalho agora mesmo. Essa percepção quase rompe o transe em que está desde que abriu a maleta dada por Marty Butler. Mas o torpor ainda é muito forte. É como se estivesse anestesiada. É uma melancolia das fortes — não há nada de calmo ou reconfortante nela. Contaminou sua pele, seu sangue, seu cérebro e suas terminações nervosas. É como se uma mão estivesse agarrando sua nuca e a mantivesse de cara no chão porque se ela tentar levantar vai ser muito pior.

Mas não há chances de isso acontecer. Mary Pat não consegue imaginar um dia em que vai estar recuperada disso. Não de uma forma genuína. Por ora, ela definitivamente não pode se imaginar de volta ao trabalho. Duvida que ainda tenha um emprego quando estiver pronta para voltar. E está em paz com isso.

Ela encontrou uma estação de rádio — a WJIB — que só toca música clássica, e não consegue parar de escutá-la. Não desliga o som nem quando vai dormir (não que consiga dormir muito nos últimos tempos). Ela foi uma garota Top 40 a vida toda, nunca teve preferência por uma banda, sempre gostando da música das paradas. Naquele verão foi "Rock the Boat", "Billy Don't Be a Hero" e sua favorita, "Don't Let the Sun Go Down on Me". Mas todas essas canções agora lhe parecem bobas, porque não falam de alguém como ela. Mesmo a letra "Perder tudo é como ver o sol se pôr" parece insuficiente porque ela não sente que está vendo o sol se pôr, e sim que uma bomba atômica explodiu dentro dela, e agora a nuvem de cogumelo consumiu tudo, suas entranhas se desfazendo em mil pedaços e flutuando no espaço em mil direções diferentes.

Com as peças clássicas, Mary Pat não sabe os nomes das músicas nem dos compositores (a não ser que o locutor diga no fim de um bloco de quatro ou cinco canções, quando as primeiras já foram esquecidas e o nome delas não importa mais), mas conversam com sua dor como nada mais é capaz. A música clássica *penetra* na melancolia. Não o suficiente para atingir seu coração, mas o suficiente para encontrar sua cabeça. Mary Pat flutua pelas notas como se estivesse seguindo uma correnteza muito maior — uma correnteza escura, como um vasto rio noturno — e deságua num espaço de sua mente no qual toda sua história e a de sua família antes e depois dela estão entrelaçadas. Pode detectar — embora não possa sentir nem articular — uma conexão entre todos os que viveram e morreram em sua árvore genealógica. Parte da conexão, é claro, vem da herança étnica — todos eram irlandeses e só se casavam com outros irlandeses desde que Damien e Mare Flanagan, seus ancestrais, desembarcaram em Long Wharf, em 1889 —, mas outra parte é mais nebulosa. E, ainda seguindo a correnteza de Beethoven ou de Brahms ou de Chopin ou de Handel, pode tocar uma parte de si que parece muito mais verdadeira do que material, uma Mary Pat profunda, a Mary Pat original, com raízes que remontam a tão longe no passado que pode ter dado seu último suspiro em pântano na aldeia de Tully Cross no vilarejo de Gorteenclough no século XII. E a Mary Pat Original compreende algo na música sobre os laços que unem a todos nessa família — desde o primogênito Flanagan (Connor) nascido nos Estados Unidos até a caçula Fennessy (Jules), que dá sentido a tudo que veio antes. A Mary Pat do presente não sabe exatamente o que isso significa, mas ouve as notas na esperança em meio à melancolia de que conseguirá um dia.

Há uma batida policial acontecendo do lado de fora de sua janela. Dois policiais estão correndo atrás de um dos irmãos Phelan (só Deus sabe qual; eles são nove, todos bandidos desde que saíram do berço). Correm até a Commonwealth e o derrubam no asfalto em frente ao edifício Morris. Ver um dos irmãos Phelan sendo preso não é grande coisa — acontece dia sim, dia não —, mas um dos policiais é negro. Isso chama a atenção dos vizinhos, que se põem a gritar xingamentos de "neguinho isso, neguinho aquilo", e então alguns garotos sobem nos telhados e começam a atirar garrafas e pedras. Em pouco tempo, viaturas e camburões invadem as ruelas entre os prédios. Ouve-se o barulho de pneus cantando e de portas dos carros se abrindo e fechando.

Os pais param de xingar e voltam para dentro, mas os filhos nos telhados encontram, sabe-se lá onde, alguns sacos de lixo e começam a bombardear os policiais com alface podre e latas vazias de carne enlatada, com batatas macias que explodem quando atingem cabeças ou viaturas. Depois de algum tempo, os garotos fogem, e tudo volta ao normal. Um dos policiais olha para os respingos de batata em toda parte, as lascas de pedras e rachaduras recentes nas janelas, as garrafas estilhaçadas no chão, e grita para todos os apartamentos em torno do lugar em que se deu a confusão: "Essa sujeira toda vai ficar para vocês. Não vamos enviar a coleta de lixo, seu bando de animais".

E os policiais saem de lá como um exército de ocupação com nojo daqueles que são obrigados a governar.

Mais tarde, as mulheres e os jovens que sujaram tudo (vários com hematomas recentes ou olhos roxos, cortesia de seus pais) vêm com vassouras, pás e baldes e começam a limpar a imundície. Normalmente, Mary Pat sairia para ajudá-los sem nem piscar — para ela, uma comunidade se baseia na colaboração —, mas não consegue sair do sofá. É como se estivesse pregada a ele.

E onde está essa comunidade para ela? A essa altura, Mary Pat sabe que a fofoca já correu toda a vizinhança — há seis dias que ninguém vê Jules Fennessy. Também deve estar correndo por aí que o melhor é não fazer perguntas sobre ela. Portanto, todos sabem, como Mary Pat, que a filha dela está morta.

Mas ninguém faz uma visita. Ninguém vem conversar.

Big Peg veio vê-la certo dia. Bateu na porta algumas vezes, mas Mary Pat não atendeu. Sabia que, não importava quais fossem os indícios que apresentasse de que a gangue de Marty Butler havia matado Jules, Big Peg os rejeitaria. Para todos eles, Marty não é apenas o protetor de Southie. Não é apenas o filho pródigo do bairro. Nem o rebelde que torce o nariz para aquilo que já está aí. Marty *é* Southie. Acreditar que ele é mau — não só um criminoso, não só um pregador de peças nem o gerente de um submundo que precisa ser administrado por *alguém*, então por que não ele? — é acreditar que Southie é má. E Peg jamais faria isso. Então, em vez de desabafar para uma irmã que lhe daria as costas e lhe diria para sair dessa sem mais nem menos, Mary Pat não atendeu a porta.

Finalmente a abre para as irmãs MSIE. Elas são seis e não têm nenhum grau de parentesco, mas são chamadas assim porque são amigas há pelo menos vinte anos e foram o primeiro grupo a se posicionar contra a decisão do comitê escolar de nem sequer *ouvir* a opinião das famílias negras no caso *Morgan vs. Hennigan*. MSIE significa Mulheres de Southie contra a Integração Escolar. Mary Pat participou de uma das primeiras reuniões do grupo lá em 1971, muito antes que qualquer pessoa acreditasse que aquilo poderia se tornar algo real; ela só foi por causa dos donuts e do vinho tinto. Na época, a MSIE consistia apenas nas seis mulheres que agora estão à sua porta no sétimo dia sem notícias de Jules — Carol Fitzpatrick, Noreen Ryan, Joyce O'Halloran, Patty Byrnes, Maureen Kilkenny e Hannah Spotchnicki (Carmody era seu nome de solteira).

Mary Pat concordou em se tornar membra efetiva em 1973, quando estava começando a parecer que, puta merda, esse negócio de integração escolar pode *mesmo* acontecer, mas não chegava a ser uma das mais ativas. Faz o que é pedido, mas nunca se prontifica a fazer. A maioria das mulheres na organização — e agora são algumas centenas — é como Mary Pat, mas as irmãs MSIE, as seis originais, essas sim são fervorosas.

O rosto da líder, Carol Fitzpatrick, aparece no olho mágico, os outros cinco atrás dela. Mary Pat acaba de sair de um banho que ela não se lembra de ter tomado e fica parada ali na sala com um roupão que já viu dias melhores, sentindo-se mais atordoada que nunca. As mulheres do outro lado da porta parecem saídas de um desenho animado — se não são inofensivas, com certeza têm uma aparência engraçada. Carol bate só algumas vezes antes de Mary Pat abrir a porta.

Elas parecem surpresas, como se realmente não esperassem vê-la. Ou, se esperavam, que estivesse com uma aparência melhor.

"Mary *Pat*!", diz Carol, batendo palmas com animação. "Onde você estava?"

"Aqui." Mary Pat dá um passo para trás a fim de que as seis mulheres entrem.

Ninguém parece notar a pia e os cinzeiros transbordando, nem as latas de cerveja vazias em toda parte, os copos viscosos com resto de bebida, as caixas de pizza, a caixa de peixe e fritas para viagem, as sacolas do McDonald's amassadas na bancada da cozinha.

"Temos que dar um jeito em você", diz Joyce.

"Para quê?", pergunta Mary Pat, e todas riem.

"Para *quê*!", diz Patty Byrnes. "Ah, você é uma figura."

"Venha, venha." Maureen Kilkenny a conduz pelo corredor até seu quarto.

Um segundo depois, ou pareceu isso ao menos, Carol se juntou a elas, e as duas mulheres começaram a vasculhar o armário minimalista de Mary Pat. Jogam um vestido na cama, depois outro. A seguir um conjunto de saia e blusa. Então, vêm os sapatos — Mary Pat tem só dois pares de sapatos sociais, um de salto alto e o outro baixo, então a escolha é entre apenas duas opções.

Elas encostam os dois vestidos e o conjunto de saia e blusa no corpo de Mary Pat, que observa a si mesma deixar e ouvi-las tagarelar sobre qual fica melhor e qual combina mais com os sapatos — tem que ser os de salto baixo, diz Carol, não dá para usar salto alto se for ficar muito tempo em pé, e as pessoas podem pensar outras coisas. Mary Pat se vê parada no quarto, mas não é ela, é a Mary Pat Anestesiada, a perdida, a melancólica, a derrotada. Carol e Maureen escolhem o conjunto de saia e blusa. A blusa é vinho e a saia é de um xadrez quase escocês. Os sapatos são pretos. Depois de se vestir, vão para o banheiro passar sua maquiagem e fazer seu cabelo. Mary Pat se vê no espelho e sente um estranho orgulho ao perceber que parece uma morta- -viva, uma coisa que teve todo o sangue extraído, mas mesmo assim não morreu.

Elas a levam de volta para a sala de estar, onde as outras quatro mulheres aguardam. As caixas de fast food e as latas de cerveja desapareceram, os cinzeiros foram esvaziados, os copos estão secando no escorredor de pratos.

"Aonde a gente vai?", pergunta Mary Pat.

Mais uma vez, todas riem da pergunta absurda.

Mas então Hannah Spotchnicki grita:

"À manifestação!"

"Na prefeitura", completa Carol.

"Ah", responde Mary Pat, sem entusiasmo. "Tá."

"Não podemos ir sem você, bobinha!", diz Noreen Ryan com uma alegria excessiva, considerando o medo em seus olhos.

"Precisamos de todo mundo", diz Carol. "De cada corpinho que pudermos carregar."

Apesar do estado em que se encontra, Mary Pat não deixa passar o absurdo da frase. Ela sorri para Carol.

"De cada corpo que pudermos carregar?"

"Hum-hum."

"E se a gente não conseguir?"

"O quê?"

"Carregar o corpo?"

Mary Pat não tem ideia de por quanto tempo as mulheres a encaram — pode ter sido um segundo ou cinco minutos —, mas a maioria delas parece preferir dar o fora dali.

Talvez, pensa Mary Pat, *eu me torne uma daquelas mulheres que empurram seus pertences em um carrinho de supermercado e dormem em parquinhos.*

"Você precisa de ar puro", diz Carol. "Precisa fazer parte de alguma coisa. Precisa de um propósito, Mary Pat. Agora mais do que nunca."

Agora mais do que nunca.

Então elas sabem.

"Tá legal", Mary Pat se ouve dizer.

Elas a levam para fora como se a estivessem empurrando em um carrinho de mão.

Em uma rua logo depois dos conjuntos habitacionais, há um ônibus escolar esperando para sair. Ninguém comenta a ironia. O ônibus é de um azul-índigo desbotado e tem as palavras fantasmagóricas ESCOLA DE ENSINO FUNDAMENTAL FRANKLIN ainda visíveis sob uma camada de tinta velha. Os pneus parecem carecas. Umas vinte mulheres esperavam no ônibus o tempo todo. Abaixaram as janelas e os braços estão para fora segurando cigarros. Várias se abanam. Ainda não está insuportavelmente quente — é uma manhã nublada, sem sol —, mas está úmido demais.

Mary Pat conhece a maioria delas. Quase todas usaram bobes para enrolar o cabelo, o que não é incomum em Southie. O incomum mesmo é a maior parte delas ter colocado pequenas bandeiras dos Estados Unidos ou o que parecem ser saquinhos de chá em meio aos cachos. Elas mal olham para Mary Pat quando ela se senta na frente perto das irmãs MSIE, mas consegue observá-las o suficiente para confirmar que, sim, são saquinhos de chá. Quando o ônibus dá a partida e começa a andar, Mary Pat olha para trás e vê Mary Kate Dooley, Mary Joe O'Rourke, Donna Ferris, Erin Dunne, Tricia Hughes, Barbara Clarke, Kerry Murphy e Nora Quinn. Todas velhas amigas. E ninguém olha para ela. Empilhados na traseira, ocupando os quatro últimos bancos e os espaço atrás deles, estão os cartazes — alguns Mary Pat tem certeza de ter montado ela mesma algumas noites atrás no chão de seu apartamento.

Elas percorrem o sul de Boston no dia úmido e cinzento. Fumam e jogam conversa fora, e o centro da cidade se aproxima a cada cruzamento pelo qual passam.

"Não quero falar sobre ela", diz Joyce O'Halloran a Carol, tapando as orelhas.

"Então por que tocou nesse assunto?", rebate Carol.

"Não toquei. Ela é uma puta de uma, sabe, de uma vergonha. É nisso que dá ficar mimando, deixando assistir televisão e ouvir a música que quiserem, com todo mundo exaltando as drogas e o amor livre. A gente com certeza não foi criada assim, mas ela acha que precisa ter opinião sobre *tudo*. Se eu acho alguma coisa, ela acha o contrário. Não porque acredita naquilo. E sim porque quer me magoar."

"Ela quer te magoar mesmo", concorda Carol.

"Quer mesmo", intromete-se Hannah.

"De quem vocês estão falando agora?", quer saber Mary Pat.

"Da minha filha", responde Joyce, fazendo um gesto vago com a mão. "Cecilia. Um pé no saco. Meu marido e eu temos cinco filhos para criar, e quatro deles não são tão ruins, mas essa aí? A do meio?"

"O filho do meio é sempre o pior", afirma Noreen Ryan.

Todas as seis irmãs concordam com a cabeça.

"Cecilia é só uma adolescente", contrapõe Maureen. "Todas passam por fases."

"Hum", diz Joyce, claramente cética.

O ônibus chacoalha ao passar pela ponte da Northern Avenue e entrar à direita na Atlantic, e agora estão saindo oficialmente do sul de Boston e entrando na cidade propriamente dita. A prefeitura fica a menos de dois quilômetros de distância.

"É a nossa hora de brilhar, garotas." Carol abre a bolsa e tira um punhado de bandeirinhas e saquinhos de chá.

Mary Pat pega uma bandeirinha. Em vez de espetá-la no cabelo, enfia o pequeno palito de madeira em um botão da blusa.

Joyce, Carol e Noreen escolhem as bandeirinhas. Patty, Maureen e Hannah vão de saquinhos de chá.

Mary Pat as observa ajudar umas às outras a colocar os adereços no cabelo e acaba perguntando:

"Por que esses saquinhos de chá?"

"Não lembra? A gente discutiu isso em uma reunião."

"Acho que não fui a essa."

"A Festa do Chá, Mary Pat. A Festa do Chá de Boston?", diz Hannah. "Quando jogaram todo o chá no mar?"

"Disso eu sei", diz Mary Pat.

"Bom, estamos começando nossa própria rebelião contra a tirania", explica Patty. "Daí os saquinhos de chá."

"Alguém vai entender isso?", pergunta Mary Pat.

Várias das mulheres ficam pálidas, e Mary Pat ouve os murmúrios às suas costas, mas é tarde demais para debater a questão, pois agora estão saindo da Sudbury Street rumo à Congress, podendo ver o edifício federal JFK no lado nordeste da praça da Prefeitura. Agora Mary Pat vê o mar de gente indo em direção à praça, pessoas vindo aparentemente de todo o lado. O trânsito está parado. À medida que se aproximam, as paredes de concreto da prefeitura aparecem. É um prédio feio, sem cor, a não ser por alguns tijolos na base, sem graça da cabeça aos pés. Por dentro é pior ainda. Parece construído apenas para intimidar quem tem negócios a resolver na cidade, antes mesmo que a pessoa entre no prédio.

"Quantas pessoas nós esperamos que venham?", pergunta Mary Pat ao grupo.

"Talvez mil e quinhentas?", responde Carol.

O ônibus estaciona no meio-fio. Quando descem, o motorista entrega mais um saquinho de chá a cada uma.

Elas abrem a porta traseira do veículo e cada uma pega um cartaz. O de Mary Pat diz ACABEM COM A DITADURA JUDICIAL. A mulher ao seu lado ergue um que diz BOSTON ESTÁ SITIADA. Mary Pat teria preferido ficar com esse — vai mais direto ao ponto.

As mulheres sobem a escada que leva dos fundos do prédio à praça. As nuvens desapareceram. O sol, luminoso e escaldante, passa a queimar a nuca de Mary Pat. A multidão que sobe os degraus — tão densa que Mary Pat e as companheiras de ônibus parecem pequenas em meio a tanta gente — já está suando, vários rostos vermelhos de calor. Há muitas bandeiras — bandeiras dos Estados Unidos, bandeiras da Irlanda, lençóis presos a varas com os nomes dos bairros: Southie principalmente, mas também Dorchester, Hyde Park, Charlestown e East Boston. No meio do caminho, a multidão começa a gritar o Juramento de Fidelidade, e Mary Pat precisa admitir que se sente bem quando as palavras saem de sua boca, ainda mais no fim, quando a voz do povo sobe vários tons e cospe o final: "liberdade e justiça para *TODOS!*".

Mary Pat começa a suspeitar que haja mais de mil manifestantes, e, quando chegam ao topo da escada e se espalham pela praça, fica perplexa ao se dar conta de que são *alguns milhares*. Devem ser uns nove mil, talvez dez mil.

Carol conduz o grupo a uma fonte para que acrescentem seus saquinhos de chá a centenas de outros, a água mudando de cor para um marrom-ferrugem. Mary Pat se pergunta mais uma vez se alguém vai entender a referência. Imagina um velhote olhando para a fonte mais tarde e dizendo: "Ah, esses idiotas não sabem que o chá fica mais gostoso depois de ferver a água?".

No limite da multidão — a maior parte das pessoas está a salvo do outro lado da rua no Center Plaza 3 —, ela observa os que protestam contra o protesto. Hippies, na maioria, brancos, imundos e vivendo de mesada; alguns negros com orgulho de seus cabelos black power e *dashikis*; e, por fim, um grupo de homens e mulheres parecidos com Mary Pat e as pessoas que ela conhece — irlandeses, poloneses e italianos da classe trabalhadora. Não são muitos, mas estão presentes e seguram cartazes que dizem coisas como ACABEM COM A SEGREGAÇÃO JÁ (outro cartaz não muito curto) e EDUCAÇÃO É UM DIREITO CIVIL. Mary Pat fica chocada ao ver algumas pessoas mais velhas que ela reconhece — a sra. Walsh de Old Colony; o velho Tyrone Folan da Baxter Street; toda a família Crowley da M Street.

Antes que possa identificar mais alguém, Mary Pat e seu grupo são arrastados pela correnteza e seguem em direção ao norte até chegar a um lugar a cerca de três metros do palco. Aqui não há manifestantes contrários. *Quem seria maluco a esse ponto?* Agora estão aglomerados centenas de fileiras — não só Southie, a Dorchester branca, Hyde Park, Charlestown e East Boston, mas a *cidade inteira* — Revere, Everett, Malden, Chelsea, Roslindale — exceto, é claro, Mattapan, Roxbury e os bairros negros de Dorchester. Naquela que passou a ser chamada de Fase 1, a cidade vai integrar racialmente cinquenta e nove das duzentas escolas do sistema público, com início em menos de duas semanas. Dentro de dois anos, todas as duzentas escolas serão integradas. E isso explica a multidão — vai acabar sendo um problema de *todos*.

Os três primeiros a falar são membros do Comitê Escolar de Boston, aqueles que mais lutaram, durante quase uma década, para manter as escolas como devem ser. A primeira oradora, Shirley Brackin da Paróquia St. William em Dorchester, reforça o que todos os presentes já sabem — que nenhum dos encarregados da maldita integração escolar realmente mora nos bairros em que decretaram a mudança; que nenhuma dessas pessoas põe os filhos em escolas públicas; que nenhuma delas — as pessoas brancas em todo caso — mora em bairros integrados (até porque praticamente não há bairros assim em Boston). A oradora seguinte, Geraldine Guffy da Paróquia de Santo Agostinho em Southie, faz uma crítica ferrenha à inevitável destruição do modo de vida deles: um modo de vida provinciano, no qual os vizinhos se conhecem porque todos cresceram juntos, frequentaram as mesmas escolas, brincaram nos mesmos parquinhos e participaram das mesmas ligas esportivas, e conheciam tão bem os pais e os avós uns dos outros que, se uma criança saísse da linha, os outros responsáveis estavam livres para intervir e disciplinar — com um tapa na cabeça ou na bunda ou só com uma bronca — como se fosse filho deles.

"Dizem que isso vai mudar o bairro para melhor", diz Geraldine Guffy, e então ela precisa esperar que as vaias diminuam, "e que, em alguma terra doce de conto de fadas, nossos filhos e os filhos das pessoas de cor vão se tornar amigos. Mas todos vão voltar para casa no dia a dia, para seus amigos e suas famílias em seus bairros. Não vão ser amigos, apenas colegas de escola. E nossas tradições, nosso modo de vida, nossa sensação de segurança? Vai ter se perdido para sempre. Não é algo que pode ser recuperado. E todas essas coisas vão desaparecer no momento em que aquele primeiro ônibus passar pela rua em direção aos nossos colégios."

A multidão explode em uma euforia ameaçadora. Mary Pat olha por cima do ombro e não consegue mensurar o tamanho daquilo. Está no centro da praça, mas é tanta gente que ela não consegue ver nenhuma das ruas que cerca o lugar.

Pode sentir o poder, a indignação e a tristeza ao redor, e se surpreende ao de repente sentir isso com todos eles. É a primeira vez que sente *alguma coisa* desde que abriu aquela maleta cheia de dinheiro e compreendeu seu significado. Pensou que não tinha mais nada depois de perder a filha, o que é em parte verdade, mas não deve esquecer que ainda tem seu modo de vida. Ainda tem seu bairro e todas as pessoas que vivem nele. Ainda tem uma comunidade. E o que esses engenheiros sociais e liberais de limusine estão fazendo é botando tudo isso abaixo. Demolindo seu modo de vida. A única vida que ela conheceu e a única coisa que lhe resta para defender nesse mundo.

Quando sobe ao palco, o terceiro orador, Mike Dowd da Paróquia do Sangue Mais Sagrado em Hyde Park, só consegue dizer uma ou duas frases antes de os urros do povo o calarem. Ele espera, pronuncia mais duas frases, e multidão volta a explodir em polvorosa. Mary Pat e as seis irmãs MSIE estão bem ali com todos eles, gritando até ficarem roucas.

"Deus nos fez", berra Mike Dowd. "Deus fez as mulheres e Deus fez os homens, e Ele não erra, não é?"

A multidão não sabe bem como responder, mas a maioria das pessoas grita: "É!".

Mike Dowd aproxima a boca do microfone.

"E Deus fez os brancos, negros, pardos e orientais. *Isso* foi um erro?"

Mais uma vez, a multidão hesita um pouco, como se estivesse confusa porque ninguém avisou que haveria um jogo de perguntas e respostas, mas enfim rugem um "Não!" bem alto.

"Exatamente! Não. Deus não cometeu nenhum erro", brada Mike Dowd. "Ele escolheu nos fazer brancos, negros, pardos, orientais e até índios vermelhos. Essas foram as cores que Ele quis. Se quisesse que a gente se misturasse, teria nos misturado. Teria nos feito meio amarelos, meio azuis. Roxos e brancos." Risos de aprovação percorrem a multidão. "Ele não nos fez mestiços. Por que não quer que a gente se misture."

Bem, essa não é a verdade?, pensa Mary Pat. *No fim é bem assim mesmo, não é? Temos nosso modo de vida, os negros têm o deles. Os hispânicos, o deles. Os orientais têm a Chinatown, ca-*

ramba, e a gente não vê ninguém tentando forçá-los a se espalhar pela cidade. Não, eles conhecem seu lugar. E, desde que sigam assim, vão ser deixados em paz para cuidar da própria vida. E é isso o que todos nós queremos.

Mas, à medida que a manhã avança e os oradores passam a falar mais alto (e a ser muito mais repetitivos), Mary Pat começa a sentir sua indignação diminuir ao ver uma mulher com o cabelo igual ao de Jules em meio à multidão. O rosto dela é mais redondo e ela é mais velha que Jules, mas o cabelo é quase idêntico. E, de repente, é como se a tivesse perdido novamente. Como se a perdesse de novo e de novo e de novo. Como se pudesse ver a Jules bebê, nua e gritando em seu colo, e então visse a vida da filha passar diante de seus olhos, como se observasse a passagem de um trem — primeira dentição, primeiros passos, primeira gripe, joelhos esfolados, dentes da frente faltando, as tranças do primeiro ano, o rabo de cavalo do segundo ano, um coração partido para sempre no quinto ano depois que Mary Pat disse a ela que seu pai *nunca mais* voltaria para casa, espinhas aos doze anos, seios aos treze junto com apatia por *tudo*, formatura no novo ano, as festinhas do ensino médio, o fim da apatia coincidindo com o declínio final de Noel, o retorno da sua coragem, do seu humor, do seu riso alto e sorridente — e então mais nada, sua filha se foi, deixou essa vida, entrou em um vazio. Portas que tinha certeza de ter trancado em seu coração são escancaradas e ela é preenchida pelo luto. De repente, não consegue se lembrar do que está fazendo ali nem de por que deveria se importar com o que leva negros, judeus ou orientais a atravessar a ponte e entrar em Southie.

Jules.

Jules.

Por que você me deixou?

Aonde você foi?

A dor parou, meu bem?
Seu mundo é caloroso?
Você vai esperar que eu a encontre aí?
Por favor, espere.

Por um momento ela quis cair, simplesmente cair de joelhos e urrar o nome da filha. E podia ter feito isso se naquele instante a multidão não tivesse se movido para a direita como se fosse uma coisa só, e Carol, ao seu lado, não tivesse sibilado uma palavra:

"Teddy."

Mary Pat olha para a multidão e agora pode vê-lo, cercado de seguranças e dois policiais civis, o cabelo preto penteado para trás e combinando com o terno. Edward M. Kennedy. Irmão do presidente assassinado e o mesmo que deu nome ao edifício federal a cinquenta metros dali. *Senador* Edward M. Kennedy no cenário nacional, mas aqui em Boston, ele é conhecido como Teddy. Sobretudo por ser irlandês, e os irlandeses não são metidos a besta, por isso o presidente Kennedy sempre foi Jack, e o procurador-geral Robert F. Kennedy sempre foi Bobby, mas talvez também seja Teddy já que dos três, ele é o que todos levam um pouco menos a sério. Está tão na cara que é o caçula, tão na cara que é o carente, desesperado por aprovação. E, é claro, todos sabem que ele foi expulso de Harvard por plágio, que abandonou a amante em um carro que afundava num lago em Martha's Vineyard e que ainda fica de olho em outras mulheres que não são sua esposa, particularmente quando toma umas e outras nos pubs de Beacon Hill e Hyannis Port. E nada disso seria um problema para seus eleitores, os cidadãos de bem de Southie, Charlestown e metade de Dorchester, afinal Teddy é um deles, torcedor do Hibernian, um irlandês branquelo — a não ser pelo fato de sua boa-fé ter se tornado duvidosa nos últimos tempos. Sobretudo em assuntos de raça e ainda mais em questões de integração escolar, às quais manifestou apoio total em várias entrevistas recentes.

Mary Pat sente a multidão se voltando contra ele antes mesmo que Teddy abra a boca ou a multidão se manifeste. Quem ele pensa que é para vir passear aqui com seu belo terno, o corte de cabelo elegante, a gravata e os sapatos caros para explicar como as coisas são? Eles sabem como as coisas são.

"Ei, Teddy", grita um cara, "em que escola seus filhos estudam, Teddy?"

Teddy ignora a pergunta, ainda que o sujeito a continue repetindo a cada quinze segundos.

A essa altura, Teddy quase chegou ao palco, mas a multidão se aglomera na escada para impedi-lo de subir. Ele se vira para um dos organizadores, Bernie Dunn, que veste um terno marrom bem mais puído que o seu, e diz:

"Eles vão me deixar subir?"

"Parece que não", responde Bernie. "Ouça, Teddy, eu…"

"Precisam me deixar subir no palco", insiste Teddy.

"Não, não precisam. O senhor não está ouvindo a gente. O que está acontecendo é horrível."

"Eu entendo seu ponto de vista, mas…"

"Mas nada. Não vamos deixar juiz nenhum dizer para a gente como as coisas vão ser feitas, aonde nossos filhos vão."

"Eu entendo, mas o senhor precisa concordar que alguma coisa precisa ser feita."

"Vão acabar com nossos bairros, paróquia por paróquia, e o senhor está deixando isso acontecer. Caramba, está do lado deles."

"O senhor vai me deixar falar?", pergunta Teddy.

"Não." Bernie parece um pouco surpreso consigo mesmo. "Já ouvimos tudo que o senhor tem a dizer."

E Bernie Dunn dá as costas a um Kennedy.

Todos ao redor dele fazem o mesmo. O grupo de pessoas seguinte segue o exemplo. E assim sucessivamente pela multidão. Quando a onda chega às irmãs MSIE e a ela, Mary Pat se sente tonta ao virar as costas para o senador Edward M. Kennedy, da comunidade de Massachusetts. É como virar as costas para o papa.

Os que não se afastaram de Teddy se voltam para ele, e Mary Pat pode ouvir que a coisa está ficando feia muito rápido.

"Onde a porra dos seus filhos estudam, Teddy?"

"Onde você mora, Teddy?"

"Você é uma vergonha para seu irmão e para seu povo."

"Volta para Brookline, seu veadinho de merda."

"Você não é mais um de nós!"

"Vai se foder, seu puxa-saco de crioulo! Vai se foder! Vai se foder! Vai se foder!"

Elas ouvem a comoção e se viram para testemunhar os policiais do MDC e os seguranças empurrando Teddy em direção ao prédio com o nome de seu irmão. Mary Pat fica perplexa ao ver as costas do terno do senador. Está quase completamente branco agora, como se um bando de pássaros tivesse cagado nele. Ela demora um segundo para entender que aquilo não é merda de pássaro.

É cuspe.

A multidão está cuspindo em um Kennedy.

Mary Pat se sente mal. *Não existe, tipo, uma linha invisível que a gente não pode atravessar?*, ela quer perguntar à multidão. *Não existe um lugar que nos proibimos de ir?*

O povo continua cuspindo em Teddy até que os guarda-costas e dois policiais o levem para dentro do edifício federal. A frente do prédio é de vidro transparente, de modo que Mary Pat pode vê-los o empurrando em direção aos elevadores. Isso deveria ter sido o fim — todos deviam ter recuperado o bom senso —, mas então um painel de vidro do tamanho de uma van se estilhaça.

A multidão solta uma aprovação estrondosa. Gritos alegres cortam o ar um atrás do outro.

Meia dúzia de policiais que estava no perímetro da praça entra no turbilhão. Isso serve como lembrete de que uma delegacia inteira fica a menos de um quarteirão de distância e impede as pessoas de invadirem o prédio. Os policiais não balançam os cassetetes ou fazem qualquer outra idiotice do tipo, limitam-se a manter os braços estendidos para que a multidão recue alguns passos. Dizem muitas vezes "Sim, sim, a gente entende" e "Entendemos mesmo", como se estivessem conversando com crianças tendo um chilique.

O povo continua aos berros — pelo menos uma centena de vozes grita sobre Garrity e Kennedy e diz que nem ferrando vai embora —, mas a violência fica confinada a aquele único painel de vidro, a menos que a cusparada conte.

"Bem, eles nos ouviram", diz Carol às outras irmãs MSIE. "Com certeza nos ouviram."

Cecilia, a filha de Joyce O'Halloran, se aproxima do grupo de mulheres com cara feia. Herdou da mãe o formato das maçãs do rosto, os lábios finos e a falta de queixo. Está com os olhos vermelhos de quem chorou há pouco tempo.

Joyce parece notá-la sem realmente *olhar* para ela, porque seu tom de voz continua leve.

"Olha só quem resolveu aparecer."

"Está ouvindo isso?", pergunta Cecilia, apontando para a multidão, seus olhos ficando ainda mais vermelhos.

Joyce acende um cigarro e encara a filha problemática. "Ouvindo o quê?"

"*Isso.*"

Agora Mary Pat nota. Os gritos da multidão se fundiram.

A princípio era um conjunto de "Vamos resistir!" e "A ditadura vai ter fim!" e "Southie não vai arregar!", mas agora é um hino unificado:

"Neguinho nenhum presta! Neguinho nenhum presta! Neguinho nenhum presta!"

"Ainda não sei do que você está falando", diz Joyce.

A garota arregala os olhos.

"Não está ouvindo?"

Os lábios de Joyce ficam mais finos, e ela solta a fumaça diretamente no rosto da filha.

"Estou ouvindo muitas coisas. Estou ouvindo as pessoas rirem de você e dos seus faróis acesos quando usa essa camiseta hippie. Quero ver como vai ser quando usar isso para ir à escola dos negros na semana que vem, quero só ver no que vai dar."

"Não estou com medo de ir a Roxbury, mãe. São vocês, pais, que estão fazendo disso um pesadelo, não nós. *A gente* está de boa."

"Vai botar um sutiã", diz Joyce, e dessa vez a fumaça do cigarro dela atinge o rosto da filha.

Cecilia fecha a cara. Ela tensiona e relaxa o maxilar, e seus olhos ficam frios.

"Eu posso colocar um sutiã sem o menor problema. Mas como você vai deixar de ser essa cuzona?"

Joyce dá um soco na lateral da cabeça da filha. Joyce é grandalhona e Cecilia é baixinha, então o golpe a derruba. Quando ela começa a se levantar, Joyce agarra o cabelo dela e levanta o punho fechado para dar um soco no pescoço da garota, porém Mary Pat segura seu braço e impede o movimento.

Ela olha nos olhos de Joyce. Há duas camadas de ódio neles — uma para Cecilia, uma para Mary Pat.

"Não", diz Mary Pat. "Para."

Atrás dela, Cecilia se levanta com esforço.

Mary Pat se afasta de Joyce, e agora as duas se encaram a um metro de distância.

As outras irmãs MSIE estão congeladas no lugar, em choque.

"Mary Pat", diz Joyce, "sai da frente."

Mary Pat balança a cabeça.

"Sai da frente!", diz Carol.

"Sai da frente!", grita Maureen.

"Mary Pat", diz Joyce, respirando com dificuldade, "a filha é minha e vou castigá-la como eu quiser."

Mary Pat balança a cabeça de novo.

"Saia da porra do caminho!", berra Hannah Spotchnicki.

"Ninguém vai encostar na menina", diz Mary Pat.

Joyce avança e recua assim que Mary Pat enterra o punho na boca de seu estômago. Ela cai de bunda no chão e fica lá de boca aberta ofegando desesperadamente para respirar, o que ainda vai levar uns dez segundos para acontecer.

Três das cinco irmãs MSIE restantes — Hannah, Carol e Patty — atacam ao mesmo tempo. Devem pensar que são duronas, conclui Mary Pat, porque são de Southie e reinaram com punhos de ferro sobre os maridos e filhos durante anos. Mas ser de Southie é uma coisa; ser do conjunto habitacional Commonwealth é outra.

Mary Pat mantém a cabeça abaixada como um touro e bate em quem estiver mais perto. Não apenas bate — aperta, arranha, puxa. É pura briga de rua, do tipo que Mary Pat não participava desde que foi atacada por três garotas em Old Colony no ensino médio. Ela arranca brincos, dá socos em xerecas, puxa tetas caídas como se estivesse ordenhando uma vaca. Pisa em tornozelos, chuta joelhos, morde um par de dedos que arranham seu rosto. Perde um pouco de cabelo, fica com o rosto e as orelhas arranhados, porém em pouco tempo três outras vagabundas estão gemendo no chão, e ela ainda está de pé — ninguém sequer a derrubou —, limpando o sangue dos olhos.

Mary Pat procura por Cecilia, mas a garota foi embora faz tempo. Noreen e Patty erguem as mãos para que ela saiba de sua rendição. Ambas parecem petrificadas e revoltadas.

Ela se volta para suas vítimas, sentadas ou deitadas na calçada em meio a pedaços de roupa rasgada, bandeirinhas de plástico, respingos de sangue e saquinhos de chá pisoteados. Carol é a que cuida dos próprios dedos ensanguentados e olha para Mary Pat com uma espécie de choque enfurecido. A pele ao redor de seu olho direito já está ficando roxa. Ela demora um pouco para conseguir formar uma frase decente, mas quando o faz, não restam dúvidas em sua voz.

"Você morreu para nós", diz Carol. "E quando a notícia do que você fez aqui hoje vazar, vai morrer para todos em Southie."

Mary Pat dá de ombros. A hora para conversinha já passou. Ela se vira e sai da multidão, que abre caminho diante dela a cada passo.

15.

A primeira coisa que Mary Pat pensa ao voltar para seu apartamento é que o lugar foi assaltado enquanto ela estava na manifestação. Nada lhe parece familiar. Chega a se perguntar se entrou no apartamento errado — com o mesmo layout que o dela, mas os balcões da cozinha estão limpos, o chão foi varrido e os cinzeiros, esvaziados. Nenhuma lata de cerveja ou copo pegajoso ou caixa de pizza à vista.

Mas, um segundo depois, ela se lembra...

Aquelas vacas limparam a minha casa.

Então foi por isso que sentiu tanto prazer em enchê-las de porrada?

É possível. É bem possível mesmo.

Ela atravessa o corredor até o banheiro, para diante da pia e se olha no espelho. Percebe que a pele sob seu olho esquerdo está inchando, que tem arranhões na testa (nenhum profundo) e um no pescoço (muito profundo; a gola de sua blusa está ensopada de sangue), o lábio superior está inchado. Além disso, o que o espelho não mostra é o zumbido alto no ouvido direito, como a porra de um telefone que não para de tocar. Também torceu com força o joelho esquerdo, e alguém pisou no tornozelo da mesma perna.

Mary Pat primeiro se ocupa do arranhão do pescoço usando vários cotonetes e água oxigenada, e vê seu reflexo sorrir mesmo quando ela faz caretas de dor.

"A dor significa que a água oxigenada está funcionando", sua mãe sempre lhe dizia. "Se limpar dói."

Mary Pat aplica um curativo grande da cor de sua pele no corte agora limpo. Embaixo da pia há uma cesta cheia de curativos, bandagens, gaze, iodo, tesouras cirúrgicas e antisséptico. É como o pronto-socorro no centro da cidade. Quando Dukie estava vivo, ela precisava disso, é claro. Depois que ele faleceu, usava tudo para Noel, que só se metia em discussões que acabavam em pancadaria.

Tal mãe, tal filho.

Mary Pat volta a sorrir. A verdade é que desde que consegue se lembrar sempre adorou comprar briga. Mesmo. Sua lembrança concreta mais antiga é de Willie Pike andando de bicicleta em uma poça d'água em frente ao gramado em que ela, com quatro anos, estava sentada penteando o cabelo de sua boneca de pano. Viu o olhar alegre do filho da puta quando ele pedalou em direção à poça. E ele viu que ela viu. E pedalou mais depressa, o desgraçado. Os pneus atingiram a poça com tudo e Mary Pat e sua boneca levaram um banho de água lamacenta que provavelmente não era da chuva — aquelas poças brotavam em toda a Commonwealth, mesmo durante as semanas mais secas, e cheiravam a enxofre e a água sanitária. Mary Pat perseguiu Willie Pike por quatro prédios antes que ele caísse em uma curva. E, quando o alcançou, não parou de bater — um presságio: ela *nunca* parou de descer a porrada em uma briga —, deu tudo de si. Willie tinha seis anos e era um menino, de modo que Mary

Pat não tinha como ganhar, mas ele estava com o nariz sangrando e chorava feito um mariquinhas quando conseguiu ficar por cima dela. Ele conseguiu dar algumas pancadas até a velha sra. McGowan puxá-lo e acertar uns tapas em sua cabeça para lhe ensinar uma lição. Com certeza, a velha sra. McGowan disse a Willie, o pai dele ia precisar descer o cinto na bunda dele até que ficasse roxa por bater em uma garotinha. Ela cutucou o ombro dele mais algumas vezes com o polegar para dar ênfase ao que dizia, então levou Mary Pat de volta à poça para recuperar a boneca de pano. Quando Mary Pat pegou a boneca foi como erguer um troféu.

Acabaria tendo pelo menos mais vinte brigas antes de chegar ao sétimo ano — e essas foram só as travadas do lado de fora de casa. Dentro da residência dos Flanagan, era luta livre das sete da manhã, ao acordar, até o encerramento, às dez da noite. Os meninos — John Patrick, Michael Sean, Donnie, Stevie e Bill — dormiam em um quarto. A certa altura, no último ano de John Patrick no ensino médio e no primeiro ano de Bill no terceiro ano, todos os cinco dormiam lá ao mesmo tempo. O pai de Mary Pat, quando ela de fato conseguia se lembrar dele estando em casa, dizia que o lugar cheirava a cu de peixe. Depois que John Patrick se mudou — ele pegou uma carona para o oeste; ninguém teve notícias dele por vinte anos —, uma batalha pelo beliche de cima teve início. Donnie, que era mais forte que Michael Sean, dormiu ali pelos primeiros seis meses, mas Michael Sean passou todo aquele ano malhando na L Street até *ele* ficar mais forte. Cerca de uma semana e dois narizes quebrados depois, Michael Sean conseguiu o cobiçado beliche, mas Stevie odiava o ronco de Michael Sean por causa do nariz quebrado, de modo que tentou asfixiar o irmão com um travesseiro — Stevie, dono do olhar mais assustador que Mary Pat já tinha visto, um fodido da cabeça verdadeiro — e a mãe deles teve que intervir. Stevie, que tinha treze anos na época, pequeno e feroz como a mãe, bateu a cabeça dela com força na janela e quebrou o vidro. Depois disso, eles o enviaram para o Lar São Lucas para Meninos Problemáticos e nunca mais se falou nele, nem mesmo quando viram seu nome nos jornais dez anos depois por causa daquele assalto que deu muito errado em Everett.

Os pontos — todos os sete pretos, grossos e duros como pedra — permaneceram três semanas na nuca da mãe, e, quando foram retirados, a aparência não era das melhores. Até o fim da vida de Louise Flanagan, seu cabelo cresceu em torno da cicatriz e se recusou a cobri-la, de modo que, para ter acesso a seus pensamentos, seus segredos e suas vergonhas, era só puxar para baixo aquele zíper vermelho na parte de trás de seu crânio.

Não que a Magrela Flanagan não pudesse dar o troco. Até hoje, Mary Pat é incapaz de olhar para uma colher de pau sem se lembrar de uma paulada no pulso, na bochecha, um cutucão na boca do estômago. E isso era para as transgressões menores. Para as maiores — era o sapato da Magrela. Ela tinha três pares, todos anteriores à guerra, todos feitos para durar. A cada cinco ou seis anos, ela mandava trocar as solas, e então todos passavam semanas pisando em ovos, na esperança de não serem escolhidos para a estreia.

Se o pai deles estivesse por perto, era preciso tomar cuidado com suas mãos — os nós dos dedos eram tão duros e pontiagudos quanto roscas de parafusos, o movimento do dedo indicador saltando do polegar na têmpora dos filhos, o aperto dos dedos no cabelo da vítima para arrastá-la pelo chão em direção ao cinto dele (como fez na noite em que Mary Pat voltou da escola com notas baixíssimas no boletim). Jamie Flanagan adorava aquele cinto acima de tudo. Pendurava-o em um gancho do lado de fora da porta do banheiro só para esse fim, usava outro para prender a calça.

Também havia as brigas internas entre irmão e irmão, irmã e irmã, irmão e irmã ou, a pior de todas, dois irmãos contra um. Depois que Stevie e seu temperamento explosivo foram removidos da casa, Donnie e Big Peg passaram a ser mantidos à distância porque ninguém sabia o que esperar deles. Mas Mary Pat e Bill, quando ele cresceu, eram os dois que todos evitavam tirar *realmente* do sério, porque nenhum deles sabia a hora de parar.

Em sua última briga com Big Peg, Mary Pat passou duas noites no hospital com uma concussão e duas fraturas expostas na cabeça porque a irmã lhe deu uma tijolada no rosto, mas o que ninguém jamais esqueceu foi que, antes de a ambulância chegar, Mary Pat voltou a si e *terminou* a merda daquela briga antes de desmaiar outra vez.

"Eu bati em você com um tijolo", disse sua irmã quando a levaram ao quarto do hospital para visitá-la. "Um tijolo."

"Da próxima vez usa um bloco de concreto", respondeu Mary Pat.

Ela não vê nenhum dos irmãos há anos. Michael Sean entrou na marinha mercante e manda cartões de Natal ocasionais de portos em que faz escala, do contrário Mary Pat nunca saberia da existência de Cabo Verde, das Maldivas, de Onde Judas Perdeu as Botas. Donnie mora em Fall River e instala calhas. Não há rixa entre eles, apenas o reconhecimento tácito de que o sangue foi a única coisa que sempre os uniu. Da última vez que alguém ouviu falar em Bill, ele estava cumprindo dez anos de prisão por esfaquear alguém no Novo México, o que foi uma surpresa. Não a parte da facada, a do Novo México. Clima quente sempre o deixava irritado, o que, pensando bem, pode explicar a facada.

Mary Pat termina de se limpar, joga no lixo todos os cotonetes ensanguentados e limpa a pia com álcool isopropílico. Observa seu reflexo no espelho. Parece que foi jogada de um caminhão e arrastou a cara no asfalto. Suas mãos estão gritando de dor — não só o nó dos dedos, mas os pulsos. Suas costelas doem. Ainda houve aquele zumbido. O joelho e o tornozelo precisam de gelo.

Ela vai buscar no freezer. Apoia a perna em uma cadeira da cozinha, coloca um guardanapo cheio de gelo no tornozelo e outro no joelho. Lá fora, a Commonwealth está estranhamente silenciosa. Todo mundo ainda deve estar na manifestação ou nos bares perto da prefeitura. Mary Pat fica sentada ali e fuma, batendo as cinzas em um cinzeiro impecável. Não consegue acreditar no quanto a cozinha está *limpa*. Elas fizeram mesmo um bom trabalho. A *nível profissional*, pensa com um sorriso.

Pela primeira vez em uma semana, Mary Pat se sente satisfeita — machucada e coberta de cicatrizes, o gosto de sangue que alguns descrevem como amargo na boca, mas que sempre achou um pouco amanteigado. Ela alcança o rádio às suas costas e o liga, e o locutor, que acaba de sair do comercial, convida-a a se acomodar e ouvir um pouco de Mozart, o menino prodígio que começou a compor aos cinco anos.

"A sonata para piano número onze", diz o locutor com uma voz suave como caramelo, "também é conhecida como *Rondo Alla Turca*. Composta como uma brincadeira, tornou-se com o tempo uma de suas peças mais populares em todo o mundo."

A voz dele parece vir de uma sala muito escura. Ela o imagina no breu, cercado pelas sombras tenebrosas de estantes de livros.

A música começa e Mary Pat fecha os olhos, flutua na dança leve das teclas do piano.

Mozart sabia do seu destino. Não foi atrás daquilo em que era bom — aos cinco anos, não estava procurando uma vocação. A *vocação* o encontrou. Assim como encontrou o braço, os olhos e as pernas de Ted Williams, o jogador de beisebol. Assim como encontrou a caneta de James Joyce. (Não que ela tenha lido

Joyce, mas sabe que ele é o maior escritor irlandês de todos os tempos.) O trabalho só nos leva até certo ponto. É preciso perseverar naquilo que você nasceu para fazer.

Mary Pat, desde que se entende por gente, tem levado tapas, às vezes de leve, às vezes com força. Levou socos, tropeçou, apanhou com cabides, apanhou com cabos de vassoura, com tacos de beisebol, com aquelas colheres de pau, os sapatos da mãe, o cinto do pai. Certa vez, Donnie atirou um sabão em sua nuca, o que a fez cair no chão. Nas ruas, ela lutou com meninas, meninos e grupos com os dois. Sempre que uma pessoa a atacava, Mary Pat lutava contra todos aqueles que bateram nela ao longo de sua história, contra quem quer que a acertasse ou torcesse seu cabelo ou sua orelha ou seu mamilo, quem quer que gritasse com ela, falasse com rispidez, descesse a porrada com um cinto ou um sapato. Todos os que a fizeram se sentir como uma menina assustada e incerta que mundo fodido era esse em que tinha nascido.

Não consegue se lembrar daquela menina, mas consegue *senti-la*. Pode sentir sua confusão e seu terror. No barulho e na fúria. Na tempestade de ira que se avolumava ao seu redor e a fazia rodopiar no lugar até que ficasse tonta demais por causa disso, teve que aprender a atravessá-la sem cair pelo resto da vida.

E aprendeu bem. Fica mais feliz quando é contrariada, mais animada quando se sente injustiçada.

Mary Pat perdeu os últimos quatro dias de sua vida para o luto. Tudo bem.

O luto não acabou — longe disso —, mas ela decide, quando se levanta e joga o gelo na pia, que pode fazer uma pausa por ora.

Abre cada lata de cerveja na geladeira, uma por uma, e as esvazia na pia, jogando-as depois no lixo. Faz o mesmo com as garrafas: de uísque, de vodca, de — *quem trouxe essa merda para a minha casa?* — licor de pêssego. Lava a pia até que o cheiro desapareça e a enxuga com os guardanapos das compressas de gelo, que também são jogados no lixo.

Ela olha para os balcões da cozinha e decide que vão continuar como estão. De agora em diante, balcões limpos são a regra. Balcões limpos e cabeça fria.

Mary Pat enche as garrafas de bebida de água da torneira e as coloca em uma caixa de papelão. Acrescenta papel higiênico, sacos de batata frita e de amendoim, um pacote de pão. Percorre o apartamento com outra caixa e adiciona as roupas que vai usar nos próximos dias. Pega a cesta de primeiros socorros de debaixo da pia do banheiro. Leva-a junto com as duas caixas até Bess, onde as guarda no porta-malas.

De volta ao apartamento, procura a bolsa de Dukie no canto do armário. Era assim que ele sempre a chamava — de bolsa de "ferramentas". É de lona verde-escura e, se Dukie fosse pego em flagrante com ela, podia ter vários anos acrescentados a uma pena por roubo. Contém as ferramentas do ofício dele: chaves-mestras, um cortador de vidro e ventosas, fita isolante, um estetoscópio, dois alicates (um pequeno, um grande), vários relógios que há tempos não funcionam mais, meias de nylon para serem usadas como máscaras, vários pares de luvas, uma furadeira, fita adesiva, binóculo, um par de algemas e a chave delas.

Meu Deus, Dukie, ela se pergunta, *para que as algemas?*

"Deixa pra lá", diz Mary Pat em voz alta. "Prefiro não saber."

Ela deixa os relógios parados para trás, vai à cozinha e põe todas as facas afiadas dentro da bolsa. Tira da gaveta da cômoda a maleta de dinheiro de Marty e leva tudo para o porta-malas de Bess.

Em sua última viagem ao apartamento, fica um minuto lá dentro só parada olhando ao redor. Mora ali desde os vinte e dois anos. Talvez volte a vê-lo um dia.

Talvez não.

16.

Bobby sai pelos fundos da sede da polícia de Boston e dá de cara com Mary Pat Fennessy sentada no capô do carro mais feio que ele já viu, logo atrás do estacionamento. Ele não se apressa na ida e na volta do trabalho, e a saída do estacionamento dá em uma viela que faz uma curva preguiçosa até chegar à estação do metrô por trás. Mary Pat e seu "carro" estão estacionados bem na entrada dessa viela, claramente à espera dele.

Bobby para perto do carro e acende um cigarro.

"Essa coisa tem licença pra circular em via pública?"

"Cem por cento", responde Mary Pat.

Ele dá uma volta ao redor da van. Parece que, se alguém assoprá-la mesmo de leve, ela vai se desfazer como em um desenho animado. Bobby sorri ao ver o escapamento, com certeza ilegal prender um cano de escape com um barbante desgastado, e fica admirado ao ver pneus tão carecas. Uma bunda de nenê não seria tão lisa. Ele se curva, olha embaixo do chassi e não consegue ver nenhuma peça do motor nem pastilhas de freio penduradas lá. Já é alguma coisa. Volta para a frente do veículo e para Mary Pat.

"Cem por cento, né?"

Ela esboça um sorrisinho.

"Talvez noventa por cento."

"Tá mais para sessenta", diz ele.

À medida que se aproxima dela, Bobby vê que o rosto de Mary Pat parece ter sido atacado por árvores sencientes em um conto de fadas. Árvores que a espancaram com galhos finos até que ela chegasse ao outro lado da floresta mal-assombrada. Seu pescoço está com um curativo enorme que quase se camufla com a cor de sua pele. Suas mãos estão machucadas, o nó dos dedos, inchado. Veste uma blusa xadrez branca e amarela sobre calças jeans enroladas nos tornozelos e tênis Converse de tecido e cano baixo. Quando olha para Bobby, seus olhos estão brilhantes demais para o gosto dele. É um brilho que ele já viu nos olhos de gente que já morreu por dentro.

Bobby olha para os cortes, hematomas e curativos.

"O que aconteceu com você?"

Ela dá de ombros.

"Você devia ver as outras garotas."

"No plural?"

Ela faz que sim com a cabeça.

"Nunca respeitei vagabundas que não aprenderam que, se você começa uma briga, precisa saber muito bem como terminá-la."

O sorriso alcança os lábios de Bobby um segundo antes que ele possa pensar em reprimi-lo.

"No que posso ajudar, sra. Fennessy?"

"Me chama de Mary Pat."

"No que eu posso ajudar, Mary Pat?"

"Estava me perguntando se o senhor ainda está procurando a minha filha."

"Pode apostar. Sabe onde ela está?"

Algo no brilho de seu olhar se abala por um instante, uma pontada de incerteza e dor, mas logo desaparece e o brilho retorna.

"Não", responde ela.

"Então por que está aqui?"

"Se eu soubesse, se soubesse de verdade, por que está procurando por ela, talvez isso me ajude a encontrá-la."

Bobby inclina a cabeça para ela, espera com paciência.

"O quê?", pergunta Mary Pat.

"Já sabe por que estou procurando por ela."

"Porque você pensa que minha filha estava na plataforma quando Auggie Williamson morreu."

"Vai um pouco além do que 'pensar'."

"Tudo bem", diz ela. "Então por que ninguém foi preso?"

"Porque existem leis que proíbem de prender as pessoas a torto e a direito sem provas consistentes."

"Mas pode chamá-las para prestar depoimento."

"Quem disse que não fizemos isso?"

"Se tivessem feito isso, já teriam alguma prova."

"É assim que funciona?" Ele dá uma risadinha ao jogar o cigarro na viela. "Seu primeiro marido não foi Dukie Shefton?"

Mary Pat inclina a cabeça para ele.

"Alguém andou fazendo a lição de casa."

"E Dukie estava na vida do crime. Quer dizer, ele era uma lenda entre os ladrões."

Mary Pat sente uma leve onda de orgulho antigo crescer dentro dela com a lembrança do primeiro marido e de sua reputação na rua.

"Era mesmo."

"E também era independente, certo?", diz Bobby. "Não era parte de nenhuma gangue."

"Isso mesmo." Mary Pat acende o próprio cigarro.

"Mas", diz Bobby, enfatizando a palavra, "também dava uma parte do seu lucro para Marty Butler."

Ela dá de ombros.

"Em Southie as coisas são assim."

"'Em Southie as coisas são assim.' Então estamos na mesma página, Mary Pat. Agora, se eu tentar pegar o depoimento de uma pessoa e não conseguir nenhuma prova contra ela porque não consigo fazê-la falar comigo nem por cinco minutos antes de um advogado bater na porta, o que isso lhe diz?"

Ela o encara por um bom tempo, rolando o cigarro entre os dedos.

"Que essa gente tem muito menos medo de você do que de outra pessoa."

"Pois é."

Mary Pat dá uma tragada pensativa, solta uma série de anéis de fumaça que flutuam rumo ao beco antes que se dissipem um a um.

"Então você está dizendo que o crime vai ficar sem solução?"

"Com certeza não", responde ele. "Ninguém vai deixar as coisas ficarem por isso mesmo."

"Porque um garoto negro morreu?"

"Porque um garoto negro morreu na fronteira entre Southie e Dorchester na véspera da integração escolar. Isso cria o tipo de enredo do qual os jornais tendem a se aproveitar."

"E mesmo assim ninguém foi preso."

"Porque a gente ainda não desfez o nó. Mas vamos chegar lá. E quando isso acontecer, vai ser como derrubar dominós."

"Ou desenterrar corpos."

"Como assim?"

Ela muda de posição. Ergue uma perna, coloca o pé no capô, segura o tornozelo.

"Você sabe tão bem quanto eu que, se esse negócio tiver algo a ver com Marty Butler, *todos* os garotos que estavam na plataforma naquela noite estão tão mortos quanto Auggie Williamson."

"Por que disse dessa forma?"

"De que forma?"

"Você disse 'todos' os garotos como se alguns deles já estivessem mortos."

"Se Marty Butler não conseguir pagar sua fiança", diz Mary Pat enfim, "ele larga mão e paga seu enterro."

"E é por isso que não estamos com tanta pressa."

"Mas se você esperar muito, vão alinhar as histórias. Marty vai pagar gente para ser o álibi deles e aí vira um beco sem saída."

"Esse é o risco." Ele põe o pé no para-choque.

"Você acha que minha filha está envolvida, e eu sei que ela não está. Se conseguirmos provar o que aconteceu, posso provar a inocência dela."

"Então talvez aí ela saia do esconderijo?"

Mary Pat se afasta dele por um instante. Como se simplesmente — *puf* — saísse do próprio corpo, e Bobby ficasse olhando para uma estátua apoiada no capô de um carro.

Ela volta depois de um tempo, mas sua voz sai baixa e fina.

"Sim, e então ela vai sair do esconderijo."

Bobby observa seu rosto o mais de perto que consegue.

"Ela *está* escondida? Não está?"

Mary Pat puxa um dos cadarços do sapato.

"Está escondida, com certeza."

"Então", diz ele, "você só precisa ter paciência, sra. Fennessy."

"Mary Pat."

"Você precisa ter paciência, Mary Pat. Se eu quiser esclarecer tudo, tenho que trabalhar direito."

Bobby percebe pela expressão de Mary Pat que ela acha que ele está mentindo não só para ela, mas para si próprio.

"E se eu falasse com eles?", sugere Mary Pat.

"Eles quem?"

"O pessoal que não quer falar."

"Não", responde Bobby. "Péssima ideia."

"Por quê?"

Ele indica a mão e o rosto dela.

"Seu tipo de negociação se chama coerção. Isso não se sustenta em um tribunal."

"Só *se*", ela espeta o ar com o cigarro, "um agente da lei tiver conhecimento prévio disso."

"Você andou lendo um livro de direito?"

"Eu fui casada com Dukie, que conseguiu ficar fora da prisão a maior parte da vida e roubar tudo de valor que não estivesse pregado nessa cidade por algum tempo. Ele *era* um livro de direito."

"O que aconteceu com Dukie?", pergunta Bobby.

"Ele não abaixou a cabeça."

"Para quem?"

"Para a pessoa que manda a gente abaixar a cabeça."

Ali parado, observando-a, Bobby enxerga um vislumbre da solidão daquela mulher. Da série de traumas, grandes e pequenos, pelos quais ela passou na vida.

"Sra. Fennessy, vá para casa, por favor."

"Fazer o quê?"

"Seja lá o que faz quando está em casa."

"E *depois* o quê?"

"Acorde no dia seguinte e faça a mesma coisa."

Ela nega com a cabeça.

"Isso não é vida."

"Se puder encontrar as pequenas alegrias, é sim."

Mary Pat sorri, mas seus olhos brilham com agonia.

"Todas as minhas pequenas alegrias se foram."

"Tem certeza?"

"Ah, tenho sim."

"Então encontre novas."

Ela nega com a cabeça de novo.

"Não sobrou nenhuma para encontrar."

Bobby fica impressionado com a noção de que, no cerne dessa mulher, vive algo que foi perdido para sempre e é ao mesmo tempo indestrutível. E essas duas qualidades não podem coexistir. Uma pessoa destruída não pode ser indestrutível. Uma pessoa indestrutível não pode ser destruída. Mas eis Mary Pat Fennessy, destruída e indestrutível. O paradoxo assusta muito Bobby. Ele já conheceu pessoas na vida que o fizeram realmente acreditar que viviam, como os antigos xamãs, com um pé em cada mundo: no agora e no depois. Quando se conhece pessoas assim, é melhor se manter bem longe delas, do contrário podem sugar você para o outro mundo quando forem embora.

Porque elas estão indo embora. Não se engane. E vão sem olhar para trás.

"Mary Pat", diz Bobby com delicadeza, e ela o encara, "você tem com quem conversar?"

"Sobre o quê?"

"Sobre o que está vivendo agora?"

"Estou conversando com você."

É um bom ponto.

"E eu estou ouvindo."

Mary Pat estuda o rosto dele por alguns instantes.

"Mas não está escutando."

"O que não estou escutando?"

Sentada no capô daquela van horrorosa, os olhos ainda brilhantes demais para o gosto de Bobby, ela aponta o dedo para o céu, gira-o e responde:

"O silêncio."

Bobby tenta pensar em alguma resposta, mas nada lhe vem à mente.

Mary Pat desce do capô, vai até a porta da lata-velha e se senta ao volante. Dá marcha a ré, depois avança e não dá nenhuma indicação de que o está enxergando ao se afastar.

17.

Algumas horas depois, Bobby janta com Carmen Davenport no Jacob Wirth, um restaurante alemão no bairro com vários teatros. Ele o escolhe porque é sofisticado o bastante para parecer especial para dois funcionários públicos, mas não a ponto de precisar recorrer a um agiota para pagar a conta. Sua mente continua à deriva; ele não consegue parar de pensar no estranho encontro com Mary Pat. Não queria estar com isso na cabeça no primeiro encontro romântico que conseguiu arranjar em dez meses. Mas continua se voltando para o dedo dela, girando enquanto Mary Pat apontava para o céu e falava sobre o "silêncio".

Que porra de silêncio é esse?

"Vamos, conta logo", diz Carmen.

"O quê?"

"O porquê de estar distraído."

"Acho que só estou nervoso."

"Hummm, não." Ela põe o guardanapo no colo, puxa a cadeira para mais perto da mesa. "Você não está aqui. Neste restaurante. Comigo. E estou bem bonita, caso não tenha percebido."

Ela veste uma blusa camponesa branca, saia jeans e botas na altura dos joelhos da mesma cor de mogno do balcão. Penteou o cabelo um pouco diferente em relação à noite em que os dois se conheceram, as mechas caindo um pouco mais em cascata sobre os olhos, e ela está usando mais joias — uma gargantilha de prata que combina com o bracelete no pulso esquerdo, brincos finos de ouro branco em forma de argola. O verde dos seus olhos é tão claro que é quase transparente; isso dá a Bobby a impressão de que Carmen pode ver diretamente através dele.

Ele lhe diz que está bonita.

"Já era tempo", diz Carmen. "Tudo bem, pode parar com a angústia. O que passa pela sua cabeça?"

"Você."

Carmen ri e lhe mostra o dedo médio.

"É melhor me contar o que está preocupando você do que continuar preocupado e acabar me irritando."

Suas bebidas chegam — vinho tinto para ela, uma cerveja para Bobby — e, antes de beber, fazem uma pausa para brindar a seu primeiro encontro.

Bobby conta sobre Auggie Williamson e todas as testemunhas que viram os quatro jovens o perseguirem perto do trem. E sobre como Auggie foi encontrado morto nos trilhos na manhã seguinte. Conta a ela que algumas testemunhas corroboraram a identidade desses quatro jovens — duas garotas e dois rapazes. E acrescenta que quando a polícia tinha dois deles nas mãos, advogados de Marty Butler apareceram e os resgataram.

"E os outros dois garotos?", pergunta Carmen.

"Um é osso duro de roer. Na verdade, o mais duro dos quatro, e tem uma conexão pessoal com Marty, então não vai dizer nada."

"E a outra, a garota?"

"Ninguém sabe onde ela está."

"Ela morreu?"

"Dizem que está na Flórida."

"Você não parece acreditar nisso."

"A teoria não me convence muito", admite ele. "Dos quatro, não vejo por que ela seria considerada uma ameaça. Por isso continuo batendo a cabeça na parede."

Carmen pensa no assunto enquanto toma um gole de vinho, olhando para Bobby com uma intensidade calma que ele acha tão atraente que quer imediatamente fugir dela. É uma característica da família Coyne — se você sentir felicidade, vaze. Porque a felicidade só pode levar a uma coisa: dor. *Obrigado, mãe*, pensa Bobby. *Obrigado, pai. Que bela visão de mundo deram a seus filhos. Vocês eram dois cretinos mesmo.*

"Vocês têm uma garota que pode ter sido testemunha de um assassinato", diz Carmen.

"Pode estar *envolvida* em um."

"Ou não." Carmen abre mais os olhos claros para enfatizar a ideia. "Ela simplesmente estava lá quando eles fizeram o que fizeram. Então talvez tenha tido um ataque de consciência na hora errada."

"Isso seria o suficiente", concorda ele. Bobby se lembra de Mary Pat hoje. Aquela luz tão brilhante em seus olhos, aquelas microexplosões súbitas de desespero e agonia.

O silêncio.

"Você tem filhos?", pergunta a Carmen.

Ela faz que sim.

"Tenho um. Está na faculdade agora. Foi a única coisa que não estraguei. Eu o acompanhei durante todo o ensino médio antes que fosse tudo por água abaixo."

Bob a reavalia.

"Você engravidou no ensino médio?"

Carmen sorri.

"Você é mesmo um puxa-saco. Não, Bobby, não engravidei no ensino médio. Eu tinha dezenove anos. E agora ele tem dezenove. Faça as contas."

Bobby abre a boca, fingindo estar horrorizado.

"Você é quatro anos mais velha do que eu."

"Sim, mas está na cara quem se cuidou melhor."

Bobby ri. Não consegue se lembrar da última vez que riu tão livremente. Depois de um segundo, Carmen ri também. Segura a mão dele e passa o polegar no centro da palma.

"Vamos pedir a comida?", propõe ela.

"Claro."

Mas nenhum dos dois se move. Só ficam ali sentados, observando um ao outro.

"Você tem filhos?", pergunta Carmen.

"Um. Tem nove anos. Mora com a mãe durante a semana."

"Bom, então deixa eu perguntar: o que você faria se alguém machucasse seu filho e a polícia se recusasse a fazer qualquer coisa sobre isso?"

Bobby vê Brendan e seus olhos esperançosos, e seu sorriso esperançoso, sua atitude amável e o claro desejo de que todos ao seu redor sejam felizes, um desejo que o assusta como pai tanto quanto o comove. Se o mundo machucasse seu filho — machucasse *de verdade* —, sobraria alguma coisa de Bobby para que pudesse se reerguer?

"Não sei ao certo o que eu faria", responde ele. "Quer dizer, sendo sincero, sei o que gostaria de fazer, mas sou um homem que obviamente acredita na lei e na ordem. Se a gente estivesse, sei lá, na conquista do oeste cem anos atrás e alguém machucasse meu filho? Então, sim, esse cara estaria mais morto do que Abe Lincoln."

Carmen concorda com a cabeça.

"Eu penso a mesma coisa na maior parte do tempo, em como é fácil dizer que você mataria a pessoa que machucasse seu filho. Mas existem leis. E consequências. Se matar uma pessoa, vai para a cadeia. E seu filho cresce sem você."

"O domínio da lei é a única coisa que nos separa do reino animal."

"Os pais dessa garota concordam com isso?"

"Ela só tem mãe."

"E como ela é?"

Bobby dá risada.

"É uma figura. Se eu tivesse meia dúzia como ela no meu pelotão no começo do Vietnã, a gente provavelmente teria evitado aquela merda de guerra."

"Estamos falando de uma *mulher*?"

"Foi criada nos conjuntos habitacionais da zona sul. As coisas são um pouco diferentes lá."

"Você gosta dela."

"Gosto", admite ele. Então, vendo os olhos de Carmen: "Não, não, não. Não assim. Não como gosto de você".

"Como, então?"

"Ela é…" Bobby pensa um pouco. Como descrever Mary Pat Fennessy? "Ninguém nunca ensinou a essa mulher como desistir. Provavelmente ninguém nunca falou para ela que isso sequer é uma possibilidade."

"A de desistir?"

"A de pegar leve. A de, sei lá, chorar? Sentir?" Ele volta a pensar no assunto. "Sentir alguma coisa que não seja raiva, pelo menos. Toda vez que vejo meu filho, eu o abraço com tanta força que ele reclama. Sinto o cheiro do cabelo e da pele dele. Às vezes, eu o abraço por trás só para ouvir o sangue correndo e as batidas do coração. Quer dizer, na idade em que está, vai se cansar disso logo, então estou aproveitando enquanto posso."

Ela concorda com a cabeça, seus olhos ficando mais gentis, assim como seu polegar na palma da mão dele.

"Aposto com você", diz Bobby, "que Mary Pat Fennessy nunca foi abraçada assim na vida."

"Desconfio que você é um bom pai", diz Carmen.

"Não chame nenhum homem de bom pai enquanto ele não tiver morrido."

Ela revira os olhos.

"Essa *não* é a citação."

Bobby sorri.

"Você sabe grego antigo?"

"Conheço os clássicos", responde ela. "Culpa das freiras."

"Eu não gosto de freiras", Bobby deixa escapar.

"Eu também não", diz Carmen. "Mas elas sofrem bastante. Os padres ganham toda a bebida e todo o crédito, as freiras ganham o quê? Um convento?"

A garçonete se aproxima e eles separam as mãos para poder olhar os cardápios e fazer o pedido.

Quando a garçonete vai embora, Carmen volta a pôr a mão sobre a mesa e ergue uma sobrancelha para Bobby. Ele estende a sua mão e ela a cobre com a própria.

"Essa mulher tem outros filhos?"

"Ela tinha um filho que morreu."

"Marido?

"Teve dois. Ambos largaram dela, um deles foi legalmente declarado morto."

Carmen retira uma mão para tomar outro gole de vinho.

"Então, se algo terrível tiver acontecido com a filha dela, por que vai querer viver?"

Nesse momento, um fantasma atravessa Bobby. Tem o mesmo formato de seu corpo e toca em cada centímetro dele desde o topo da cabeça até a sola dos pés antes de sair por seu peito.

"Eu não tenho uma resposta para isso", diz ele a Carmen.

* * *

Depois do jantar, Bobby acompanha Carmen até sua casa. Ela não mora longe — cerca de dez minutos a pé —, mas os dois vão devagar, prolongando o passeio. Andam sob árvores cujas folhas abundantes cheiram ao calor do dia; quando passam pela Park Square, as ruas se espalham diante deles em desfiladeiros claros e escuros.

Durante o jantar, Bobby soube mais sobre o trabalho de Carmen em um centro de reabilitação em Roxbury para mulheres que sofreram violência doméstica e que muitas vezes trazem as crianças consigo. Agora, percorrendo a cidade em uma noite tranquila de verão, ele lhe pergunta por que ela escolheu trabalhar com isso.

Carmen conta que, na infância, sonhava em ser advogada, até se lembra de ter pensado em ser policial certa vez, mas, quando chegou à faculdade com uma bolsa acadêmica integral, ainda precisava se virar com as despesas de alojamento e alimentação. Alguém arranjou um emprego para ela em um abrigo para jovens que fugiram de casa. E lá, conta Carmen a Bobby, descobriu que levava jeito para convencer as pessoas — algumas, não todas, longe disso — de que tinham a capacidade de mudar o curso da própria vida.

"E você se apaixonou pela coisa", diz Bobby.

Ela dá um tapinha no braço dele, concordando.

"Me apaixonei *mesmo*."

"Deve ser um trabalho bem difícil", diz ele. "Vítimas de violência doméstica? *Merda*."

"Olha só quem fala."

"Não, não, não", diz Bobby. "Eu vejo muita bosta, é claro, mas a maior parte do meu trabalho é bem direto ao ponto. Alguém morre, vou atrás do responsável. Às vezes, descubro quem foi, às vezes não, mas não vivo com a esperança de que a vida de alguém vai melhorar por minha causa. Já você precisa botar sua fé nessas mulheres que, na metade das vezes, voltam por vontade própria para esses filhos da puta ou então são perseguidas por eles e convencidas a voltar. Quantas vezes uma dessas situações acontece?"

"Mais de cinquenta por cento", admite Carmen. "É um trabalho sombrio, não vou mentir. Durante algum tempo, procurei alguma luz na droga. Mas isso acabou matando toda a luz."

"Onde você a encontra agora?"

"Na fé."

"Em Deus?"

"Nas pessoas", responde ela.

"Aaah." Ele estremece. "Essa é uma péssima aposta."

"Você não acredita que as pessoas podem mudar?"

"Não."

Carmen inclina a cabeça ao ouvir isso e avança alguns passos à frente dele.

"Como vai me levar para a cama com uma atitude de merda como essa, Bobby, que na verdade se chama Michael?"

"Eu só não sei se a esperança realmente serve para alguma coisa", Bobby se defende.

Carmen volta para junto dele.

"Você não acredita nisso. Teve esperança o suficiente em mim para me levar à reabilitação, e não para a prisão. É por isso que ainda tenho minha carreira. Você tem esperança o suficiente naquela mãe de Southie, tanto que passou a noite toda obcecado por ela enquanto tinha um encontro *comigo*. E hoje estou es-pe-ta-cu-lar."

"Está mesmo", admite ele.

Carmen se aproxima mais, puxa-o pela jaqueta e o beija pela primeira vez — um beijo leve, um pouco tímido, um pouco úmido nos lábios.

"Você não queria ter esperança, mas tem. É por isso que gosto de você."

Ela o solta e volta a caminhar.

"Você gosta de mim?", pergunta Bobby.

Ela o olha por cima do ombro.

"Não conta pra ninguém."

Eles param em frente ao prédio dela na Chandler Street, um edifício de arenito no meio de um quarteirão cheio de casas iguais em um bairro que Bobby não caracterizaria como de alta criminalidade, mas tampouco o chamaria de seguro. Assim como o resto da cidade no momento, está dividido por causa das mudanças, preso entre o que já foi e o que ainda não é e talvez nunca se torne. Carmen aponta para uma luz no terceiro andar, diz que aquela é sua sala de estar.

Fora o primeiro beijo, fica subentendido que Bobby não vai subir naquela noite, e isso não o incomoda. O tempo que passou no Vietnã bagunçou seu cérebro no que diz respeito às mulheres — só interagia com garçonetes, dançarinas de strip e prostitutas que andavam nas largas calçadas fora da cidade imperial em Hué e gritavam seus chamados em uma mistura quase indecifrável de vietnamita, francês e o inglês de sotaque carregado que aprendiam nos filmes de gângster norte-americanos. Quando voltou aos Estados Unidos, só ficava com essas mulheres nos seus primeiros anos como policial. Depois conheceu Shannon, que, pensando bem, tinha certeza de nunca ter amado. Ela era fria, arrogante e sem qualquer empatia, e Bobby achou que o interesse dela significava que ele devia ser uma pessoa de valor — se alguém que não gosta de ninguém gosta de você, isso não o torna especial? Tinha orgulho, mas nenhum prazer, de ter nos braços uma mulher tão linda e sem coração. Para não ser injusto com Shannon, estavam casados havia pouco tempo quando ela percebeu que Bobby não a amava. O problema era que Shannon o amava (na medida que podia amar alguém), e a percepção de que ele nunca a tinha amado de verdade transformou seu coração já egoísta em pedra. Só Brendan podia entrar ali (e Bobby se perguntava se isso continuaria assim quando o garoto começasse a responder). Depois de Shannon, Bobby voltou ao sexo sem compromisso. Não necessariamente com prostitutas, mas com mulheres que não tinham nenhuma expectativa em relação ao ato, assim como ele.

Quando largou o vício, começou a ficar longe de qualquer coisa que lhe desse gatilhos de autodestruição e a autoaversão, o que durante muito tempo significou evitar a companhia desses tipos de mulheres.

Agora, em frente ao edifício de Carmen Davenport, segurando suas mãos enquanto ela diz que teve uma noite agradável e ele concorda, e os dois dão um sorriso bobo e se perguntam se deviam se beijar mais uma vez, Bobby percebe que o que o assusta nela é o mesmo que o assusta em todas as mulheres inteligentes — o fato de que Carmen é inteligente o bastante para ver, e bem rápido, que ele é uma fraude. Não sabe o que está fazendo; nunca soube. Não sabe aonde está indo; nunca teve a menor ideia. Sente em seu coração que é um bebê largado por uma cegonha, caindo do céu e indo parar numa chaminé. Tudo que mostra ao mundo é uma máscara.

Eles se beijam de novo, um beijo mais profundo dessa vez, mais demorado. Bobby fica envergonhado ao sentir um leve tremor percorrer seu corpo e espera que Carmen não consiga senti-lo também. Ele tem o quê? Doze anos?

Quando ela se afasta, seus olhos ainda estão fechados. Bobby os observa se abrir, e o verde-claro deles o encara com aquela inteligência calma que tanto o assusta.

"Me liga amanhã", diz ela e sobe a escada.

"Que horas?"

"Me surpreenda."

Bobby espera mais um pouco ali depois que ela entra. Então vai para o metrô.

Ele mal acabou de entrar em casa quando sua irmã Erin, a atuária, aparece no corredor querendo saber onde ele estava.

"Eu saí. Por quê?"

"Telefonaram do seu trabalho. Umas cinco vezes."

"Deixaram recado?"

"Sim."

Bobby fica esperando que ela diga mais alguma coisa, mas Erin simplesmente o encara.

"O que diz o recado?"

Ela continua sem falar nada. Erin nunca o perdoou por tê-la apresentado ao ex-marido. Ou por continuar amigo do sujeito depois que ela o deixou.

Erin se afasta.

"Disseram para você ligar de volta."

Bobby pega o telefone perto da escada e se espreme no pequeno assento enquanto disca o número.

"O que aconteceu?", diz ele quando a ligação é transferida para Pritchard.

"Sabe aquele garoto, Rum Collins, que trouxemos outro dia?"

"Sei."

"Ele está aqui."

"Como assim?"

"Entrou aqui mancando, com a calça cheia de sangue, e disse que quer contar o que aconteceu com Auggie Williamson."

"Então toma o depoimento dele."

"Ele só vai falar se for com você."

"Já estou indo."

"Ei, Bobby."

"O quê?"

"O garoto mijou na calça. Digo, literalmente. Só quer que a gente prometa não mandá-lo de volta para a rua."

"Tá bem. Ele contou por quê?"

"Contou. Porque *ela* está lá fora."

18.

Mais ou menos quando Bobby e Carmen Davenport estão pedindo as primeiras bebidas no Jacob Wirth, Mary Pat Fennessy está de olho em Rum Collins e em outro funcionário maconheiro do supermercado, vendo-os compartilhar um baseado no terminal de carga e descarga do Purity Supreme. Ela estacionou embaixo de uma árvore logo em frente, no estacionamento de um Henry's Hamburguers abandonado desde 1972, quando um cliente levou alguns hambúrgueres a um laboratório e descobriu que não tinham quase nada de carne bovina.

Só há dois carros no estacionamento do Purity Supreme — o Duster de Rum e um Chevy Vega que ela presume ser do amigo maconheiro dele. Todos os outros funcionários foram embora, inclusive o segurança. Ligaram o alarme lá dentro, baixaram as grades e as trancaram; esse é todo o esquema de segurança noturna do mercado.

O companheiro de Rum pega um grampo e eles fumam o que resta do baseado, parecendo um par de peixes ao fazer isso, depois dão um tempo e vão para os respectivos carros. Essa é a parte complicada. Se o amigo de Rum ficar fazendo hora ou demorar muito para ligar o motor, o plano todo vai por água abaixo. Tudo depende do amigo maconheiro dele ir embora antes que Rum dê a partida.

O amigo maconheiro entra primeiro no carro, mas não liga o motor imediatamente. E agora Rum está abrindo a porta do Duster e prestes a se sentar ao volante. Mary Pat sai de Bess e procura no chão até encontrar uma pedra do tamanho de um carrinho de brinquedo. Joga-a para o alto, como se fosse uma bola de beisebol, e fica um momento sem saber se acertou a mira. Mas logo ouve a batida distante no teto do Duster de Rum.

Ele sai do carro. O amigo maconheiro, sem perceber nada, liga o motor. Abaixa o vidro da janela e pergunta alguma coisa a Rum, que está olhando para o teto do próprio carro. Ele olha ao redor à procura de árvores próximas. Ergue a mão para dizer que está tudo bem.

E o amigo maconheiro vai embora.

Rum examina o estacionamento. Por um instante, até parece estar procurando além do terreno do Purity, no antigo estacionamento do Henry's Hamburgers. Mas ele não olha com atenção e logo desiste de procurar

Volta a entrar no Duster. Gira a chave na ignição. O motor ronca cheio de vida.

E morre.

Ele tenta de novo. Dessa vez, o motor demora bastante para pegar.

E morre logo depois.

As quatro tentativas seguintes não dão em nada. Só um zumbido agudo quando o motor tenta funcionar com o tanque de gasolina vazio. Depois de drenar todo o combustível com um sifão, Mary Pat inseriu meio quilo de açúcar mascavo só para ter certeza. O único modo de o Plymouth Duster alaranjado de Rum Collins sair daquele estacionamento é rebocado por um guincho. Rum sai do carro. Examina o motor. Depois de algum tempo, fecha o capô. Enfia a cabeça dentro do carro pela janela. Depois de um ou dois minutos, volta para fora. Vai para a traseira e se enfia sob o veículo. Encosta o ouvido no tanque de gasolina e bate nele com o nó dos dedos.

Levanta-se, franzindo a testa. Fica assim por alguns instantes. Volta a olhar mais de uma vez para o tanque de gasolina.

Olha para o outro lado da rua, para o Henry's Hamburgers. Fechado. A entrada do estacionamento está cheia de ervas daninhas. A cabine telefônica perto da antiga porta da frente também. Mas *é* um telefone público, e a luz dele está acesa.

Rum põe a mão no bolso. Olha para o que Mary Pat presume serem moedas na sua mão.

Ele atravessa o estacionamento do Purity, passa pela agora inexistente cerca divisória e vai em direção à cabine telefônica. Mary Pat passou o tempo todo ali parada, com a marcha engatada, esperando para sair lentamente com Bess de onde a estacionou. Está com os faróis apagados e pisa mais fundo no acelerador pouco a pouco, de modo que está quase em cima de Rum quando ele ouve o carro e pensa em se virar para olhar. Ela acelera mais e vira Bess para a direita, o pneu da frente não o atinge por uma questão de centímetros, mas a porta do motorista se abre com força suficiente para erguê-lo do chão e jogá-lo por cima da grama até a antiga pista de drive-thru (a primeira no bairro; foi uma grande novidade na época).

Quando Rum se levanta, ela já agarrou sua camisa. Ele tropeça e se desequilibra enquanto Mary Pat o arrasta por cima da sarjeta e entra pela porta lateral do restaurante que havia invadido horas atrás. Joga-o no chão do que resta da velha cozinha. Quando Rum tenta se levantar, ela aplica uma combinação de quatro golpes no rosto dele, contando com a velocidade, mais do que com a força, para o desorientar. Funciona. Deitado de costas, ele geme, cobre o rosto com as mãos e só as tira dali quando sente sua calça jeans sendo desabotoada e puxada. Antes que Rum possa impedi-la, Mary Pat puxa a calça e a cueca dele até os joelhos e monta nele com um estilete na mão, um daqueles finos que parece com um tablete grande de chiclete, mas que, ele deve saber por sua experiência no supermercado, consegue cortar a tampa de uma lata como se fosse papelão.

Antes que Rum possa acreditar que ela realmente tirou a calça dele, Mary Pat já está puxando o saco e passando a lâmina na parte de baixo.

Ela pode apostar que ele nunca gritou tão alto na vida. O sangue flui livremente do corte.

"Conta tudo sobre aquela noite na plataforma da estação Columbia."

Rum obedece. Não para de falar enquanto ela não se dá por satisfeita de que ele lhe contou tudo que sabe. Conta até mesmo as partes que não falam bem de Jules, que a fazem parecer uma pessoa ruim.

Quando Rum termina, Mary Pat coloca os joelhos sobre os ombros dele. Fica observando. Casualmente, quase como se estivesse curiosa sobre o que poderia acontecer, passa a lâmina algumas vezes na garganta e no pescoço dele. As lágrimas de Rum, que devem estar quentes como água fervente, escorrem do canto dos olhos até os ouvidos.

"Você vai me matar."

"Estou pensando nisso." Ela dá de ombros. "Cadê a Jules?"

"Eu não sei."

Ela coloca a lâmina embaixo do queixo dele.

"Mas você sabe que ela morreu."

Rum aperta os olhos e as lágrimas escorrem.

"Sei."

"Como?"

"Todo mundo sabe", diz ele simplesmente.

"Abra os olhos."

Rum obedece.

"Você vai chamar a polícia. E vai contar a eles tudo que me contou. Se não fizer isso, Rum, está ouvindo? Diga que está ouvindo."

"Estou ouvindo."

"Se não fizer isso, vou voltar para acabar com você. Nada vai me impedir. Nada vai te salvar. Não importa o que aconteça, Rum, não importa quem você acha que pode te proteger, ninguém pode. Não de mim. Vou te pegar como fiz hoje. E vou cortar fora suas bolas. Depois seu pau. E jogar tudo no esgoto para os ratos comerem enquanto você sangra até a morte onde eu te deixar." Ela se levanta. "Vai até aquele telefone público, liga para a polícia e diga que quer confessar sobre a morte de Auggie Williamson."

Mary Pat começa a andar e então para. Dá meia-volta. Dentre todas as crenças que têm guardadas no coração, a que mais ama é a que poderia pôr em risco agora se fizer uma única pergunta. A crença de que Jules era sua melhor parte. Que sua filha era melhor do que ela, ou Dukie ou Noel. E aonde quer que sua alma tenha ido, foi para um lugar bom.

Ela pigarreia.

"Essas coisas que você disse que Jules fez, ela fez isso mesmo?"

Rum a encara como se soubesse que devia ter mudado essa parte da história.

"Fez ou não?" Mary Pat repete a pergunta, enunciando cada palavra. "Não minta, ou eu vou saber."

"Fez", responde ele.

Ela fica um bom tempo parada no vão da porta, o lábio de baixo tremendo.

"Bom, eu a criei, não foi?", diz por fim. "Então acho que a culpa é minha."

E vai embora.

19.

Bobby mal passou pela porta da delegacia quando Pete Torchio, o sargento de plantão, segura um telefone e diz:

"Para você."

"Quem?"

Pete lhe dá uma piscadela.

"Diz que o nome dele é Especial."

"O quê?"

"Agente *Especial* Stansfield."

Pete se acha muito engraçado. É por isso que tem só trinta e dois anos e está no terceiro casamento.

Bobby aponta para sua mesa quando passa pela porta.

"Pode me mandar."

"Com muito prazer, Bobby. Isso me dá até uma cosquinha lá embaixo. Você sabe disso."

Bobby vai até sua mesa e o telefone está tocando, o botão da linha 2 aceso. Ele o aperta e coloca o fone no ouvido.

"Giles?"

"Bobby. Como vão as coisas?"

"Ah, sabe como é. E você?"

"Ficou sabendo que os manifestantes contra a integração escolar quebraram uma das vidraças do nosso prédio?"

"Fiquei sim."

"Eles ficaram mais de meia hora gritando 'Neguinho nenhum presta', Bobby." O tom de voz dele sugere de algum modo que Bobby a) é responsável ou b) pode explicar o comportamento. "Tipo, meia *hora*."

"É muito tempo para ficar berrando", diz Bobby. "Ainda mais sem se cansar."

"Gente assim devia ser presa."

Giles Stansfield foi criado em Connecticut. Foi para a Universidade Brown, depois para Yale. Até ingressar no FBI, provavelmente nunca conheceu uma pessoa negra que não prestasse serviços para a família dele ou para a faculdade. Isso vale também para os brancos pobres.

"O que você quer, Giles?"

"Ouvi dizer que você anda no rastro da gangue do Butler." A voz dele fica brincalhona de repente, como se estivessem tendo um papo diante uma tigela de ponche em meio a uma festa no jardim.

"Onde ouviu isso?"

"Só pensei que você talvez queira falar com a gente, para evitar problemas de comunicação."

"Que tipo de problemas de comunicação?"

"Sei lá, só problemas." A voz de Giles continua brincalhona, mas também um pouco rabugenta, como se a conversa não estivesse se desenrolando como ele havia imaginado.

"Por que não me diz que problemas seriam esses para eu saber como evitar?"

Ele chega a ouvir Giles tentando não suspirar.

"A culpa é do Nixon."

"Não entendi." Bobby guarda o revólver do trabalho em uma gaveta da mesa, junto com a chave do carro por precaução.

"Foi ele quem criou essa besteira de Força Administrativa de Combate às Drogas. Pegou o Departamento de Narcóticos e o integrou a isso. Depois pegaram um bando de caubóis e renegados de distritos policiais por toda a região nordeste, e agora chamam isso de agência."

"Pensei que chamassem de força administrativa." Bobby não sabe por que gosta tanto de tirar sarro dos caras do FBI, mas gosta.

"Seja qual for o nome, aqueles idiotas com armas, aqueles babacas com distintivo, também estão atrás do Butler pelo que parece, e a gente só ficou sabendo quando prenderam um dos caras dele."

"O que há de errado nisso?"

"Ele era o *nosso* cara. Trabalhava há seis meses em uma das lojas de desmanche do Marty, e a Força de Combate foi lá e fodeu a operação toda."

"Que pena." Bobby apalpa os bolsos à procura dos cigarros, entra em pânico quando percebe que não estão ali. Olha ao redor em desespero e encontra o maço sobre a mesa, onde o largou trinta segundos atrás.

A cabeça de Vincent surge da sala de interrogatório B. Ele sinaliza com os olhos para Bobby entrar logo. Faz cara feia e volta a fechar a porta.

"É uma pena mesmo", diz Giles. "Trabalho em dobro não ajuda ninguém. A solução é escolher uma equipe para liderar."

Bobby pega os cigarros e os fósforos.

"Ótima ideia", diz ele, sorrindo de orelha a orelha. "Pode deixar com a gente."

"Ah, não", Giles se apressa em dizer, "vocês já estão cuidando de muita coisa. Por que não deixam a gente assumir?"

"Por que não agendamos uma reunião sobre isso?"

"Claro, mas até lá nós dois podemos fazer um acordo verbal que…"

"Minha secretária vai entrar em contato com a sua. Vamos marcar uma reunião."

"Tudo bem, mas, Bobby…"

"Preciso ir, Giles." Bobby desliga o telefone.

Minha secretária vai entrar em contato com a sua. De onde foi que ele tirou isso?

Na sala de interrogatório B, Ronald "Rum" Collins está sentado do outro lado da mesa parecendo que alguém usou a cara dele para praticar tacadas de golfe. Parte dos ferimentos é mais antiga, e Bobby lembra que Mary Pat deu uma surra no garoto em um bar há mais ou menos uma semana. O estrago mais recente consiste na sobrancelha direita rasgada, na orelha esquerda inchada, no olho direito roxo e inchado (acima do hematoma amarelado de uma semana atrás), nos dentes escuros por causa do sangue e nos cortes no pescoço que parecem ter sido feitos com gilete ou com uma faca extremamente afiada.

Mas, como Vincent informou a Bobby, o pior mesmo está logo abaixo da cintura. O rapaz cheira a mijo e até a um pouco de merda, e o jeans está ensopado de sangue.

"E aí, Rum?" Bobby se senta diante dele, tentando não rir da frase absurda que acaba de pronunciar. Por que tudo está tão engraçado hoje? Então ele percebe: *porque — pelo menos por enquanto — tenho alguém especial na minha vida. Tudo fica um pouco mais alegre por causa disso.*

E em seguida: *Meu Deus, espero que essa dure.*

Rum está mordendo a parte de dentro do lábio como se não

tivesse mais nada para fazer. Bobby prefere nem pensar na aparência da boca lá dentro.

"Ela vai me matar."

"Quem?"

"Não posso contar."

"Vou dar um palpite: Mary Pat Fennessy."

"Eu *não posso* contar, porra! E *não vou* contar, caralho!"

Bobby se debruça sobre a mesa e dá uma boa olhada na virilha ensanguentada da calça de Rum.

"O que ela fez com você, garoto? Cortou aquilo fora?"

"Não!" Rum desvia o olhar por um momento, agora mordendo o lábio de baixo como um coelho. "Mas disse que ia cortar."

"Então de onde vem esse sangue?"

"Ela, tipo, me cortou um pouco."

"Cortou seu pau?"

"Embaixo do saco."

"Estamos falando da Mary Pat Fennessy, certo?"

Rum quase faz que sim com a cabeça, então percebe, e todo o seu corpo exala medo, com um cheiro azedo e metálico.

"Não vou dizer porra nenhuma, por mais que pergunte."

"Tudo bem." Bobby lhe oferece um cigarro. "Bom, então o que vai me contar?"

Rum pega o cigarro e o isqueiro que Bobby lhe oferece.

"Vou contar o que aconteceu na plataforma aquela noite."

Atrás de Rum, Vincent ergue as sobrancelhas para Bobby como se dissesse: "Está vendo?".

Bobby põe um cinzeiro diante do garoto.

"Você se importa se meu parceiro anotar?"

Rum balança a cabeça, os olhos na mesa.

"Claro."

Atrás dele, Vincent abre um sorriso, os olhos do tamanho de faróis.

***

Quando o grupo de jovens se separou no parque Columbia por volta de meia-noite, Rum, George Dunbar, Brenda Morello e Jules Fennessy foram à Carson Beach. Mas, pouco antes de chegarem ao Day Boulevard e se prepararem para atravessar rumo à praia, Brenda percebeu que havia deixado as chaves em algum lugar do parque. Elas estavam em um chaveiro com uma pata branca de coelho e um abridor de garrafa, que havia sido usado algumas vezes naquela noite.

Então eles voltaram ao parque para procurar. Estavam quase desistindo quando Jules viu algo branco embaixo das arquibancadas e — voilà — as chaves de Brenda. Àquela hora, o parque Columbia estava vazio, então eles se sentaram e abriram mais quatro cervejas, e George acendeu um baseado. Aquela era a droga boa, ele garantiu, não o prensado mexicano que vendia para os otários, mas a verdadeira maconha sem sementes do sul da Califórnia. A verdade é que Rum Collins não sabia qual era a diferença entre as duas, mas ele percebeu que tanta bebida estava atrapalhando suas papilas gustativas.

Foi então que George Dunbar, olhando para a rua, disse: "É isso aí — nem olha pra mim, caralho".

No começo ninguém entendeu com quem ele estava falando, mas depois todos viram o carro passando por eles, o escapamento arrotando, o garoto negro ao volante olhando para eles.

"Olha pro outro lado, neguinho", disse George em uma voz tão baixa que eles mal o ouviram. "Do contrário, não me responsabilizo pelo que eu fizer."

O garoto negro baixou os olhos — ou por coincidência ou por causa de algum sexto sentido indicando perigo iminente — e o carro fez um barulho estranho, como se tivesse engasgado e passou por eles, avançando tão devagar que parecia estar flutuando. Pas-

sou sob a via expressa, onde o perderam de vista na sombra ampla
projetada pelo viaduto e não o ouviram mais.
Jules estava conversando com Brenda em sussurros curtos e
desesperados. Ela disse: "Vou ligar pra ele".
Brenda disse: "Não. Espera até amanhã. Relaxa".
"Ele não precisa assumir que é dele, só tem que pagar."

Bobby interrompe Rum um segundo.

"Você está dizendo que Jules Fennessy estava grávida?"

"O quê?"

"Ela disse: 'Ele não precisa assumir que é dele, só tem que pagar'", Bobby repete.

Rum pensa no assunto.

"Ela podia estar falando sobre qualquer coisa."

"Como *o quê?*"

"Sei lá. Como um bicho de estimação. Ou um carro."

Esse idiota tem direito de voto, Bobby se desespera. *E ter filhos.*

"Tudo bem", diz ele. "Depois que Jules disse que ia ligar para ele… E quem é 'ele', aliás?"

Rum prolonga a pausa antes de entregar tudo:

"Ora, o Frankie."

Bobby demora alguns segundos, mas de algum modo sabe, dentre todos os Frankies do mundo, a quem o garoto está se referindo.

"Frank Toomey?"

"É."

Puta merda. Bobby se vira na cadeira e olha para Vincent, que o encara de volta. O parceiro parece tão surpreso quanto ele.

"Jules Fennessy estava tendo um caso com Frank Toomey?"

"Estava."

"E você está me contando isso porque...?"

"Porque ela disse que ia me matar se eu não contasse."

Bobby olha para Vincent do outro lado da mesa para ter certeza de que ele não anotou esse último comentário no registro. Vincent está segurando a caneta no alto, então Bobby sabe que ele não escreveu.

Nenhuma outra pergunta a Rum sobre por que ele resolveu falar, Bobby diz a si mesmo, *só o deixe falar.*

"Continua", pede ao rapaz.

Jules decidiu ligar para a casa de Frankie. Onde ele mora com a esposa e os filhos. À meia-noite e quinze. Ninguém achou que fosse uma boa ideia. Todos tentaram fazê-la mudar de ideia. Mas ela atravessou a Columbia Road com uma moeda na mão, parou no telefone público do lado de fora da estação de metrô e a inseriu no buraco. Os jovens ficaram onde estavam, mas Brenda atravessou a rua correndo e ficou ao lado de Jules enquanto ela falava. Jules terminou gritando algo parecido com "Você que arranje a grana!" e bateu o telefone com tanta força que os dois ouviram do outro lado da rua.

Rum e George Dunbar pensaram em ir ao encontro delas, mas, pelo jeito como Jules sacudia as mãos e fazia caretas, entenderam que ela estava chorando, e quem ia querer se meter nisso? Então o mesmo neguinho que havia passado por eles naquela lata-velha saiu de uma sombra do viaduto, e não dava para saber no que ele estava pensando porque parecia olhar para as meninas, então Rum e George atravessaram a rua correndo e chegaram a tempo de ouvi-lo dizer: "Você está bem?".

"A gente não tem nenhum dinheiro", respondeu Brenda.

"Quem pediu dinheiro?", pergunta Bobby a Rum.

"O quê? Ninguém."

"Então por que Brenda disse que não tinha dinheiro?"

Rum dá de ombros.

"Por que mais ele ia falar com elas?"

Até Vincent, que não convive com pessoas negras, fica desnorteado.

"Para ver se ela estava bem?"

"Nem a pau", diz Rum. "Ele não tinha nada que perguntar isso."

"Por que não?"

"Porque não era da conta dele. Olhe, a gente sabe como funciona. Talvez o senhor não saiba, mas nós sabemos. Não é para puxar conversa. É simples assim. Não quero problemas na minha vida, não quero mesmo, mas, se fosse burro o suficiente para me meter com umas garotas de cor na Mattapan Square e começasse a falar com elas e os namorados delas aparecessem? *Claro* que iam me dar uma surra. Não é nada pessoal. É assim que funciona. Mas essa é a diferença entre mim e aquele neguinho imbecil: eu *não* vou me meter com neguinhas e puxar papo com elas. Sobre *qualquer coisa*. Porque não estou procurando encrenca."

"Mas Auggie Williamson estava?"

"Oras, sim."

Bobby e Vincent se entreolham.

"Continue falando", diz Bobby.

"Esse crioulo te pediu dinheiro?", pergunta George Dunbar a Brenda.

Brenda olhou nos olhos de George e sentiu na hora uma grande mudança no ar daquela calçada.

"Vaza daqui, porra", disse ela ao sujeito de cor.

Ele tentou seguir o conselho, mas George bloqueou o caminho.

"Está tentando ficar com o dinheiro da minha garota?"

"Não", diz o rapaz baixo e com um leve sorriso no rosto, do qual talvez nem tivesse consciência. "Só perguntei se a amiga dela estava bem."

"E o que você tem a ver com a amiga dela?" A voz de George estava tão baixa que mal dava para ouvir. E todos os quatro sabiam o que isso significava.

"Nada." O garoto negro ergueu as mãos e tentou passar por George.

"Porra, deixa o cara em paz."

"Tem razão", concordou George. "É provável que vocês se encontrem na escola semana que vem."

Jules ergueu a cabeça de repente e algo irracional brilhou em seus olhos.

"Eu disse para você se mandar, porra."

"Estou tentando", disse o garoto negro.

Parecia estar com tanto medo deles. Aterrorizado. Isso surpreendeu Rum. E o ofendeu ao mesmo tempo. Talvez todos sentissem a mesma coisa, porque em seguida...

"Está feliz agora?", gritou Jules. No começo, ninguém sabia com quem ela estava gritando. "Vocês conseguiram sua integração, a porra da nossa escola, e agora vão querer morar no nosso bairro?"

O garoto negro começou a andar bem mais depressa.

George abriu um sorriso largo e bebeu o resto da cerveja. Praticamente no mesmo movimento, jogou a garrafa no garoto negro. Ela estourou alto quando se estilhaçou.

Brenda riu. Jules também. Rum nunca tinha visto uma pessoa rir e parecer tão desesperada ao mesmo tempo. Essa imagem ficou na sua cabeça por vários dias.

"Ei, peraí", gritou George assim que o garoto negro chegou a uma das portas da estação. "Peraí."

Agora o garoto negro começou a correr de verdade.

"A gente só quer conversar com você", disse George.

E todos foram atrás de George, que praticamente saltava em direção às portas da estação. Fosse lá o que fosse acontecer, agora já estava se desenrolando. Não havia mais volta.

E quem ia querer voltar? Rum não se sentia tão vivo havia anos. Talvez nunca tenha se sentido.

Dentro da estação, o neguinho já tinha pulado as catracas. Os quatro fizeram o mesmo para persegui-lo.

Brenda gritou: "Você é bem lerdo para um neguinho!".

Jules disse: "É, achei que todos vocês fossem bons em corrida e o cacete".

"Ei", George voltou a gritar, "a gente só quer conversar."

Na plataforma, enquanto todos ouviam o trem chegando na estação, George jogou outra garrafa de cerveja, que explodiu aos pés do garoto negro. Ele se virou com as mãos erguidas e disse: "Vamos deixar isso pra lá".

"Isso o quê?", perguntou George.

O garoto negro tropeçou nos próprios pés e caiu de costas, e George e as duas garotas acharam aquilo hilário. Então...

"Espera", diz Bobby a Rum Collins. "Cadê você no meio disso tudo?"

"Hein?"

"Qual é seu papel nessa história?"

"Eu estava, hã... assistindo?"

"Então quem jogou a segunda garrafa de cerveja, seu idiota?, pergunta Vincent.

Rum olha para os dois, e é como ver uma tela em branco.

"George atirou uma garrafa de cerveja em Auggie William-son do lado de fora da estação, certo?"

Um aceno de cabeça afirmativo.

"Então essa garrafa já era. Agora você quer que a gente acredite que ele jogou mais uma nele *dentro* da estação?"

"Sim."

"Onde ele arranjou essa?"

Rum fica ainda mais pálido. Ele abre a boca, mas nenhuma palavra sai. Em algum lugar do seu cérebro oco, ele está procurando um jeito de escapar dessa como um bom filho da puta.

"*Você* atirou a segunda garrafa", diz Bobby.

"Não."

"Então jogou a primeira", diz Vincent.

"Não."

"Escolha uma."

"Não."

"Porra, escolha uma!" Vincent atira um cinzeiro preto de plástico bem na cabeça do rapaz. Ele erra o alvo, mas a mensagem fica clara.

"Eu joguei a segunda", diz Rum.

"Agora a gente está chegando a algum lugar", diz Bobby.

"Isso o quê?", perguntou George Dunbar, olhando para Auggie Williamson caído no chão.

"Isso tudo", disse Auggie, e todos puderam ouvir o tremor na sua voz e vê-los nas suas mãos. "Fingir que nada disso aconteceu."

"Não dá", disse George, "porque vocês não param de vir pro nosso bairro."

Foi a Jules que deu o primeiro chute.

"A Jules Fennessy o chutou?"

Rum faz que sim.

"Ela estava puta da vida, cara. Completamente maluca. Dava para ver que ela estava se sentindo mal por causa dele. E quanto pior sentia, mais puta ficava. Não fazia sentido."

A Brenda deu o chute seguinte. Depois o George.

"Depois você", diz Vincent a Rum Collins.

Rum os encara por algum tempo e por fim concorda com a cabeça.

Quando Rum deu um chute no neguinho deitado no chão, foi melhor do que qualquer coisa que se lembrava de ter sentido desde talvez seu nono aniversário, quando ganhou aquela bicicleta de três marchas que pedia desde os sete anos. Rum sabia o que estava vendo no chão — o resto da sua vida em Southie, cada dia exatamente igual ao anterior. Talvez ele fosse promovido no supermercado, saindo de repositor para caixa, mas e depois disso? Ele não era bom com números, não era um líder nato, sabia disso. O que significava que um cargo de gerência estava fora de questão. Portanto, passaria a vida em algum dos setores do supermercado. A vida inteira. De agora até os sessenta e cinco anos. Ia arranjar uma baranga como esposa e ter uns quatro ou cinco fedelhos, só para vê-los perder a única coisa boa que o pai deles conheceu na vida — pelo menos quando Rum era menino, ele conhecia seus vizinhos. Compartilhava sua comida, suas tradições, sua música com eles. Nada mudava. Era a única coisa que ninguém podia tirar de você.

Mas podiam sim. E iam tirar. Iam mesmo. Iam impor sua visão de mundo, seu jeito de fazer as coisas e suas mentiras. Mentiras porque diziam que a mudança ia fazer você mais feliz, torná-lo mais rico, alegrar seu mundo.

Não havia alegria nenhuma. Só escuridão. Ele chutou e continuou chutando até errar, o que o fez cair de bunda, e então seus "amigos" riram dele e o neguinho estava de pé e correndo...

Direto para o trem que chegava.

"Então o trem o atingiu." Vincent está segurando a caneta sobre o caderno de anotações.

"Foi mais ele que atingiu o trem", diz Rum.

"Explique."

"Ele quicou nele. Quero dizer, provavelmente pensou que ia pular nos trilhos para fugir? Tipo, um segundo antes o trem não estava lá. No segundo seguinte, estava. E ele correu direto para lá. Ele bateu de frente e quicou na parede — sabe onde fica a placa com todas as rotas dos trens? —, e aí atingiu a plataforma."

"E rolou e caiu embaixo dos trilhos?", pergunta Bobby como se quisesse incentivá-lo.

"É."

Bobby e Vincent concordam com a cabeça um para o outro. Faz bastante sentido.

Bobby sorri para Rum.

"Você sabe qual o tamanho do espaço entre um vagão de metrô e a beirada da plataforma?"

Rum dá de ombros, sentindo a bomba antes mesmo que ela despenque.

"Vinte centímetros. Ao que tudo indica, há um padrão de fábrica. Além disso, a gente mediu."

Rum parece ter parado de respirar. Não mexe um músculo. Bobby faz um sinal para que Vincent pare de escrever.

"Ora, Rum", diz ele, "pela sua cara e pelo fato de você ter entrado aqui para contar a verdade, não acho que agora seja a hora de começar a mentir. Você não é inteligente a ponto de nos convencer seja lá do que for, e se não contar tudo para a gente…"

"Tipo agora, porra", rosna Vincent.

"… então vamos te soltar e fazer com que todo mundo saiba que não cooperou conosco. Coisa que pode te dar certa reputação aí pela Broadway, mas não vai deixar Mary Pat Fennessy satisfeita com você."

Rum volta a mastigar o lábio como se seus dentes fossem engrenagens de um relógio.

"Por qual das bolas ela vai começar?", Vincent pergunta a Bobby.

"Depende se ela é destra ou canhota", diz Bobby.

"Ela é destra ou canhota? Você reparou?", Vincent pergunta a Rum.

Ele não diz nada. É como se tivesse entrado em estado de choque.

"Ele não reparou", completa Vincent.

"Se ela for destra", diz Bobby, "dá para presumir que o lado esquerdo do saco dele é mais fácil de agarrar e cortar fora."

Vincent estremece e cruza as pernas.

"Se for canhota, vai atacar primeiro a bola direita."

"E quanto ao pinto dele?"

"Bom, aí a gente realmente precisa entrar na cabeça dela. Quer dizer, vai só agarrar e arrancá-lo como se fosse um puxa-saco ou cortá-lo pela raiz?", responde Bobby.

"Para", sussurra Rum.

"Ou ela ia começar pela cabeça e cortar bem no meio tipo uma banana?"

Rum faz um barulho de vômito. Quando os dois olham, o veem com a língua de fora e a cabeça bem à frente do pescoço. Parece que vai vomitar.

Mas não vomita. O que é um alívio. Porque a merda e o mijo bastam. Com mais um fluido corporal nojento na sala, nenhuma quantidade de fumaça de cigarro vai ser o suficiente.

Então vêm as lágrimas. Elas brotam sob os olhos dele e o fazem parecer cinco anos mais novo.

"Se ela cortar meu pau fora", diz Rum, "tipo, não vou sair por aí sem um pinto. Quer dizer que vou morrer, não vou?"

"Depende, se estiver perto de um hospital", diz Vincent.

"E do que você tiver à mão para estancar o sangue", acrescenta Bobby.

"Ah, mas isso é óbvio", diz Vincent.

"Será que é? Até agora, ninguém nunca cortou o pau do garoto, então ele pode não saber dessas coisas."

De novo Rum parece que vai vomitar. Os dois policiais aguardam.

"Vocês podem impedi-la?" As lágrimas caem.

"Podemos prendê-la", responde Bobby. "Claro. Basta você prestar depoimento, jurar que ela o ameaçou. E a gente vai buscá-la."

"E depois?"

Bobby oferece uma caixa de lenços de papel para ele.

"Ela vai ser processada."

"E vai para a cadeia?"

Bobby pede a opinião de Vincent com o olhar.

"Provavelmente não", responde Vincent.

"Por que não, porra?" Agora o rapaz está chorando. "Ela disse que ia cortar fora minhas bolas. *E* meu pau. Ela me espancou."

"Bem, *se* estivermos falando da sra. Fennessy, ela não tem antecedentes criminais."

"Uma cidadã modelo", acrescenta Vincent.

"Pilar da comunidade", Bobby resolve exagerar mais.

"Portanto, vai pagar uma fiança baixa."

"Se pagar fiança."

"Verdade. Ela é uma SCP, se é que já existiu uma."

"O que é uma SCP?" Os soluços se reduziram a fungadas.

"Solta por compromisso próprio."

"O que isso significa?"

"Que ela não precisa pagar fiança."

"E não vai passar nem uma noite na cadeia."

"Mas ela ameaçou minhas bolas."

"Quem ameaçou? Quem é essa 'ela' de quem você tanto tem medo? Diga o nome."

Ele nega com a cabeça.

"Então acaba de contar o que aconteceu na noite em que Auggie Williamson morreu."

"E não venha com essa história idiota de que ele atingiu um trem, depois bateu numa parede e então caiu nos trilhos, porque a gente sabe que é mentira."

"Como?"

"Testemunhas. E o relatório do médico legista. E dez anos como policiais, caralho."

"Você pode nos contar a verdade." Bobby dá outro cigarro a Rum e o acende para ele. "Ou pode arriscar saindo por aquela porta e vendo o que acontece."

"E se eu contar a verdade e acabar tendo feito alguma coisa errada?"

"Aí vamos te prender."

"E não vou ter que sair por aquela porta?"

"Não enquanto não pagar a fiança."

"Vai ficar são e salvo em uma cela confortável. A gente pode até arranjar um travesseiro para você."

Rum dá uma longa tragada e demora ainda mais para soltar fumaça enquanto olha para o teto. Depois diz:

"Ele deu mesmo de cara com o trem e bateu na parede, sim. Então caiu e ficou estendido na plataforma, se tremendo todo, e aí parou de tremer e a gente pensou que estava morto."

"Mas não estava?"

Ele nega com a cabeça.

"Tipo, a gente achou que sim, mas…"

Os dois ficam esperando.

Depois de algum tempo, Bobby diz: "Mas o quê?".

Quando o cara negro deu de cara com o trem, todo mundo riu, principalmente George Dunbar. Quando foi jogado de volta depois de bater na parede e caiu na plataforma como um saco de batatas, eles riram mais ainda. Mas então, as portas do vagão se abriram, e eles perceberam que o garoto estava tendo uma convulsão esquisita, como se tivesse sido eletrocutado. Os calcanhares dele batiam no chão, os braços abriam e fechavam do lado dele, a cabeça rolava de um lado para outro, e os olhos estavam tão afundados no crânio que pareciam clara de ovo.

Os quatro ficaram olhando para ele caído no chão, então quem passasse dificilmente ia conseguir ter uma visão clara do que estava estendido ali.

O trem deixou a estação.

"Tão olhando o quê, caralho?", disse George para um casal, e eles se apressaram para sair da plataforma.

O garoto negro ficou imóvel. Um fio de espuma branca escorria do canto da boca dele. Saía sangue dos ouvidos.

Rum reparou em um trem saindo dos trilhos no outro lado da plataforma e viu um cara se afastando de cabeça baixa. Um cara grande, do tipo que é melhor não se meter no caminho, mas que sabia direitinho como as coisas funcionam — se não vir o que aconteceu, ninguém pode fazer você dizer que viu.

De repente, os quatro começaram a gritar uns com os outros.

Rum não pode, até hoje, dizer exatamente o que falaram, mas sabe que George estava preocupado com as testemunhas, Brenda estava com medo de que os pais descobrissem, e Jules não parava de gritar, gritar pra valer, que a culpa era deles, que todos iam acabar na cadeia. Rum se lembra de ter chamado a atenção para o fato de que, além de chutá-lo, nenhum deles havia machucado o cara. Foi ele que se machucou sozinho. Rum tinha espancado alguns garotos na vida, e sabia a diferença.

Brenda deu um tapa em Jules para que ela parasse de gritar. Então George chamou Rum de retardado de merda e disse: "Vamos dar o fora".

Eles deixaram o garoto negro estendido na plataforma e subiram a escada rumo à saída da Columbia Road e, quando abriram as portas, Frank Toomey estava encostado em seu carro à espera deles. Frank não cumprimentou nenhum deles, exceto Jules. Isso era normal. Jules tinha dito a Brenda que ele podia ser engraçado e surpreendentemente afetuoso, mas, se muito, guardava essa parte de si para poucas pessoas ou para as crianças que encantava por toda a Broadway. Do contrário, era tão frio e duro quanto o apelido Sepultura insinuava. Seu corpo era duro, seu rosto era duro, seus olhos eram tão sem vida quanto os de um boneco GI Joe. Frank abriu a porta do carro e Jules entrou. Foi aí que eles se separaram — George e Brenda foram embora no carro de George; Frankie e Jules, no carro de Frankie. E Rum, esquisitão como sempre, foi para casa a pé.

"Vamos voltar um pouquinho", diz Bobby.

Rum bebe um pouco da água que lhe trouxeram, com cara

de quem já sabia que jamais ia convencer ninguém daquela mentira.

"Claro, claro."

"Como Auggie Williamson foi parar *debaixo* da plataforma?"

"Não sei. Talvez tenha, hã, rolado?"

"Ok…"

"A gente o deixou onde ele estava."

"Na plataforma com espuma branca saindo da boca?"

"Só de um lado da boca."

"Então vocês subiram", diz Vincent, "e deram de cara com Frank Toomey esperando?"

Um aceno afirmativo de cabeça.

"Ele estava com cara de quê?"

Rum dá de ombros.

"Vamos. Com que cara ele estava?"

Rum parece estar muito desconfortável, como se o corte no saco talvez estivesse começando a infeccionar. Ou isso, ou está se adaptando a uma nova fonte de terror.

"Eu não sei. Não conheço o Frank. Não posso julgar a 'cara' com que ele estava."

"Você o conhece sim", diz Bobby. "Cresceu vendo ele por aí. Ele é famoso por entrar em lojas de doces e comprar um saco cheio para todas as crianças. É o tio predileto de todas as crianças na Broadway."

"Sim, mas isso já faz tempo."

"Além disso, você é o disfarce dele", completa Vincent.

"Bem lembrado", diz Bobby.

"*O que* dele?"

"O disfarce", explica Vincent. "Você fingia ser o namorado de Jules Fennessy para que a esposa dele não soubesse que Frank estava comendo uma garota de dezesseis anos."

"Jules tem dezessete."

"Ah." Bobby aponta o dedo para ele. "Mas ela não tinha quando começou a trepar com ele, né?"

Os olhos de Rum se movimentam nas órbitas como bolas de gude jogadas em uma tigela.

"Não vim aqui para falar da porra do Frankie."

"E mesmo assim aqui estamos, falando dele."

"Querem saber qual era a cara dele? Cara de assassino. Essa é a porra da *cara* dele. Ele é o filho da puta mais frio e assustador que eu já conheci." Rum ergue as mãos. "Não vou falar nada sobre Frankie Toomey."

"Nada?"

Rum faz sua melhor cara de durão — aperta os olhos, mostra um leve sorriso de sarcasmo — e balança a cabeça lentamente.

"Porra nenhuma."

"Nesse caso", Bobby vai até a porta e a abre, "está livre para ir embora."

Rum observa Vincent fechar o caderno de notas e guardar a caneta no bolso interno da jaqueta de couro.

"Anda logo", diz Bobby a Rum. "Eu quero ir para casa."

"Vocês disseram que iam me prender", diz Rum.

"Pelo quê?" Vincent acende um cigarro com seu isqueiro dourado que funciona uma em cada três vezes.

"Pelo que aconteceu."

"Você não contou o que aconteceu", diz Bobby. "Mentiu para a gente quando falou que Auggie Williamson correu e deu de cara com o trem, o que, já que vocês o estavam perseguindo, pode levar a uma acusação de homicídio culposo com agravantes…"

"Com a qual nenhum promotor público vai perder tempo." Vincent se aproxima da porta e diz a Bobby: "Vou dar um pulo no JJ's. Você?"

"Talvez encontre com você lá."

"Tem happy hour da meia-noite às duas."

"Cerveja?"

"Claro."

Bobby faz uma careta.

"A Narragansetts me dá caganeira no dia seguinte."

"Em mim também. Mas, ei, amanhã estou de folga."

Eles saem da sala de interrogatório. Entram na sala do outro lado do espelho. Bobby vê que tem três mensagens coladas na sua luminária. Ele as lê.

"Voltem aqui!", grita Rum da sala de interrogatório.

"Você vai mesmo ao JJ's?", Bobby pergunta a Vincent.

"Estou pensando nisso. Também estou com fome. Posso pegar um sanduíche em algum lugar no caminho. E você?"

"Hoje era a minha folga", diz Bobby. "Só quero ir para casa."

"Voltem aqui!"

Vincent abaixa um pouco a voz.

"Sabe aquela garota da Propriedade Um? A com olhos castanhos bem grandes? Boca também?"

Bobby dá risada.

"O quê?" Vincent já parece um pouco bravo. "Sabe de quem estou falando?"

"Deb DePitrio?", pergunta Bobby.

"Qual é! Voltem para cá!" Agora Rum está parado na porta da sala.

"Isso mesmo, Deb."

"A que só namora com médicos."

"Ela é *funcionária pública*."

"E é parecida com a Raquel Welch. Tá de sacanagem comigo? Você tem mais chances de namorar com a verdadeira Raquel do que com a Deb."

"O quê, ela é amiga sua?"

"Na verdade, é."

"Então *você* acha que tem chance com ela."

Bobby bufa com a ideia.

"Eu sou um policial fora de forma dez anos mais velho que ela. Não tenho a menor chance. E sei disso. É por essa razão que Deb não se importa de conversar comigo. Você, por outro lado, aposto que passa um pouco de água de colônia quando se inclina no balcão dela e pergunta: 'Que cor de batom você está usando?'."

"Vai se foder."

"'Fez alguma coisa no cabelo?'"

"Não, sério. Vai se foder."

"Policiais, por favor!"

"Nós somos *detetives*, caralho", grita Vincent. Vira-se para Bobby. "Não tenho a menor chance, hein?"

Bobby nega com a cabeça.

"Se vocês dois estivessem presos em uma ilha deserta, ela provavelmente ainda ia esperar uns dois, três anos — pelo menos — no caso de um resgate."

"Você é um babaca."

Bobby pensa um pouco.

"Tem razão."

"*Por favor!*"

Os dois olham para Rum. Ele está encostado no batente da porta, não querendo arriscar entrar em uma sala cheia de pessoas armadas até os dentes que, se o virem, vão olhá-lo com desprezo. Sua calça ensopada de sangue com certeza está grudando nas coxas e na virilha. Está quase chorando de novo.

"Não posso voltar para lá."

Bobby e Vincent o encaram com olhos vazios.

"Por favor, não me obriguem."

"Não temos motivo para prendê-lo."

"Vai com Deus", diz Vincent.

"*Arrivederci*", diz Bobby.

"*Via con dios*", diz Vincent.

"Você acabou de dizer isso."

"Não, não. Eu falei 'Vai com Deus'."

"Frank Toomey", conta Rum, "fez a gente voltar a entrar na estação."

Alguém na delegacia solta um assobio baixo e longo. Agora todos estão olhando para Rum Collins.

Rum olha para Bobby com cara de que sabe que sua vida nunca mais será a mesma.

"Disse que a gente precisava terminar o serviço."

20.

Segundo Rum, depois de mandá-los voltar e "terminar o serviço", Frank Toomey ficou onde estava. Encostado em seu carro.

"Quer dizer que ele não foi com vocês?"

"Não."

"E ele não explicou o que significava 'terminar o serviço'?"

"Não."

"Ele não foi mais específico?"

Rum nega com a cabeça.

"Hum-hum."

Bobby já pode ver o advogado de defesa de Frank dizendo: "Ora, 'terminar o serviço' pode significar ir para casa depois do que aconteceu, limpar as garrafas quebradas *ou* até mesmo ajudar a levar Auggie Williamson a um médico".

Terminar o serviço, Bobby sabe, podia significar *qualquer coisa.*

Quando o assunto passou a ser o que eles fizeram quando voltaram à plataforma, Rum disse ter certeza de que alguém rolou Auggie Williamson até os trilhos, mas que não sabia ao certo quem.

"Como você não sabe?"

"Eu estava mijando", informa Rum.

Que merda de emprego, pensa Bobby. Ele os têm nas mãos, estão contra a parede, e eis que, como uma bactéria, uma ideia corrompida dá um jeito de entrar no cérebro de hamster deles e os faz pensar "acho que posso sair dessa".

E então de volta à estaca zero.

Bobby está cansado demais — e em sua noite de folga — para voltar à estaca zero.

"Rum", diz ele, "é preciso duas pessoas para rolar um corpo. Do contrário, ele vai para a direita quando você quer que vá para a esquerda, ou para a esquerda quando você quer que vá para a direita, não é tão simples. Então, você e George rolaram Auggie Williamson para fora da plataforma. E ele caiu, bateu a nuca e morreu. Não era a intenção de vocês, mas foi o que aconteceu."

"Não foi isso que aconteceu", diz Rum.

"Foi, sim."

"Tudo bem, a gente rolou o cara para fora da plataforma, ok, fizemos isso mesmo."

Bob concorda com a cabeça.

"Mas então ele se levantou."

"Ele o quê?"

"Ele se levantou. Tipo, ficou de pé?"

Vincent para de escrever. Os dois observam Rum Collins. Ele não está olhando para cima nem para a direita — um sinal claro de que está mentindo. Olha para dentro de si — um sinal claro de que está se lembrando.

"Ele se levantou. E depois caiu de novo. E então meio que ficou de joelhos. E as meninas estavam chorando porque... aquilo era, meio, sei lá, patético? Aí a gente desceu até lá com ele?"

"Todos vocês?"

Rum olha para os dois detetives. Faz que sim.

"E então o que aconteceu?"

"Alguém achou uma pedra."

"Quem?"

Rum os encara de novo e não diz nada.

"Quem achou a pedra?"

"Não fui eu", diz Rum.

"Então quem foi?"

"Não fui eu", diz Rum entre dentes.

Bobby o observa um pouco. Olha para Vincent, que balança levemente a cabeça — estão na parte da dança em que podem perdê-lo.

"Vamos esquecer quem está com a pedra por enquanto", diz Bobby. "Só me conta o que fizeram com ela."

Rum pensa sobre o assunto por alguns momentos. É burro demais para saber que, a essa altura, já admitiu ter cometido meia dúzia de delitos, inclusive tentativa de homicídio.

Ele abre a boca e, em uma frase, muda o curso de sua vida inteira.

"Ele — a pessoa — deu uma pedrada na nuca dele."

"Uma pedrada em Auggie Williamson."

"É."

E essa era a parte que nunca se alinhou com nenhuma das histórias que eles ouviram ou com nenhuma das teorias que haviam conjecturado sobre o que aconteceu naquela noite — como Auggie Williamson fraturou a base do crânio?

Agora sabem como.

"E o que aconteceu com o sr. Williamson depois?"

"Senhor quem?"

Isso incomoda Bobby por algum motivo. Se vai matar alguém, tem que saber pelo menos a porra do nome da pessoa.

"Williamson", diz Bobby entre dentes. "O garoto negro."

"Ele caiu de cara no chão. Não se mexeu mais." Rum olha para os próprios polegares antes de olhar para Bobby e Vincent, piscando sob as lâmpadas fluorescentes. "Agora que contei o que aconteceu, pode acertar as coisas com ela?"

"Com quem?"

"Com a, hã, sabe, a mulher que ameaçou cortar o meu pau."

"Não acho que você precisa mais se preocupar com ela", diz Bobby.

Rum solta um suspiro alto.

"Graças a Deus."

"Ronald Collins, o senhor está sendo acusado de homicídio doloso qualificado pelo envolvimento na morte de Augustus Williamson", diz Vincent.

"O quê?", diz Rum, mastigando uma unha.

"O senhor tem o direito de permanecer calado. Qualquer coisa que disser…"

"Peraí! *Que* porra é essa agora?"

"… pode ser e será usada contra o senhor…"

Rum olha para Bobby.

"Eu não fiz isso."

"Você estava lá", diz Bobby, "e não fez nada para impedir o que aconteceu. Aos olhos da lei, isso o torna tão culpado quanto a pessoa que deu a pedrada."

"Não", diz Rum. E então com mais ênfase: "Não".

"A sua única chance de voltar a andar pelas ruas de Southie antes de, sei lá, 2004, é nos dizer quem estava segurando aquela pedra", diz Vincent.

"Eu quero meu advogado."

"Fala logo."

"Eu quero meu advogado."

"Fala logo!"

"Eu quero meu advogado." Rum olha para os dois, lágrimas escorrendo por seu rosto, mas parecendo estranhamente calmo. "Agora, porra."

Boby e Vincent se levantam.

"Tudo bem."

"Você é um cara durão?", pergunta Vincent. "É bom que seja mesmo. Porque vai passar um bom tempo preso com muitos e muitos outros caras durões." Ele segura a própria genitália. "Duros como pedras."

"Por causa de um crioulo?" Rum olha para eles como se não acreditasse.

Bob faz que sim com a cabeça.

"Pode apostar sua bunda branca e idiota, seu filho da puta."

21.

Os dois principais traficantes de George Dunbar — Joe-Dog Fitz da H Street e Quentin Corkery da Old Colony — trabalham para ele no gazebo do Marine Park. Mas o próprio George nunca dá as caras. Na metade do segundo dia, depois de um grande fluxo na hora do almoço de trabalhadores da construção civil e caminhoneiros do eixo Boston-Buffalo, Joe-Dog e Quentin têm uma discussão urgente com suas mulas, todos falando rápido na base do gazebo. Mary Pat, com a janela de Bess aberta, consegue ouvir algumas palavras e frases a vinte metros de distância, sendo a mais relevante "precisamos de mais balas e refrigerante", que deve significar estoque baixo de anfetamina e cocaína. *Céus*, pensa ela, *espero que ainda tenham bastante heroína, meus queridos.*

Quentin Corkery vai embora. Desce a ladeira do Marine Park e entra em um Datsun Z amarelo estacionado perto da estátua. Os pneus cantam quando ele sai do meio-fio. Mary Pat o segue de volta ao Day Boulevard, onde, depois de menos de três quilômetros, ele vai em direção à Old Colony. Os dois conjuntos habitacionais desta parte de Southie — Old Colony e Old Harbor — são conjuntos gêmeos da Commonwealth. Os dois foram construídos com uma diferença de dez anos um do outro, com mais ou menos a mesma área. Mary Pat o segue à distância, subindo devagar a rua estreita até um estacionamento nos fundos ao qual Quentin se dirigiu. Ele para bem em frente a uma escadinha preta na entrada de um edifício, sai depressa do carro e entra correndo. Certa vez, Mary Pat namorou um cara que morava aqui — Paul Bailey, que, até onde ela sabia, estava cumprindo pena de oito a dez anos na prisão Walpole — e se lembra de que o prédio é igual a todos os outros da Commonwealth: tem um longo corredor que vai direto para o centro, as portas dos apartamentos se ramificando a partir dessa veia principal. Ela não consegue estacionar a tempo de ver em que apartamento Quentin entrou, mas parou perto da escadinha e tem uma visão clara pelo vidro amarelo da porta para vê-lo saindo da quarta porta à esquerda quando ele reaparece. Mary Pat apoia a bunda no corrimão curto, gira o corpo, salta e já está escondida junto à lateral do prédio quando Quentin sai, se enfia no Datsun e vai embora, deixando mais uma vez borracha suficiente no meio-fio para que ela se pergunte se ele está traficando só para conseguir comprar novos pneus. Mary Pat volta até Bess no canto do estacionamento onde a deixou. Abre o porta-malas, vasculha a bolsa de Dukie até encontrar o que acha que vai precisar e o fecha.

Ela calça luvas antes de chegar à porta principal. Uma vez lá dentro, percebe que o corredor tem um cheiro um pouco diferente dos outros conjuntos da Commonwealth. Ainda cheira a desinfetante, cerveja derramada e batata, carne enlatada e repolho cozido em pelo menos um quarto dos apartamentos todo domingo. Mas há algo mais, talvez um pouco de mofo? Parece o cheiro de uma calçada úmida em abril ou de uma piscina próxima, mas não há piscinas por aqui, com toda a certeza. A quarta porta à esquerda é a do apartamento 209. Ela bate e espera, com o ouvido encostado na porta. Não ouve nada. Bate outra vez para garantir. Está com a furadeira sob a camisa às costas, só por precaução, mas a chave-mestra de Dukie se encaixa na fechadura como se fosse feita para ela. Em menos de trinta segundos, Mary Pat está lá dentro.

O apartamento cheira a maconha, cigarro e falta de higiene. No quarto dos fundos, ela encontra uma cama dobrável sem lençóis com um travesseiro manchado de suor velho. Na sala há um sofá rasgado, várias cadeiras dobráveis de plástico e uma televisão em preto e branco em cima de uma pilha de cinco listas telefônicas, quatro delas ainda embrulhadas em plástico. O banheiro parece nunca ter sido limpo; é bem possível que o cheiro de mofo que ela sentiu no corredor venha só dele, porque a parede atrás da pia está preta, e há um bolor cinzento com textura de lã brotando na borda da banheira.

Mary Pat vasculha a caixa do vaso sanitário, mas não acha nada escondido. Dá uma olhada embaixo da pia, a mesma coisa. O quarto não rende nada, tampouco a pia da cozinha. Mas na quinta tentativa — usando um cabo de vassoura no teto falso do armário do corredor —, saquinhos caem na prateleira de cima ou no assoalho. Ela pega uma cadeira, sobe nela para enfiar a mão lá dentro e tirar o que falta. Quando tira tudo, percebe que há outra coisa no fundo, alguma coisa dura. Estica o corpo e a mão, e sabe que é uma arma assim que seus dedos envolvem o cabo. Mary Pat a tira do lugar — um revólver Smith & Wesson calibre .38 de cano curto, o cabo tão desgastado que está começando a soltar a borracha. Ela desce da cadeira e abre o tambor de munição. Ele abre com facilidade, de modo que a arma pelo menos está lubrificada e talvez até bem cuidada. Está carregada com seis balas.

Mary Pat volta a subir na cadeira, enfia a mão lá no fundo

pela última vez e volta com uma caixa de sapato que faz barulho. Abre-a e encontra mais meia dúzia de balas dentro dela. Coloca todos os sacos na bancada da cozinha, que tem um tampo de fórmica engordurado com mais restos de batata frita que o dela. Os sacos maiores contêm maconha, alguns com uma cor mais verde e pungente, outros mais pálidos e cheios de sujeira; os sacos grandes contêm heroína, que Mary Pat reconhece de imediato, com uma pontada no coração, ou um pó branco que ela presume ser cocaína. Reconhece também um saco de benzedrina (Dukie adorava uma anfetamina) e supõe que as outras pílulas são respectivamente metaqualona, LSD e mescalina. Não são muitas drogas, não para um traficante; se tivesse que adivinhar, diria que, a essa altura, eles devem ter vendido talvez dois terços do último estoque. Perder o que resta não vai prejudicá-los a longo prazo, mas com certeza vai dar prejuízo amanhã.

Mary Pat leva tudo consigo.

Inclusive o revólver.

Algumas horas depois, um dos traficantes aparece, entra e logo volta com uma cara de desespero e se manda correndo.

Quinze minutos depois, Quentin e Joe-Dog chegam no Datsun Z. Correm para dentro. Ficam lá um pouco mais de tempo que o traficante. Quando voltam a sair, parecem exaustos. Sentam-se no capô do carro de Quentin, fumam cigarros e não dizem uma palavra.

Cerca de meia hora depois — *Por que você demorou tanto, George?* — George Dunbar chega. Dirige um Impala bege do fim dos anos 1960. Um carro comum. George claramente é o único membro de sua gangue que faz alguma ideia dos benefícios de passar despercebido quando se está dentro da rotina com o mundo do crime. Ele e seus dois traficantes trocam acusações — George aponta o dedo para Quentin; Quentin e Joe-Dog apontam o dedo um para o outro.

George entra puto da vida. Os outros dois o seguem.

Mary Pat liga o motor de Bess enquanto eles estão lá dentro. Contanto que Bess esteja ociosa, vai ficar tudo bem, mas, antes de o motor pegar, não é nada bonito de ver. O escapamento tosse tanta fumaça que encobre a visão do retrovisor, e o motor engasga meia dúzia de vezes antes de assentar. Da próxima vez que saírem, ela tem certeza de que vão direto para os carros. É melhor preparar Bess para também se movimentar.

Ela ouve a porta bater com violência quando os três saem. Param junto ao Datsun, onde George dá uma bronca final nos dois, apontando o dedo primeiro para Quentin e depois para Joe-Dog.

Ele entra no Impala e vai embora. Os dois traficantes ficam onde estão por mais tempo do que Mary Pat esperava. Quando eles baixam os olhos para acender os cigarros, ela parte para o tudo ou nada, sai pelos fundos do estacionamento, olhando apenas para a frente.

Se repararam nela, não parecem ter dado muita importância.

Mary Pat encontra George Dunbar a três quarteirões dali, usando o telefone público em frente a uma loja de bebidas. Quase não fala; praticamente só concorda com a cabeça. Várias vezes. E está com cara de assustado. Ela pode apostar que agora é George quem está levando uma bela de uma bronca.

Ele desliga o telefone como se pudesse levar uma mordida dele. Entra no carro e vai embora, Mary Pat o seguindo a três carros de distância.

Logo George entra na via expressa sudeste e, depois de apenas alguns quilômetros, dirige ao longo de Dorchester, passando pela ponte do rio Neponset. De lá, passa por Squantum, uma faixa de terra nos arredores de North Quincy tão vazia que parece um polegar amputado. É um lugar cercado pelo oceano por toda parte, exceto onde se conecta à cidade, e ela segue George e seu Impala desinteressante até uma casa na Bayside Road, ao norte da Orchard Beach. É um pequeno bangalô com telhas marrom-escuras e acabamento branco, com um quintal pequeno e uma ótima vista do porto do outro lado da rua.

George estaciona em frente a ele e, antes que saia do carro, lá está ela... sua mãe. Lorraine Dunbar em pessoa. Não é lá muito bonita, sendo sincera, tem um rosto magro e alongado sob o cabelo ruivo, os olhos muito próximos um do outro, um queixo tão violentamente quadrado que parece ter sido arrancado fora. Mas ela ainda tem o corpo de uma líder de torcida de dezesseis anos — pernas firmes e uma bunda enorme, tetas que desafiam a gravidade, a lógica e o tempo. Lorraine diz a todo mundo que quiser ouvir que é fruto de sua dieta — carnes magras e legumes, gaba-se ela, e nada de doces — e da corrida. De onde ela tirou essa história de treinar corrida ninguém sabe, mas Mary Pat a viu dezenas de vezes correndo pela Broadway ou no circuito do Sugar Bowl, subindo os joelhos quase até baterem no queixo, soltando o ar pela boca, os lábios franzidos, vestindo um conjunto de jaqueta e calça da mesma cor com detalhes brancos e em geral com alguma faixa de cabelo combinando. Toda vez que as mulheres da Commonwealth discutem esse tópico, alguém opina que talvez, para ter tetas e uma bunda como aquelas, todas poderiam treinar corrida, mas a ideia só dura até o cigarro seguinte.

Lorraine abraça o filho e depois olha para a rua. Ela é a namorada de Marty Butler, então foi treinada para procurar ameaças em qualquer coisa que pareça fora do lugar. Provavelmente teria detectado Mary Pat e Bess se Mary Pat não tivesse recuado assim que viu George estacionar. Está parada no começo de uma curva a uns trinta metros dali, embaixo de uma árvore com uma bela sombra de fim de tarde. Para vê-la, Lorraine teria que ficar na rua e olhar na hora certa.

Lorraine e George entram.

Mary Pat se acomoda.

A certa altura, vira a cabeça e vê Jules sentada ao seu lado no banco do passageiro. Jules boceja e dá um sorriso sonolento.

É o barulho de um motor de barco que a acorda.

Está escuro. Os insetos se amontoam na luz do poste solitário. Ao ouvir o ruído de uma porta de tela se abrindo e depois se fechando, Mary Pat vira a cabeça e vê George Dunbar sair da casa e atravessar a rua em direção a uma pequena praia. Está de shorts e descalço.

Ela tira o binóculo da bolsa de Dukie e olha para o barco que desliga o motor e segue rumo à costa. Brian Shea salta dele enquanto George se aproxima, e os dois o puxam em direção à praia. Brian apaga a luz do barco, e agora o binóculo não serve para nada.

Mary Pat apaga a luz do teto e sai de Bess. Fecha a porta com cuidado e atravessa a rua. Só dá para se esconder atrás de uma árvore e, à frente, de um muro que nem sequer chega aos seus joelhos. A árvore fica a pelo menos vinte metros de Brian e George. Mas não há mais ninguém por perto e tem pouca coisa para abafar o som se os dois resolverem falar mais do que deveriam. Ela fica atrás da árvore e se esforça para escutar.

Brian Shea diz a George: "Você precisa…" e "Porra, a gente não…" e "… não tem almoço grátis".

George está de costas para ela e suas palavras saem contra o vento. É muito mais difícil entendê-lo. Mary Pat acha que o ouve dizer "Eu sei" algumas vezes. E talvez algo como "concreto", mas sabe que não é isso. Também sabe que não é "discreto", mas ele disse "creto" com toda certeza.

Uma brisa repentina carrega as três frases mais claras de Brian Shea que ela consegue escutar: "Você já tinha uma dívida. Agora ela está maior. Ninguém vai achar graça nisso".

A brisa acaba.

"Eu...", diz George.

"... mude... avenida Blue Hill... tô pouco me fodendo."

"... só estava dizendo..."

"... continue dando desculpas. Vamos."

Eles tiram alguma coisa do barco. Carregam na escuridão, cada um a cerca de um metro e meio do outro. Quando atravessam a rua, passam perto da luz do poste, e Mary Pat vê que estão carregando uma mala de viagem. É verde-escura, parecida com a que Noel trouxe quando voltou para casa do Exército, só que ela tem certeza de que esta tem um zíper que abre no meio. George abre o porta-malas do Impala, e os dois colocam a mala lá dentro.

O carro está só a cinco ou seis metros de distância; Mary Pat pode ouvi-los muito bem quando Brian põe as mãos nos ombros de George.

"Diga àqueles macacos drogados da Moreland que espero toda a minha parte da grana."

George faz que sim com a cabeça.

Brian dá um tapinha na cara de George. Não de leve.

"Está ouvindo?"

"Estou, estou."

"Deixa bem claro que, se não fizerem alguma coisa que saia na primeira página, a porra da fonte deles vai secar."

"Ok."

"E então você dá um jeito de resolver o resto dessa merda."

"Ok, ok."

"Não no mês que vem, não no ano que vem. Agora. Entendeu?"

"Entendi."

"Você não é da família, moleque." Brian se aproxima e parece que vai bater em George de novo, mas, no último instante, só dá um tapinha na bochecha dele. "Você só é o filho da buça que o meu chefe traça."

"Eu sei."

"Você *o quê?*", Brian fala mais alto.

"Sei disso. Eu sei."

Brian Shea o encara por mais algum tempo antes de atravessar a rua. Arrasta o barco para a água com alguns grunhidos e respingos, então liga o motor e vai embora.

Uma hora depois, quando George sai da via expressa, Mary Pat acha que ele deve ter errado o caminho — em vez de virar à direita em direção a Southie, vira à esquerda rumo a Roxbury. Ela pensa que George se distraiu e em breve vai dar meia-volta, mas ele entra ainda mais no bairro, passando por ruas que ela nunca visitou, por áreas da cidade que lhe são tão desconhecidas quanto as ruas de Paris. Mas Paris fica do outro lado do Atlântico; já essas ruas ficam a menos de oito quilômetros da Commonwealth. É meia-noite de domingo, mas alguns lugares estão tão animados que parecem estar em meio a uma festa — negros socializando nas varandas ou reunidos na calçada ao redor dos carros. Outras ruas estão silenciosas, tanto que o miado de um gato pode romper o silêncio. Mary Pat se sente observada. Pergunta a si mesma se alguém vai se jogar na frente do carro e gritar "Mulher branca!" antes que os outros apareçam e acabem por linchá-la.

É isso que eles fazem por aqui, não é? Esperam o idiota imprudente, o branquelo ingênuo que se perdeu? Para que possam mostrar quem são os verdadeiros donos dessas ruas e o quanto estão realmente com raiva.

Mary Pat não tem ideia de por que a odeiam tanto, mas sente o ódio deles, nos olhares estranhos, olhares que não consegue ver exatamente, mas sabe que estão lá, que vêm de baixo dos capuzes grossos, das pálpebras pesadas que observam cada movimento seu.

Olhe ao redor, uma voz a desafia.

Mary Pat aceita. Olha para as varandas e os pórticos. Ninguém está olhando para ela. Ninguém sabe que está ali.

E ninguém olha para George. Porque...

George desapareceu. O semáforo fica amarelo no cruzamento um quarteirão à frente, mas o carro de George não está lá. Mary Pat acelera, o medo dominando seu peito de repente como o disparo de um alarme: *ela não faz ideia de como sair dali*. Chega ao cruzamento e olha para as placas à esquerda — está na esquina da Warren Street com a St. James. Não tem como saber se George virou à direita ou à esquerda. Não consegue ver as lanternas traseiras do carro dele. Volta a olhar para as placas, dessa vez à direita, e quer agradecer a Jesus, ao Espírito Santo e também a São Pedro, porque mesmo num bairro de merda como esse, elas ainda estão intactas. Parece que a Warren Street divide duas ruas ao meio — à esquerda, a St. James, mas à direita, a Moreland.

Diga àqueles macacos drogados da Moreland que espero toda a minha parte da grana.

Mary Pat entra à direita na Moreland e acelera. Depois de um quarteirão, nada de George. Depois de dois quarteirões, nada de George. Resistindo à vontade de afundar o pé no acelerador, ela mantém Bess na mesma velocidade. Na placa de "pare" seguinte, olha para a direita e avista o Impala. Está estacionado do outro lado de um parquinho a meio quarteirão de distância. Ao lado dele, há um furgão branco com a porta traseira esquerda aberta. Três homens negros estão com George na parte de trás da van. Um deles é alto e gordo, o outro é magro e baixo, o terceiro tem estatura mediana e é forte. Todos têm cabelo black power grande e barba. Estão de óculos e blusas com gola rolê. George está lhes entregando itens de seu porta-malas, um depois do outro.

Mary Pat não é especialista, e sua visão é limitada, mas ela reconhece um fuzil quando vê um.

Por que um traficante de drogas branco está dando fuzis para três caras negros em Roxbury na véspera da integração escolar forçada?

Mary Pat apoia a cabeça no encosto do banco.

Que merda é essa?

22.

De volta a Southie, George os conduz pelos quarteirões escuros e vazios de empresas de táxi e depósitos de caminhões. Já passa de uma da manhã, e Mary Pat desliga os faróis para que George não note sua presença atrás dele. Parece que não há ninguém por aqui, só os dois na escuridão, aos solavancos nas antigas ruas de paralelepípedos. São poucos os postes de iluminação que funcionam, há um bar que atende caminhoneiros e fecha às onze. Mary Pat diminui muito a velocidade. Mesmo com os faróis apagados, se George abrir a janela, provavelmente vai conseguir ouvi-la nos paralelepípedos atrás dele. Ela mantém dois quarteirões de distância dele e faz o possível para evitar os buracos.

George para em um estacionamento em frente a um depósito de trecho de guia rebaixada com garagem de vaga única. Sai do automóvel. Destranca a terceira garagem à direita e puxa a porta para cima. Procura alguma coisa nos bolsos antes de entrar no lugar e vai até a parte de trás de um Chevy Nova. Abre o porta-malas. Sai de novo, pega a mala no porta-malas do Impala. Sem os fuzis, está muito mais leve do que quando ele e Brian

Shea a carregaram para o outro lado da Bayside Road, mas ainda é pesada o bastante para que seu ombro pese um pouco e sua cabeça também se incline quando a mala é carregada até o outro carro e posta no porta-malas.

Ele fecha o Chevy Nova e o tranca. Fecha a porta da garagem e a tranca também. Entra no Impala.

E os dois voltam para a rua.

É uma viagem curta. George estaciona o carro na East Second, mais para cima na rua da casa onde a mãe dele realmente mora. Mary Pat o observa seguir entre duas casas e depois, presume, pular cercas e quintais até chegar à casa da mãe e entrar pelos fundos. A suspeita é confirmada em alguns minutos, quando uma luz é acesa no cômodo do canto no segundo andar da residência de Lorraine Dunbar.

Meia hora depois, a luz se apaga. Mary Pat fica mais dez minutos parada no lugar, caso George volte, mas ele não sai mais. Ela tem certeza de que ele foi para a cama. São duas da madrugada. Qualquer pessoa com bom senso já está dormindo.

Ela leva Bess até a East Second para voltar àquela garagem.

O estacionamento e as ruas paralelas estão tão escuros e silenciosos quanto estavam antes, então Mary Pat para no estacionamento, presumindo que qualquer pessoa que apareça aqui naquele horário é uma ameaça, de modo que é melhor manter Bess por perto caso precise fugir rápido.

George trancou a porta da garagem com um cadeado básico, mas mesmo assim, as ferramentas de Dukie encontram um desafio. Ou, pelo menos, Mary Pat se sente desafiada. É uma pena, estava começando a ficar convencida da própria capacidade de arrombar uma fechadura; na sua mente, dava a Dukie um sermão póstumo sobre seu lema de que arrombar uma fechadura era uma "habilidade" que as pessoas comuns não valorizavam. Depois da quarta tentativa fracassada, ela desiste e apela para o alicate.

À medida que a parte de baixo do cadeado cai no chão e a de cima fica presa nas lâminas, Mary Pat pensa: *Foda-se a habilidade.*

Mas volta a mudar de ideia quando arromba a fechadura do porta-malas do Chevy Nova na primeira tentativa.

"Sei o que estou fazendo, Dukie", diz ela ao abrir e iluminá-lo com a lanterna.

A mala está aberta e Mary Pat pode ver o que tem dentro, mas o que vê não faz sentido. *Devia ter...* O que mais ela pensou que podia estar lá dentro? Porém, mesmo assim, não é o que esperava. Há um código em Southie. Há coisas que não se faz:

Não seja um cagueta.

Nunca dê as costas a um membro da família (por mais que o deteste).

Nunca conte a ninguém fora do bairro o que acontece dentro do bairro.

E...

Nunca venda drogas.

Nunca.

Jamais.

A mala estava cheia de drogas. Quilos de heroína, quilos de cocaína, tijolos de maconha, potes de plástico cheios de comprimidos.

Essas não são as drogas de George Dunbar. Foram entregues a ele. Confiadas a ele. Por Brian Shea.

São as drogas de Marty Butler.

Há muitos anos todos se perguntam por que Marty e sua gangue não conseguem manter as drogas fora de Southie.

E agora ela sabe a resposta — porque são eles que trazem as drogas para dentro do bairro.

Eles têm matado sua própria gente.

Têm feito toda uma geração de crianças reféns — dos comprimidos, da cocaína e da maconha, da agulha e da colher.

Não foram as drogas que mataram Noel.

A gangue de Butler o matou. Assim como matou o pai dele. Assim como matou a irmã.

A gangue de Butler matou a família de Mary Pat.

Ela encosta na parede dos fundos da garagem e pensa no assunto. Por algum motivo, em vez de lágrimas ou raiva, a única coisa que sai de sua boca é um riso seco.

Mary Pat pode ver a cara pálida de modelo de catálogo de Marty Butler flutuando diante dela.

"Você matou minha família", sussurra ela no silêncio da garagem.

Ele abre um sorriso.

"Eu vou matar a sua", ela lhe promete.

George Dunbar chega à garagem às oito horas da manhã. Primeiro, nota que o cadeado desapareceu. Olha para o espaço vazio onde ele deveria estar.

Em seguida olha ao redor do estacionamento. Mary Pat pode ver pelo binóculo de Dukie que George está juntando as peças — as drogas que foram roubadas ontem e agora isso. Ele começa a somar $2 + 2 = alguém\ o\ está\ perseguindo$.

Apoia a mão na parede de fora da garagem.

Vomita. Duas vezes.

Quando termina, limpa a boca. Inclina-se e abre devagar a porta da garagem.

Seu rosto relaxa um pouco quando ele vê o Chevy Nova ali, no mesmo lugar onde o deixou. Ele corre para a parte de trás do carro.

Mary Pat engata a marcha de Bess e faz com que ela vá até pouco mais de meio metro da entrada da garagem. Sai, apoia o corpo contra o capô. Fica esperando. Consegue ouvi-lo lá dentro enquanto ele vasculha o porta-malas quase vazio. Faz barulhos estridentes e frenéticos.

George fecha o porta-malas. Vem em direção à porta da garagem falando sozinho. Então ele a vê.

E ele sabe.

Não sabe como, mas ele sabe.

E a ataca. Corre na direção dela com os braços estendidos como Frankenstein.

Mary Pat puxa a arma dele e encosta o cano no peito do próprio dono.

"Posso apertar o gatilho agora mesmo, e nenhum tribunal do país vai me condenar. É mais provável que me deem a merda de uma medalha. Então, George, a decisão é sua."

Ele abaixa as mãos.

Na garagem, com a porta fechada, Mary Pat o revista em busca de uma arma, mas ele não carrega nenhuma naquela manhã. Ela repara em um farol auxiliar envolto em plástico alaranjado pendurado em um canto e conectado a um cabo de extensão. Pega-o, pendura-o em um gancho acima do capô do carro e observa George recuperar um pouco da própria confiança. Dá para ver a mudança primeiro em seus olhos — e é menos um desabrochar lento e mais uma queda brusca —, o modo como se tornam frios, sem vida, não restando nada além de autoestima. A autoconfiança era uma qualidade que ela notou em George há muito tempo, quando ele era o melhor amigo de Noel e frequentava muito o apartamento dos Fennessy, bem antes das drogas, antes até das garotas. Na época em que conversavam sem parar sobre esportes e discutiam por causa de figurinhas. Mesmo então, George tinha um autocontrole perceptível. Parecia indiferente ao que as pessoas pensavam a seu respeito e não sentia necessidade de se expressar, que não era incomum nas crianças de Southie, mas o pé atrás de George vinha de outra fonte; Mary Pat sempre sentiu que era uma escolha dele. E vinha de uma arrogância interna. George, desde que ela se lembrava, parecia seguro de que era melhor do que todos os outros — mais inteligente, mais sagaz, menos sentimental. Com suas feições esguias e o cabelo loiro cortado à escovinha, os olhos tão verdes e frios quanto a terra de seus ancestrais, a serenidade inata de George Dunbar dava a quem o conhecia a sensação desconcertante de que ele *era mesmo* mais inteligente e sagaz. De que *era* melhor.

Ele faz esse papel há tanto tempo que Mary Pat pode ver que o garoto acredita nisso.

"Isso deve ter sido divertido para você", diz George.

Ela o observa com curiosidade.

"A fantasia que teve sobre como tudo isso ia acabar."

"E como eu pensei que tudo isso ia acabar?"

"Achou que ia roubar meu produto e eu ia contar o que sei sobre sua filha."

"Essa é a minha fantasia?" Ela finge estar considerando a ideia.

"Mas eu vou contar como isto realmente vai terminar."

Mary Pat espera, um agradável sorriso nos lábios.

George se apoia no carro, muito despreocupado, a cabeça inclinada em direção ao teto.

"Ou você devolve meu produto, ou meus fornecedores vão matá-la até o fim do dia. E então você não vai mais precisar se preocupar com descobrir o que aconteceu com a sua filha."

"Você fica falando 'sua filha' como se não soubesse o nome dela."

George suspira.

"Mas se devolver meu produto, não vou dizer uma palavra aos meus fornecedores." Ele desencosta do carro com os olhos abertos, mas sem misericórdia. "E você vai poder voltar à sua... vida."

"Por 'fornecedores', você quer dizer Marty."

Ele faz uma careta.

"Não importa."

"Quer dizer que sua proposta é me deixar viver e não contar ao Marty que roubei suas drogas porque... você é um cara legal?" Mary Pat diminui um pouco a distância entre eles. "Ou porque se ele ou alguém da gangue descobrir que você perdeu duas cargas em *um* único dia, George, quer dizer", ela solta uma risadinha, "você já era?"

George dá uma risadinha em resposta, porém seus olhos estão um pouco agitados.

"Tá certo, eu ia ficar desempregado com certeza. Mas ia acabar só voltando para a faculdade."

"Ah, George. George." Ela nega com a cabeça devagar. "Você falhou com Marty duas vezes. Além disso, pode ajudar a polícia a provar que é por causa *dele* que as drogas continuam entrando em Southie. Você conhece as rotas, os fornecedores também, acho. Provavelmente conhece pelo menos alguns dos policiais na folha de pagamento dele." Mary Pat pode ver que suas palavras o atingiram tanto quanto socos. Ela se aproxima o suficiente para que ele sinta sua respiração no rosto. "George, se você estiver vivo vinte e quatro horas depois que a notícia de que você perdeu o último carregamento de Marty se espalhar, vou perder toda a fé na humanidade."

"Minha mãe é…"

"A vagabunda do Marty, sim. Eu sei. Mas isso não vai ser suficiente para te salvar. Marty gosta de buceta, mas não tanto quanto *ama* grana."

George fica quieto por um minuto. Olha para as mãos dela.

"Se você não tivesse essa arma…"

Mary Pat dá um passo para trás. Levanta a arma.

"Esta aqui?" Coloca-a na cintura, enfiada atrás na calça. "Chega de arma."

George olha para a porta atrás dela. Não se move.

"Tudo que você precisa fazer é passar por mim", diz ela.

Ele considera suas opções.

"É só me empurrar, George."

"Acha que eu não consigo?"

Ela ri alto. Não consegue evitar.

"Acho exatamente isso, George. Seu tempo está acabando."

"Espera."

"Não", diz Mary Pat. "A escolha é sua. Me tira do seu caminho."

"Devolve o meu produto."

"A sua droga que se foda."

"Devolve…"

Ela se aproxima dele de novo.

"Você não vai receber suas drogas enquanto eu não sair daqui com tudo que eu quero. Então ou você luta comigo agora, ou larga de frescura e vamos direto ao ponto."

Os olhos de George voltam a ficar sem vida. Mary Pat consegue vê-lo ensaiando no espelho ao longo dos anos na casa da mãe.

"Eu sou um homem de negócios", diz ele. "Vamos negociar."

"Você é a merda de um moleque", retruca ela. "Reparou no que tinha dentro do seu porta-malas?"

"Não era meu produto."

"Sim, as drogas *não* estavam no porta-malas. Mas reparou no que estava lá dentro?"

Ele pensa no assunto.

"Era uma bolsa de ginástica."

"O que você fez com ela?"

"Não sei."

Mary Pat aponta com o queixo.

"Você a jogou no chão, George. Está bem aí atrás. Vai buscar."

Ele faz uma careta de desprezo.

"Vai você."

Ela saca a arma das costas e dá uma coronhada na testa dele. George tropeça para trás e quase chora.

"Puta merda!"

"A próxima vai ser no seu lindo narizinho."

Ele pega a bolsa.

"Ponha no capô e abra."

George obedece. Olha dentro. Não consegue entender o que está vendo. Depois de algum tempo, Mary Pat tem certeza de que a hesitação estampada no rosto dele vem da compreensão do que os itens na bolsa significam, e não de uma suposta confusão.

Sob a luz de repente forte, os itens adquirem um brilho pálido e exagerado...

Uma agulha, uma colher, um isqueiro, um pedaço de tubo de borracha, um conta-gotas cheio de água e um saquinho plástico com heroína dentro.

"Acho que você está reconhecendo seu próprio material."

Ele olha para aquilo.

"E daí?"

Mary Pat suspira.

"Eu sempre achei que você tinha um cérebro. Talvez não coração, mas um cérebro." Ela aponta para os itens com um rápido movimento da arma. "Você vende essa porcaria. Agora vai experimentá-la. Do contrário, nunca mais vai ver seu 'produto'."

George dá risada. Era para ter um ar de deboche, mas sai assustado.

"De jeito nenhum."

Ela atira perto do pé dele. George pula. Tapa as orelhas.

Mary Pat não tapa as suas, mas agora não consegue ouvir porra nenhuma. Isso é o que acontece quando se dispara uma arma dentro de uma caixa de 28 metros quadrados com uma porta de metal. *Você é uma idiota, Mary Pat. Idiota, idiota, idiota.*

Talvez seja melhor não conversar, porque George está enfiando a mão na bolsa. Enrola o tubo de borracha no braço, amarra-o. Dá um tapa na dobra interna do cotovelo, procurando uma veia. Ele não é muito bom nisso porque não está agindo por experiência, só por anos de observação dos pobres coitados dos quais tirava dinheiro.

Por fim, o zumbido nos ouvidos diminui o bastante para que Mary Pat possa falar.

"Vou te ajudar."

Ela enfia a arma de volta no mesmo lugar. Põe a heroína na colher, adiciona a água e cozinha tudo na chama do isqueiro. Viu Noel fazer isso uma vez, perto do fim, depois que foi expulso de casa antes que não houvesse mais nada para roubar. Àquela altura, ele já não se importava com mais nada e ficava sentado no banco do parquinho embaixo de um poste meio quebrado. Ela ficou o observando de longe, encostada na parede do edifício Jefferson, ciente de que estava assistindo a um suicídio. Podia demorar meses, podia demorar semanas (demorou algo entre as duas coisas), mas aquilo era um suicídio premeditado, em todo caso. Naquele momento, Noel já havia entrado e saído da reabilitação, já tinha roubado dela, roubado da irmã, roubado de Ken Fen, roubado de todos os amigos do passado até que não sobrasse nenhum.

Com exceção de George. O fornecedor dele.

Mary Pat vê George dando mais tapinhas na parte interna do cotovelo, estende a mão e dá um beliscão tão forte que ele grita: "Ei!".

"É assim que se acha uma veia."

Ele pega a agulha e tira a mistura da colher. Quando a seringa está cheia, oferece-a a Mary Pat.

Ela sacode a cabeça.

"Não vou ajudar você a injetar seu próprio veneno."

George dá quatro cutucões hesitantes antes de sibilar e enfiar a agulha na veia. Ele a encara, o polegar apertando o êmbolo, e Mary Pat o espera terminar.

Ele empurra até sair todo o conteúdo.

Tira a agulha da veia. Entrega a ela.

"E agora?"

"A gente espera."

Noel falava sobre qualquer coisa nos estágios iniciais da brisa, quando ainda morava com elas e usava o banheiro para se drogar. Ele saía relaxado, seus olhos distantes, sentava-se à mesa da cozinha com Mary Pat e batia papo sobre o que viesse à mente — sem ficar na defensiva — durante uns dez minutos antes que ela o perdesse. É esse ponto ideal — uns cinco minutos, mas não mais do que quinze — que está esperando.

"O que aconteceu com Jules depois que vocês mataram Auggie Williamson?"

Ele dá de ombros.

"George", diz ela, "o que aconteceu?"

Outro dar de ombros.

263

"Não sei. Ela saiu com Frank."

"E depois disso?"

"Já disse, eu não sei."

Mary Pat o encara. Ele é tão esperto a ponto de mentir sob a influência de sua primeira dose de heroína? Será que ele — ou quem quer que seja — tem esse tipo de força de vontade?

George sorri para ela. Um sorriso sonhador, distante. Como se soubesse de alguma coisa, mas não arrogante.

"Você sabe despejar concreto?", pergunta ele.

"Primeiro mistura, depois despeja."

George suspira.

"Você nunca fez isso, né?"

"Não, George, nunca fiz."

"A maioria das pessoas pensa que é fácil. Primeiro tem que pegar um saco de concreto, misturar com um pouco de água, espalhar com uma colher de pedreiro e esperar secar."

Mary Pat sabe que esse não é um tópico aleatório de conversa. Sabe que o negócio da família dele — fundado pelos tios e pelo falecido pai de George pouco depois da Segunda Guerra Mundial — é o concreto.

"Mas não é fácil?", sugere ela.

George nega com a cabeça muito devagar.

"Não se a pessoa nunca fez isso, não para quem não sabe o que está fazendo. Não se estiver fazendo trinta graus no seu porão em um dia de verão e se você tiver misturado tudo errado de qualquer forma, então o concreto já vai estar rachando cinco minutos depois de secar, e essa merda seca cinco minutos depois de você começar a obra. Aí a coisa toda vira uma bagunça. Você não consegue mais alcançar o que estava tentando cobrir, mas também não cobriu tudo. Quer dizer, lá está o que você tentou cobrir, que nem a porra de um inseto preso no gelo. E os gases vão te fazer desmaiar."

Ele desliza pela lateral do carro, senta-se com as costas apoiadas no pneu e olha para o nada.

"Eu tive esse triciclo uma vez. Metal. Pesado. Com um banco vermelho."

Mary Pat espera que ele diga mais — que tenha um ponto, talvez —, mas George não diz nada.

"George", chama ela.

"Hum?"

"O que você estava tentando cobrir?"

"Hum?"

"Você disse que estava tentando cobrir alguma coisa dentro de um porão quente."

Ele fica à deriva, e então é como se as palavras dela finalmente o alcançassem do outro lado de um longo túnel.

"Quem fez a cagada não fui eu."

"Não?"

Ele nega com a cabeça devagar mais uma vez.

"Eu não faço cagada com cimento. *Eles* fizeram."

"Quem?"

George lambe a boca várias vezes.

"Você sabe."

"Não, eu..."

"O Marty e o Frank." Ele a encara com olhos semicerrados.

"O que têm eles?"

"Tentaram enterrá-la no porão, mas misturaram o cimento errado, então tiveram que fazer tudo de novo."

Duas veias grossas, uma de cada lado do pescoço de Mary Pat, começam a latejar.

"Diga o nome dela."

"Jules." George dá um sorriso molenga para ela enquanto a heroína atinge o interior do corpo dele, da cabeça aos pés. "Eles tiveram que enterrar ela duas vezes."

23.

Leva algum tempo para que Mary Pat consiga falar.

Lembra-se do dia em que forçou a entrada no Fields. Larry Foyle e Weeds usavam camisetas sujas, o corpo deles suado e fedido. E então Brian Shea, com a pele salpicada de pó branco, afirmou que estava ajudando a "reformar" a casa de Marty. Havia uma marreta apoiada em uma caixa de ferramentas na gruta dos fundos. Brian ficou com raiva porque ela tinha ido interrogar a esposa dele em casa sobre o desaparecimento da filha. Ele fez ameaças. Jogou um cigarro nela.

Insinuou que ela era uma péssima vizinha.

Agiu *com prepotência*.

E durante todo o tempo, o corpo de Jules estava a não mais que seis metros dali, em um porão.

Brian Shea, com quem, no ensino médio, ela fez sexo ruim e pegajoso no quarto da mãe dele.

Brian Shea, que era só mais um garoto ambicioso doido para entrar na gangue de Marty Butler quando Dukie o recomendou.

Brian Shea, que pegou dinheiro emprestado certa vez e Dukie precisou persegui-lo para ser pago de volta.

Brian Shea, que esteve na festa de batizado de Jules.

Esteve na casa dela, comeu sua comida e bebeu sua cerveja.

Maldito Brian Shea.

"Por que você está chorando?", pergunta George Dunbar, com as costas apoiadas no Chevy Nova, observando-a com um olhar distante e sonolento.

"Estou?" Ela limpa os olhos de leve com a palma da mão.

Ele já não está mais ouvindo. Já voltou a brisar.

Mary Pat se agacha ao lado dele e estala os dedos diante do rosto de George.

"Você a viu?"

"Quem?"

"Jules."

"Quando?"

"Quando você consertou o piso do porão."

"Que porão?"

"O porão do Marty."

"Não, não, não. A gente, hã, usou outro cimento. Eles deviam ter feito isso desde o começo. Concreto, mas areia também. É material bom, seca rápido…" Ele abaixa a cabeça, parece ter pegado no sono.

Mary Pat dá um tapa na cara de George. Ele abre os olhos e a observa.

"Você nunca viu a Jules?"

"Não, não. Ela… Quer dizer, tinha um buraco no chão que foi tapado e depois eles jogaram a mistura ruim de cimento por cima. Então, quebraram todo o cimento ruim, e a gente entrou e colocou o material bom, e ela está lá."

"Debaixo do cimento bom."

George não responde. Está dormindo de novo.

Mary Pat lhe dá outro tapa.

"George! Ela está embaixo do cimento bom?"

"Sim. Está lá." Agora ele só está balbuciando. "Está lá."

"George", diz ela antes que o perca de vez, "alguém mais vem aqui além de você?"

George sorri e nega com a cabeça abaixada.

"Ninguém sabe que fica aqui."

"*Ninguém?*"

"Ninguém mesmo", gagueja ele.

Se George notou quando Mary Pat o algemou à maçaneta da porta do carro, pareceu não se importar.

Mary Pat dorme um pouco no banco traseiro do Chevy Nova.

Quando acorda, está fazendo um calor infernal lá dentro, a porta de metal da garagem absorvendo os raios de sol que batem do outro lado. George está tentando tirar a algema da maçaneta. Ela consulta o relógio. A heroína começa a sair da corrente sanguínea depois de seis horas. George foi bem pontual.

Mary Pat passa o cinto de segurança uma vez pelo encosto do banco do passageiro. Tira as algemas de George, levanta-o e o empurra para que se sente no banco. Ele geme algumas vezes, pergunta o que está acontecendo, mas não recebe resposta. Ela precisa puxar o cinto com força para colocar a trava perto do quadril dele, mas, assim que faz isso, ela prende as algemas na trava de primeira.

"Sabe o que eu não entendo?", diz Mary Pat.

George nega com a cabeça, ainda meio confuso.

"Você e Brenda. Não parecem ser um casal." Foi algo que a incomodou enquanto estava dormindo no banco de trás do carro.

"Não somos mesmo."

Ela fecha os olhos por um instante, perguntando-se se o buraco é mais embaixo.

"Então, se Rum era só um disfarce para Frank Toomey, você servia de disfarce para quem?"

"Para quem você acha?"

Na escuridão sufocante do carro, Mary Pat não fala nada por um momento. E então:

"Para o Marty."

Ele não confirma. Mas também não nega. Só a encara.

"E, George? Uma última pergunta: quando eles realmente começaram a sair com as garotas?"

George demora um minuto para organizar os pensamentos.

"Frank gostava de falar que o primeiro ano do ensino médio é o melhor de todos porque é quando as garotas estão prontas pro abate."

Esse é um dos momentos em que ela vai se perguntar como conseguiu não o matar.

Eles estão a caminho do centro da cidade. Mary Pat ao volante.

"O que você sabe sobre como ela morreu?"

George está desconfortável e rabugento. Continua tentando erguer a mão algemada para proteger os olhos do sol. Tenta fazer isso com a mão esquerda, mas ainda há muito sol para uma mão só.

"O Frankie estava puto porque ela telefonou para a casa dele depois da meia-noite e ameaçou contar para todo mundo."

"Contar o quê?"

Ele lhe lança um olhar cauteloso.

"O Rum já me contou que Jules estava grávida", diz ela.

"Então, é, é isso que ela estava ameaçando contar."

Mary Pat entra na contramão e precisa desviar bruscamente para não bater em um táxi que se aproxima. Não foi culpa de George. Foi por causa de um fragmento de memória do último dia que ela passou com a filha. Elas estavam caminhando por Old Colony, e Jules ficou toda esquisita e sombria a ponto de Mary Pat perguntar se ela estava de TPM. Ao que a filha respondeu:

Não, mãe. Com certeza não.

Ela estava tentando me contar, pensa Mary Pat. *E eu não prestei atenção. Estava cega e surda. Porque queria estar. Porque a verdade dói, a verdade custa caro, a verdade acaba com seu mundo.*

Precisam fazer um desvio na ponte da Broadway porque uma manifestação contra a integração escolar fechou a travessia. Quando seguem pela A Street, passam por multidões a caminho da ponte com cartazes anti-integração, cartazes anti-Garrity e cartazes antinegros.

Eles param em um cruzamento e esperam que um grupo grande de manifestantes passe.

"Por que ele a matou?", pergunta Mary Pat em voz baixa, surpresa com as próprias palavras porque, no fim, nenhum motivo poderia ser bom o suficiente.

"Ela queria dinheiro para criar o filho."

"Dinheiro é o que não falta para ele."

"Mas não significa que ele queira compartilhar um centavo que seja. E mais, ouvi dizer que ela estava pedindo bastante. Disse que não queria criar o filho como foi criada."

Mary Pat tenta evitar que a dor no coração transpareça.

"E se Jules não recebesse o dinheiro?"

"Ela ia contar pra todo mundo que o filho era dele."

"Quem contou isso para você?"

"Larry Foyle. Ele ficou bem mal com essa história. Disse que não tava certo. Falou 'a gente mata garotinhas agora, é?'."

"E você? Como ficou com isso?"

"Muito triste."

Mary Pat olha para George. Ele continua tentando se proteger do sol, movendo a cabeça por baixo da mão.

"Não ficou não", diz ela.

Ele suspira.

"É, não fiquei."

"Você sente alguma coisa, George? Eu sempre quis saber."

Ele franze a testa para o próprio reflexo na janela.

"Acho uma bela ideia, mas não. Francamente? Fora minha mãe, nunca senti nada por ninguém."

"Pelo menos você é sincero."

George aponta para os manifestantes, agora os que ficaram para trás, mas ainda em bom número, subindo a A Street.

"Olha só para esses idiotas. Eles já perderam, tanto faz se os negros podem ou não ficar zanzando pelos corredores da South Boston esse ano. Os do turbante simplesmente mandaram a gente se foder e se acostumar a andar a pé até que *eles* decidam nos vender mais petróleo. Mas compramos briga com os crioulos que são tão pobres e fodidos quanto a gente só para dizer que lutamos pelo que é nosso."

O tráfego flui. Os dois passam pelo cruzamento bem quando o sinal amarelo fica vermelho.

"Se você não dá a mínima para essas coisas, George, por que foi para cima do Auggie Williamson?"

Ele abaixa a mão e olha para Mary Pat, o sol iluminando uma parte de seu rosto com um amarelo exagerado que se refrata enquanto ela dirige.

"Ele era fraco", responde George. "Dava para ver nos olhos dele."

"Talvez ele só estivesse com medo."

"Medo é uma fraqueza." George volta a erguer a mão para se proteger do sol. "Eu não gosto de fraqueza."

"Talvez não seja fraqueza. Talvez seja apenas um bom coração."

Ele a olha para ver se está falando sério. Quando vê que sim, dá risada.

"Qual é, que se foda isso."

Mary Pat o observa por um instante e sente que finalmente o enxerga depois de todos esses anos.

"Agora eu entendo. Você não tem raiva, George. Só ódio mesmo."

Nenhum dos dois diz uma palavra por dois semáforos.

"Por que eles ficaram com o corpo dela?", diz Mary Pat ao entrarem na Congress Street.

"Hein?"

"Se Frank Toomey matou minha filha naquela casa, por que deixou o corpo lá mesmo?"

"A casa está sendo vigiada." George dá de ombros. "Pelo menos foi o que disseram ao Marty."

"Vigiada por quem?"

"Pela Força de Combate às Drogas."

"Como Marty sabe disso?"

"Ele tem alguém infiltrado no FBI."

"Não brinca?" Os olhos dela se arregalam e Mary Pat ouve um assobio involuntário escapar dos próprios lábios.

"Pois é", diz George. "Por isso que ele é intocável."

Ela pensa no assunto por um instante.

"Pra onde a gente está indo?"

"Estou levando você para suas drogas."

"É mesmo?", duvida George.

"A gente fez um trato. Estou cumprindo minha parte."

"Eu não prometi que não ia contar nada."

"Pro Marty? Sobre eu ter roubado suas drogas?"

"É."

"Eu sei que não. Está tudo bem, George."

Ele parece não ter entendido muito bem.

"Vamos lá", diz Mary Pat, parando na ponte da Congress Street, perto do porto.

George olha para o prédio de tábuas vermelhas com vista para a água. Para a passarela que leva até o porto. Para o barco amarelo embaixo da passarela.

"O que a gente está fazendo aqui?"

"Você sabe que barco é aquele?"

"Sei", responde ele irritado.

"Fala."

"É uma réplica do navio."

"Que navio?"

"Voltamos para o primeiro ano da escola, por acaso?"

"Muito engraçado, George."

Ele revira os olhos como um adolescente.

"É uma réplica do navio em que os Filhos da Liberdade subiram para jogar todo o chá britânico no mar em mil e setecentos e lá vai bolinha."

"Muito *bem*!" Ela dá um tapinha no joelho dele. "E por que eles fizeram isso, George?"

"Para protestar contra os impostos. Dá para você…"

"Não contra impostos", corrige Mary Pat. "Contra impostos sem representação política. Essa foi a parte fundamental, George. Eles pagavam aos britânicos, mas os britânicos pegavam o dinheiro e não davam nada em troca. Então os Filhos da Liberdade jogaram o precioso chá britânico na água do porto. Estavam defendendo, George, que quando você tira algo de uma pessoa, essa pessoa pode tirar algo *de volta*."

George a encara.

"Do que você está falando?"

Mary Pat aponta para a água com o queixo.

"As drogas do Marty estão bem ali, George."

Ele não entende.

"No barco?"

Ela nega com a cabeça.

"Na água."

George fica boquiaberto. Olha pelo para-brisa e pisca várias vezes. Fora do carro, as pessoas andam pela calçada, alheias à destruição que estava acontecendo dentro dele.

"Fala sério. Não", diz George finalmente. Sua voz é baixa e suplicante, e se quebra na última palavra.

"Eu fiquei bem ali no meio da ponte ontem à noite..."

"Por favor." Ele olha para o porto através do para-brisa.

"E abri os sacos um por um."

"Para...", sussurra George.

"E joguei todos aqueles comprimidos e aquele pó na água."

Ele balbucia alguma coisa.

"O quê, George? Não consigo ouvir. Fala mais alto."

Ele emite um som entre um grunhido e um gemido.

"Sou um homem morto."

"Sem suas drogas?"

"Estou morto, porra."

"Sim", concorda ela, "com certeza está."

Mary Pat encosta o cano do .38 na barriga de George e estende o braço por cima do corpo dele a fim de soltar a algema do cinto de segurança. Ela pressiona ainda mais o cano no abdômen, olha-o nos olhos, o nariz a pouco mais de um centímetro do dele. Segura o pulso de George e o balança entre os dois corpos e prende a algema no volante.

Depois volta a encostar no próprio banco e a colocar a arma sob a camisa.

275

"Agora eu olho para você, George, e vejo um garotinho que está morrendo de medo, que quer uma segunda chance. Mas segundas chances não aparecem assim quando você é adulto. Não aqui. Como mãe, quero colocar você nos meus braços e cochichar 'shiu, shiu' no seu ouvido, dizer que vai ficar tudo bem."

Ele a encara em desespero, como se talvez Mary Pat fosse mesmo fazer essas coisas.

"Então, então me ajuda, sra. Fennessy. *Por favor.*"

"Eu gostaria muito de fazer isso, George." Ela acaricia a nuca dele e encosta suas testas por um instante. Quando fala, sua voz é gentil e maternal. "Mas, sabe? Aí lembro que você vendeu ao meu filho as drogas que o mataram, assassinou aquele pobre garoto negro que só queria ir para casa e ajudou a enterrar a minha filha em um porão." Mary Pat afasta a testa da dele e os dois se encaram com ódio. "Então não dou a mínima, não dou mesmo, se você morrer essa noite ou viver uma vida longa no inferno que é a prisão. Só sei que, se eu nunca mais te ver de novo, vou me sentir abençoada por Deus."

George puxa várias vezes a algema presa ao volante enquanto ela sai do carro.

Mary Pat para em um telefone público perto do Museu da Festa do Chá e liga para o número no cartão que recebeu na semana passada.

Ele atende no terceiro toque.

"Detetive Coyne."

Ela lhe diz onde encontrar George Dunbar e desliga.

24.

Ainda que o embargo petrolífero da Opep tenha terminado oficialmente há cinco meses, um efeito colateral importante da escassez de gasolina em 1973 é que ninguém sai dirigindo por aí com menos de meio tanque de combustível. Nunca se sabe quando os árabes vão voltar a sequestrar o petróleo, e ninguém quer passar o dia todo naquelas malditas filas nos postos para abastecer.

Portanto, os tanques de todos os carros estacionados em frente ao bar Fields naquela noite estão com pelo menos dois terços da capacidade. A maioria, inclusive o AMC Matador de Marty Butler, está totalmente cheio. Então quando alguém rasga em tiras uma camisa masculina — que, depois, os investigadores do incêndio criminoso vão determinar ser uma farda de gala do Exército dos Estados Unidos, um cabo —, amarra uma pedrinha em cada tira e as lança contra os tanques dos carros parados em frente ao bar, bastariam um único fósforo, uma mão firme e uma coragem tremenda para botar fogo no lugar.

O que de fato acontece.

Os homens dentro do bar reparam na luz refletida nas janelas. Quase parecem luzes de Natal, talvez amarradas em uma guirlanda entre dois postes que se erguem com a brisa de inverno. Mas não é inverno e essas não são luzes de Natal. Quando saem para a calçada, parece o fim do mundo ou algo assim. Seis carros um do lado do outro — metade do quarteirão — em chamas. A fumaça e o calor se agitam em labaredas difusas.

Os homens tiram as mangueiras de trás do balcão e pegam todos os extintores de incêndio ao alcance para evitar que o próprio bar pegue fogo, mas está um calor dos infernos, e quando as janelas dos carros começam a explodir, acabam sendo alvejados por estilhaços de vidro. O pobre Weeds é atingido na orelha direita, o suficiente para transformá-la em carne de porco moída, como se a cara dele já não fosse feia que doía, e acaba sendo arrastado de volta para o bar enquanto alguém sai à procura de uma pinça.

Quando os bombeiros aparecem, faíscas chovem do telhado e labaredas azuis enormes dançam ao longo das paredes externas do lugar. Todo mundo vai para o lado de fora. Ficam parados na rua — Marty, Frankie, Brian Shea e uns quinze outros caras da gangue mais temida da zona sul da cidade —, confusos e cobertos de fuligem enquanto os bombeiros os empurram para trás como se eles fossem cidadãos normais, idiotas comuns.

É Brian Shea quem olha além do telhado do bar para o prédio atrás dele e diz: "Ah, meu Deus".

Os bombeiros veem o mesmo que ele e começam a gritar e a apontar, pedindo reforços.

Todos pensavam que o bar estava pegando fogo, mas eram só algumas telhas em chamas, que apagavam com os jatos de água. Mas a casa atrás do bar — a casa em que Marty fazia seus negócios e administrava suas garotas e as noites de cassino para os poderosos de toda a Nova Inglaterra —, essa está com labaredas de três metros e meio acima do telhado.

A gangue de Butler tenta ir até lá, mas os bombeiros os impedem. Agora a polícia, os paramédicos e, porra, até os repórteres dos canais 4, 5 e 7 e dos jornais *Globe, Herald, Argus* e *Patriot Ledger* estão ali.

Marty vê tudo queimar e diz a Frankie:

"Se a culpa disso é de quem penso que é, vai cair em cima de você, Sepultura. Vai entrar tudo na sua conta."

Bobby encontra uma mensagem grudada em sua luminária na manhã seguinte:

Para: *Det. Sgt. M. Coyne*

De: *Uma garota de Southie*

Mensagem: *Desculpa por eu ter queimado a torrada. Ela nunca foi à Flórida. Nem sequer saiu do porão.*

Ele sabe pela caligrafia que foi Cora Sterns quem anotou o recado. Encontra-a saindo do vestiário feminino com roupas casuais. Ela não quer ficar no local de trabalho nem um segundo a mais do que é preciso, então Bobby tem que correr ao lado dela enquanto vão em direção ao estacionamento.

"Quando ela ligou?"

"Às três da madrugada."

"Ela disse que era a 'garota de Southie'?"

"Disse que era '*uma* garota de Southie'."

"E disse que queimou a *torrada*?"

Cora abre a porta e vai para o estacionamento.

"Ela fez *questão* que eu pusesse isso no recado. Eu quase falei: 'Senhora, você ter estragado o café da manhã do detetive parece um assunto pessoal para outro lugar que não o telefone da delegacia'. Mas ela insistiu para que eu anotasse isso."

"Obrigado."

"Não fica dando seu número de telefone do trabalho para qualquer uma, detetive, deixa suas irmãs lidarem com elas."

"Pode deixar, Cora."

Ela lhe mostra um dedo médio meio amigável/meio nem tão amigável assim enquanto vai para o carro.

Vinte minutos depois, Bobby fica sabendo do incêndio em Southie na noite anterior, e a ficha dele cai.

Os investigadores do incêndio criminoso, rastreando o ponto de origem, determinaram que o fogo começou no porão. Eles entregam a Bobby uma máscara e um tanque de oxigênio, contam que o piso foi revestido recentemente com cimento que ainda está assentando e que por isso a fumaça é tóxica. Levam-no para baixo por um lance de escada carbonizado e iluminam um buraco marrom-escuro no centro do lugar. O resto do piso é de um cinza-azulado viscoso. Há uma película dessa mesma cor sobre o buraco, mas ela é fina.

A voz do investigador do incêndio o alcança através da máscara como se estivessem debaixo d'água.

"É isso que o senhor está procurando?"

Bobby confirma com um aceno de cabeça.

Eles levam metade do dia para retirar o corpo. Todo mundo está lá embaixo, suando muito com máscaras e roupa branca de proteção, e os bombeiros tentam estabilizar todo o porão para garantir que não desmorone na cabeça deles. Para desenterrar o cadáver, precisam mandar alguém ao depósito de equipamentos especiais em Canton para buscar a ferramenta certa, que parece uma britadeira com uma lâmina de espátula, mas corta um retângulo perfeito. Lembra um caixão.

Fazem viagens frequentes até a gruta do lado de fora porque, mesmo com as máscaras e o oxigênio, é fácil sentir tontura lá embaixo. Brian Shea e meia dúzia de capangas de Butler os observam das mesinhas nos fundos do bar e perguntam por que eles não estão em algum lugar combatendo crimes de verdade, talvez prendendo negros antes que entrem aqui e acabem com as escolas e o que mais virem pela frente até quinta-feira.

Gregor, um dos técnicos forenses, fuma um cigarro com Bobby, que lhe pergunta por que estão optando por retirar o corpo com o cimento ainda mole e envolvido por poeira.

"Tudo é prova", responde Gregor. "A gente ainda não sabe o que pode ter se infiltrado lá."

Os caras do departamento de medicina legal trazem o corpo em um saco preto, e Bobby e Gregor se afastam para que o ponham no rabecão enquanto a gangue continua lá sentada. Bobby vê Brian Shea o observando de longe. Brian é muito sério e um excelente jogador de pôquer, segundo boatos, mas agora parece que vai vomitar, como se seu estômago estivesse se embrulhando com ácido.

Bobby lhe dirige um sorriso largo e o cumprimenta.

No necrotério, o cimento e a poeira ao redor do cadáver são removidos e ensacados. Depois o corpo passa por uma limpeza, os braços e as pernas são endireitados o máximo possível.

"Causa da morte?", pergunta Bobby.

Drew Curran, o médico-legista daquele turno, lhe dirige uma careta.

"É a primeira vez que vejo este corpo. Pode me dar um segundo?"

Bobby suspira e pega um cigarro.

"É proibido fumar aqui, detetive."

Alguns minutos depois, Drew diz:

"Ah, sim, aqui está."

Bobby se levanta da cadeira.

Drew limpa um buraco enrugado à esquerda, logo abaixo da caixa torácica.

"Alguém enfiou uma lâmina de doze centímetros bem debaixo das costelas, direto no coração. Podia estar olhando nos olhos dela quando fez isso."

Bobby olha para o corpo agora, essa menina que saiu do útero de Mary Pat Fennessy há menos de dezoito anos. Apesar de ela já estar nos estágios iniciais de decomposição, ele pode ver que era bonita. Não só bonita, mas... delicada. A mãe tem ângulos grosseiros, está com a mandíbula sempre tensa, os lábios prontos para crisparem. Foi construída para a batalha. A filha, por outro lado, mesmo morta, parece ter vindo de um conto de fadas. Como se não tivesse morrido, mas simplesmente aguardasse o beijo restaurador do príncipe, que, mesmo na presença de Bobby e Drew, se aproxima do prédio e do fim de sua busca.

Princesas não sobrevivem nesse tipo de lugar, pensa Bobby.

"O que você disse?", pergunta Drew.

"Nada", responde Bobby. "Nada."

"Conseguiu tudo de que precisava?"

"Sim", diz Bobby, e vai embora.

A vez seguinte que ela telefona é na metade do turno dele.

"Fomos até sua casa procurar por você."

"Não estou lá no momento", diz ela.

"Essa é provavelmente uma boa ideia."

"Fiquei sabendo que vocês tiraram um corpo de um prédio que pegou fogo não faz muito tempo."

"Sim, tiramos mesmo."

"Ele foi identificado por algum parente próximo?"

"Estamos esperando que o parente mais próximo chegue."

"Essa pessoa teria que se preocupar com a possibilidade de acabar sendo presa?"

"Presa por quê?"

"Me diga você."

Nenhum dos dois fala nada durante algum tempo.

"Meu pai", diz Bobby enfim, "era o melhor pintor de parede que você já viu. Dentro, fora, não importava. Ele era um mágico com um pincel ou um rolo. As pessoas perguntavam para ele sobre madeira podre e paredes estruturais, até mesmo sobre coisas elétricas. E meu pai respondia: 'Eu sou o melhor no que faço porque só me preocupo com isso, *nada mais*'."

"Parece um cara legal", diz Mary Pat.

"Quando estava sóbrio, era sim." Bobby percebe o quanto sente falta do velho desgraçado naquele momento. "Eu investigo homicídios, não incêndio criminoso. Outro departamento vai cuidar disso. Não investigo assalto nem agressão. Não me preocupo se alguém, digamos, afirma ter sido obrigado sob a mira de uma arma a injetar heroína na própria veia."

"Puxa, isso *sim* é uma história maluca", diz Mary Pat.

"Não é?", Bobby ri. "Você precisa ouvir a do garoto que quase foi castrado."

"Aqui?", pergunta Mary Pat. "Nos Estados Unidos da América?"

"A gente acha que sim."

"Onde esse mundo vai parar, detetive?"

"Não sei, sra. Fennessy. Eu realmente não sei."

O silêncio na linha é confortável até Bobby colocar o dedo na ferida.

"Pode se encontrar comigo no necrotério municipal, Haster Street, número 212, dentro de duas horas?"

O tom de voz dela fica sombrio.

"Estarei lá."

Bobby fica ao lado de Mary Pat no corredor enquanto Drew Curran leva a maca até a janela de observação, o lençol cobrindo o corpo da cabeça aos pés. Drew dá a volta e para perto da janela. Segura o canto do lençol e olha para Bobby através do vidro.

"Pronta?", pergunta ele a Mary Pat.

"Ninguém nunca vai estar pronto para isso." Ela respira fundo. "Tá, tá. Vai em frente."

Bobby acena com a cabeça para Drew, que puxa o lençol, descobrindo o corpo até a altura dos ombros.

"Meu Deus", diz Mary Pat. "Meu Deus. Meu Deus. Ahhh-hhhh."

Seu rosto desmorona primeiro, depois seu corpo, e Bobby a segura para que não caia no chão. Ela continua repetindo "Meu Deus" sem parar, em um lamento.

Mary Pat olha para o cadáver da filha e pressiona o rosto no vidro com tanta força e rapidez que arrasta Bobby junto em um único movimento abrupto. Ela o afasta, espalma as mãos na janela, chora e sussurra o nome da filha.

Bobby não a vê ir embora. Mary Pat preenche a papelada, pede licença para ir ao banheiro e, depois de algum tempo, ele percebe que não a viu sair. Pedem a uma técnica de laboratório para ir ao banheiro feminino, mas Mary Pat não está lá. O carro dela não está mais no estacionamento dos fundos.

Bobby continua ouvindo aquele "Meu Deus" repetindo na sua cabeça. Pergunta-se se algum dia vai conseguir esquecê-lo.

No fim das contas, descobrem que a casa atrás do bar Fields não está no nome de Marty. E sim no de um cara cujo corpo foi encontrado no porta-malas de um carro em um depósito na estação Amtrak, em Pawtucket, em 1969. O sujeito se chamava Lou Spiro e, como ele não tinha família, ninguém foi atrás do imóvel. Mas Lou também era dono de alguns negócios dos bons — uma loja de bebidas em Southie, um lava-rápido em Medford, uma empresa de compactação de metal em Somerville e duas boates de strip-tease em Revere —, que todos há muito tempo presumiam pertencer a Marty Butler.

Embora a polícia não possa vincular diretamente Marty ou Frank Toomey ao cadáver que encontraram no porão, pode congelar todos os bens do falecido Lou Spiro e começar a tomar medidas para confiscar todas as propriedades dele. Isso torna o incêndio da casa atrás do bar Fields — de longe — a calamidade mais desastrosa que já recaiu sobre a gangue Butler.

"Você precisa sair da cidade", diz Bobby a Mary Pat na vez seguinte que ela telefona. "Talvez do país."

"Mas por quê?", pergunta ela com falsa inocência.

"Porque você está jurada de morte."

"Meh." Ela dá uma tragada no cigarro.

"Rum e George confessaram", conta ele. "Vai estar em todos os jornais amanhã ou depois. Agora estamos na correria para confirmar todos os detalhes que eles deram. Você ganhou."

Uma gargalha raivosa e carregada ecoa pela linha.

"Eu não ganhei porra nenhuma. Eles continuam por aí."

"A gente tem o George Dunbar dizendo que Frank e Marty o contrataram para cobrir o piso do porão com cimento."

"E daí?"

"Daí que isso os aproxima do corpo."

"Os dois vão ter vinte álibis, no mínimo, para a noite em que ela morreu. As testemunhas vão dizer que eles estavam na Pérsia. Você não tem nada contra eles."

"Temos o Frank dando uma ordem a respeito de Auggie Williamson."

"Eu ouvi falar nessa 'ordem'", diz ela. "'Terminar o serviço' pode significar qualquer coisa. Isso é o que eles vão dizer no tribunal. Você sabe."

Bobby sabe.

"Eles vão sair dessa da mesma forma como saíram de todas as outras."

"Mary Pat", diz ele, "não acabe com sua vida tentando fazer uma coisa que está fadada ao fracasso."

"Minha vida", rebate ela, "era minha filha. Eles tiraram minha vida quando tiraram a dela. Eu não sou mais uma pessoa, *Bobby*. Sou um eco."

"O quê?"

"É isso que fantasmas são — ecos de coisas que nunca deviam ter acontecido e precisam ser consertadas antes que seus espíritos deixem esse mundo."

"Mary Pat, você precisa de ajuda."

Uma risada sombria.

"Não sou eu quem vai precisar de ajuda, vai por mim."

"Você já deu um baita prejuízo no tráfico de drogas, acendeu um maçarico no quartel-general e ferrou com pelo menos cinco empresas deles, pela minha última contagem. E mais do que isso, você os envergonhou. Fez com que parecessem um bando de idiotas.

"Eles ainda estão andando livres por aí!"

Mary Pat fala tão alto que Bobby precisa afastar o telefone do ouvido. Quando volta a encostá-lo, ela diz calmamente:

"George falou para você sobre os fuzis que ele entregou a uns caras negros em Roxbury?"

Bobby pega o caderno de anotações.

"Não."

"Eles estavam na Moreland Street, perto da Warren e de uma praça com parquinho. Três caras de black power e cavanhaque."

Bobby conhece esses babacas. São um grupo esquizopolítico que se autodenomina Frente Global de Libertação da Libéria, mas que é mais conhecido por aí como Moorlocks. São uma mistura maluca de ideologias conflitantes — Stokely Carmichael e Malcom X com o movimento Back-to-Africa com o Weather Underground e a Fração do Exército Vermelho da Alemanha Ocidental, e, como tudo isso precisa de financiamento, vendem toneladas de drogas às mesmas pessoas que afirmam querer "libertar".

"Você sabe para que são essas armas?"

"Brian Shea disse que é bom eles chamarem atenção com elas."

Cacete, pensa Bobby, *se eu tivesse conhecido Mary Pat cinco anos atrás e ela trabalhasse na rua desse jeito? Eu seria tenente a essa altura.*

"Saia da cidade", diz ele.

"Ah, Bobby", diz ela em um tom quase perplexo, "ninguém vai me expulsar de onde eu nasci."

E desliga o telefone.

25.

A primeira vez de Bobby e Carmen juntos é desajeitada e estabanada no início. Não há ritmo; é como tentar dançar depois de a música ter sido desligada. Ele não tem ideia do como o corpo dela vai reagir e faz algumas suposições erradas. Mas então ouve um "Isso, aí mesmo" sussurrado e a respiração de Carmen se acelerando em seu ouvido. Ela desliza o calcanhar ao longo da panturrilha dele, e Bobby move o quadril um pouco para a esquerda, e Carmen diz "Isso" de tal modo que essa se torna sua palavra predileta naquela semana.

No fim, os dois encontram um ritmo que funciona. Não chega a ser espetacular, mas é promissor. O espetacular está logo ali. Fica para a próxima vez.

Depois, eles ficam deitados na cama dela e ouvem os ruídos da Chandler Street três andares abaixo, em uma noite úmida do início de setembro, e Bobby se agarra a um sentimento do qual nunca se cansou desde que voltou da guerra: o de que é maravilhoso estar vivo.

Carmen sai da cama.

"Quer um pouco de água?"

"Eu adoraria."

Ela vai nua à cozinha. Quando volta com dois copos de água, ele repara que um dos seios dela é um pouco maior do que o outro, e que seus olhos verdes brilham na penumbra. Carmen se senta na cama e lhe entrega a água, e eles se olham por algum tempo, sem dizer nada.

"Eu gosto de como você é atencioso", diz ela.

"Quando?"

"Em geral, mas na cama também. Você escutou o meu corpo. Muitos caras não fazem isso."

"Você já esteve com muitos caras?"

"Claro que sim", diz Carmen com facilidade. "E você?"

"Com caras? Não. Mas mulheres, sim."

"Então a gente não vai julgar a história um do outro."

"Julgar nunca é bom."

Carmen desliza na cama ao lado dele e segura o copo d'água no alto enquanto lhe dá um beijo longo. Seu cabelo faz cócegas no rosto de Bobby. O beijo é lento e quente. *Outra bênção da vida*, pensa ele, *é o beijo sem pressa*.

Carmen se afasta e consulta o relógio na mesa de cabeceira.

"Você não disse que ia aparecer na televisão hoje?"

"Eu disse que *talvez* aparecesse na televisão. Filmaram a gente levando aqueles garotos para serem acusados."

Ela sai da cama e liga o pequeno televisor branco e preto sobre a cômoda.

A WCVB está encerrando a vinheta do programa. Cortam para o estúdio e, em seguida, dão zoom na mesa do âncora. De repente, eis Bobby em uma caixa pequena à direita do ombro de Chet Curtis. (*Reportagem principal*, pensa ele. *Caramba*.) Bobby, Vincent, Rum Collins e George Dunbar, os dois últimos tentando manter a cabeça baixa, ficam congelados na tomada enquanto Chet fala da grande reviravolta na morte de um jovem negro às vésperas da controversa dessegregação da cidade e da integração de duas escolas públicas de ensino médio.

E num piscar de olhos, cortam Chet, exibem imagens da última manifestação contra a integração escolar, na Estação Broadway.

"Meu novo namorado", diz Carmen, "aparece na televisão."

"Sou seu novo namorado?"

"Não é?"

"É que eu não tinha certeza se fiz por merecer."

"Ah, fez sim, cara."

Na tela, o protesto se torna mais violento. A câmera é sacudida algumas vezes. Um sujeito corpulento do comitê escolar fala com um megafone e usa palavras como "tirania" e "subjugar".

"Se o comitê escolar tivesse agido de boa-fé anos atrás", diz Carmen, "em vez de tentar sabotar as coisas desde o começo, a gente não estaria nessa situação."

"Você tem toda razão", diz Bobby. "Mas por que os pobres sempre têm que comer o pão que o diabo amassou e ainda agradecer no fim? Ninguém nos bairros ricos precisa passar por isso."

"Porque os filhos deles não vão para escolas públicas."

"Pois é. Eles não querem mandar os filhos para escolas públicas, e não querem linhas de metrô nem de ônibus passando por seus bairros porque não querem se misturar com gente pobre, muito menos com gente negra. Ou pelo menos é o que parece."

"Nem todos os subúrbios são brancos."

"Diga um que não seja. Só um."

"Hum…", ela tenta.

Ele espera.

"Consigo sentir você me olhando. Está se achando, né?"

"Nossos subúrbios", diz Bobby, "foram concebidos para distanciar do caldeirão de raças. Mas agora estão dizendo para essa gente que foi deixada para trás como elas devem integrar com os negros."

"Mas as escolas *são* segregadas", argumenta Carmen.

"São", concorda ele. "E não deviam ser. Não sou contra isso. É uma coisa racista e é imperdoável. Mas essa não é a solução."

"Qual é?"

Ele abre a boca, ainda no ritmo do debate. Então congela.

"Não faço a *menor ideia*."

"E esse é o problema. Se ninguém consegue encontrar uma solução, mas a gente precisa de uma, então essa, seja qual for, passa a ser a melhor por falta de alternativa."

Bobby não fala nada por um tempo.

"Você não está convencido."

"A gente pode falar o que quiser em público, no privado todo mundo sabe que o dinheiro é quem manda. Se você tiver grana o suficiente, não vai sofrer as consequências e nem sofrer por suas convicções, pode simplesmente impor tudo a outra pessoa e se sentir bem com suas intenções nobres."

"Puxa", diz ela. "Você é cínico."

"Prefiro cético."

"Você não pode comparar as escolas públicas daqui com as escolas privadas nos subúrbios. Não são a mesma coisa."

"Por que não?"

"Porque as pessoas pagam pelo direito de…" Carmen se vira na cama e olha para ele. "Aaaah, seu cretino."

"Viu."

"Você armou essa para mim."

"Eu não."

"Mas alguma coisa precisava ser feita", diz ela depois de algum tempo.

Bobby tem uma visão rápida de Mary Pat Fennessy no necrotério dias antes. *Falando em alguém que acredita que é preciso fazer alguma coisa, não importa quais sejam as consequências. Só por Deus.*

"É, alguma coisa precisava ser feita", concorda ele.

"Porque, se não for agora, então quando?", pergunta Carmen.

Bobby suspira e apaga o cigarro.

"Eis a questão."

"Posso perguntar uma coisa... sensível?"

"Vou me preparar para aguentar o tranco."

"Você é um policial irlandês de Savin Hill", começa Carmen.

Ele sabe exatamente no que isso vai dar.

"Como é possível que eu não seja racista? É essa a pergunta?"

"Mais ou menos. É."

Bobby dá um gole na água.

"Os meus pais eram, digamos, pessoas difíceis. Os dois abriram mão dos próprios sonhos quando se casaram, então ser filho deles não era, hã, divertido. Eles sentiam raiva e se detestavam e não conseguiam admitir para si mesmos que sentiam raiva e se detestavam. Aí bebiam e brigavam e inventavam um milhão de maneiras diferentes de fazer de nós, as crianças, soldados substitutos no campo de batalha deles. Até que minha mãe ficou doente e morreu. E meu pai percebeu que a amava tanto quanto a odiava. E isso o deixou ainda mais perturbado. Então, quando eu disser que meus pais não eram santos, que provavelmente nem eram boas pessoas, pode acreditar em mim."

Carmen o observa com um sorriso leve e curioso.

"Tá bem", diz ela.

"Mas também não eram racistas. Algo na ideia de racismo, a própria irracionalidade daquilo, era ofensivo para eles. Não me entenda mal, não achavam que pessoas negras eram boas, só que todo mundo, não importava a cor da pele, provavelmente era um filho da puta. E dizer que alguém é menos filho da puta por ter pele mais clara era idiotice para eles. Só tornava você um desgraçado ainda maior." Ele sorri, lembrando-se da extrema teimosia deles. "Só havia dois grandes pecados na casa da Tuttle Street: sentir pena de si mesmo e racismo, que, pensando bem, são dois lados da mesma moeda."

"Acho que eu ia gostar dos seus pais."

"Até o quinto drinque", admite Bobby, "eles podiam ser muito divertidos."

"Sonhavam com o quê?"

"Hum?"

"Você disse que eles desistiram dos sonhos."

"Meu pai era pintor. Não pintor de parede — bem, ele era isso também —, mas um artista genuíno."

"E o que sua mãe queria ser?"

"Qualquer coisa menos mãe. Ou dona de casa. Acho que ela só queria ser livre." Bobby consegue sentir Carmen olhando-o mais profundamente do que qualquer outra pessoa se deu ao trabalho de fazer. "E seus pais?"

"Eles queriam que eu tivesse um bom casamento. E morasse no subúrbio. E não precisasse trabalhar. Eu sempre tive certeza de que era uma decepção para eles. Mas, pouco antes de morrer, minha mãe me disse: 'A gente nunca aprovou o que você fazia, mas sempre tivemos orgulho'. Não é uma coisa esquisita de se dizer para um filho?"

Bobby pensa um pouco.

"Na verdade, é uma coisa boa. Sua mãe disse que você trilhou o próprio caminho, e não era o que ela teria escolhido, mas que você se saiu bem." Ele tem outra visão de Mary Pat Fennessy, uma mulher que perdeu os dois filhos. Meu Deus, Bobby se pergunta, de onde ela tira forças para sair da cama de manhã?

Da fúria.

Da angústia.

Da raiva.

"Você veio de uma família de classe média alta", diz ele a Carmen, "mas largou tudo para ajudar as pessoas. Para realmente fazer a diferença no mundo. Se eu fosse seu pai, teria orgulho de você."

Ela bate de leve no nariz dele com o indicador.

"Se eu fosse sua mãe, teria orgulho de você."

"Esse é um papo estranho para se ter pelado."

"Não é?"

Ela se vira para o outro lado, Bobby se aconchega atrás dela e os dois dormem com as janelas abertas para a noite e o televisor ainda ligado.

26.

Mary Pat passa uma noite em um hotel na avenida Huntington, bem em frente à igreja matriz da ciência cristã. O hotel aceita pagamento em espécie e não pede documento de identidade e, o mais importante, tem uma garagem no subsolo na qual ela pode esconder Bess em um canto escuro com cheiro de óleo. Sentada no quarto quase escuro, olha para o largo da igreja do outro lado da rua. Não entende muito de arquitetura e não sabe nada sobre ciência cristã, mas a igreja matriz é uma estrutura impressionante. Dois edifícios — o menor e mais nítido tem um campanário pontudo de granito que ela esperaria ver em Paris, talvez; o maior atrás, faz com que pense nas fotografias que viu de Roma: uma enorme cúpula no alto, sustentada por arcos largos e colunas grossas, tudo refletido no longo e estreito espelho d'água que se estende pelo comprimento do largo.

Se Jules tivesse dito duas semanas atrás que ia se converter à cientologia cristã, ou seja lá como é chamada, Mary Pat a teria deserdado. Os Fennessy e os Flanagan eram católicos romanos. Sempre foram, sempre seriam e fim da história. Mas agora ela acha toda essa ideia — de deserdar alguém por escolher acreditar em uma interpretação diferente de Deus — simplesmente ridícula. Se Jules descansa agora nos braços do Deus da ciência cristã, ou do Deus budista, ou de seja lá o que os episcopais cultuam, Mary Pat só se importa que ela esteja em paz. Que sua filha não saiba mais o que é ter medo. Ou sentir ódio.

Ela liga o pequeno televisor na cômoda e, depois de mexer na antena, encontra a imagem mais nítida que consegue do canal 5. Pega a última meia hora de um episódio de *Harry O*, ao qual ela já assistiu, e deixa a mente vagar. Não faz ideia de para onde vai ou se já foi a algum lugar até piscar e descobrir que o noticiário já está no ar.

Isso tem acontecido muito ultimamente, esses pequenos episódios em que some dentro de si mesma. Mary Pat não dorme nem cochila, mas mesmo assim o tempo vai embora. E ela vai embora com ele.

Na metade do noticiário, pouco antes das notícias sobre esportes, eles mencionam que, na manhã seguinte, será realizado na Terceira Igreja Batista o funeral de Augustus Williamson, o jovem afro-americano que morreu tragicamente na estação Columbia, inflamando ainda mais as tensões raciais às vésperas da dessegregação das escolas de Boston.

Mary Pat se lembra da mensagem que a Sonhadora lhe escreveu quando Noel faleceu. Se fosse capaz de escrever quase tão bem quanto ela, talvez pensasse em lhe enviar uma mensagem. Mas não é. Se sua gramática é ruim, sua caligrafia é ainda pior.

Quando percebe, está olhando para o outro lado da rua de novo, para o reflexo daqueles edifícios notáveis e de vários outros prédios ao redor no comprido espelho d'água. *Nós morremos e os prédios ficam. E, por fim, mesmo construções magníficas como essas acabam desmoronando.*

Eu não tenho medo de morrer, diz Mary Pat para aqueles edifícios, para o quarto, para Deus. *Nem um pouco.*

Então do que você tem medo?

De viver em um mundo sem ela.

Talvez ela se sinta da mesma forma.

A Jules?

Não, sua idiota. A Sonhadora.

A Terceira Igreja Batista de Blue Hills fica em um pequeno terreno na Hosmer Street, no centro de Mattapan. Quando Mary Pat era muito jovem, Mattapan era um bairro de judeus que, meio contrariados, dividiam o espaço com um bando de irlandeses pobres. Então os negros apareceram, e os judeus se mudaram para os subúrbios ou para partes de Brookline, enquanto os irlandeses foram para Dorchester ou Southie. As sinagogas e as padarias deram lugar a lanchonetes e salões de beleza — enquanto percorre a Morton Street procurando vaga para estacionar, Mary Pat perde a conta do número de salões de beleza. Sem mencionar os outdoors de alistamento do Exército, os outdoors de cigarros mentolados e lojas de bebidas. Southie ainda tem um número maior de bares, mas Mattapan leva vantagem quando se trata de comprar bebida para ser consumida em casa. Vaga para estacionar é quase tão difícil de encontrar quanto em Southie, e as pessoas aqui também adoram parar em fila dupla. Mas as paredes e vitrines são mais coloridas — há muitos murais vibrantes, coisa que nunca se vê em Southie; uma abundância de toldos e roupas reluzentes, tanto femininas como masculinas, em cores tropicais: amarelo-vivo, verde-manga, rosa algodão-doce. Antes que Mary Pat comece a ficar animada demais, como se pudesse se mudar para cá e ser feliz se trocasse de cor de pele, ela repara na quantidade de grades nas vitrines e janelas, quantas ruas secundárias estão rachadas e esburacadas, e quantos quintais estão cheios de mato que cresceu tanto que torna quase impossível ver as cercas, caso não despontem ali do meio.

Apenas melhorem, pensa ela, sentindo de repente um orgulho desafiador.

Não somos iguais, diz, defendendo seu caso perante um juiz invisível ao entrar de ré em uma vaga. *Não somos mesmo*.

Quando Mary Pat desliga o motor, um jovem grandalhão a encara ao passar, talvez pensando no que ela poderia ter na bolsa ou tendo pensamentos ainda mais sombrios.

Ela não tem ideia de por que faz isso em seguida — pânico? —, mas faz mesmo assim: sorri. Abre um largo sorriso amigável acompanhado de um aceno breve. O rapaz — na verdade não tão grande assim, nem com cara de bandido, apenas pobre, as roupas não cabem direito nele — retribui. Talvez seja um sorriso um pouco confuso, ele hesita um pouco, mas não deixa de ser gentil. O jovem retribui até o aceno com a cabeça, e então segue seu caminho. Era um menino na verdade, não pode ter mais que catorze anos.

Mary Pat fica ali sentada, de repente dominada por um novo horror de si mesma. Sua filha morreu, Auggie Williamson morreu, a vida de vários jovens que estavam na plataforma naquela noite acabou, e sua mente *ainda* se agarra a um desespero imundo de se sentir superior a eles.

De se sentir superior a alguém. A qualquer um.

Na igreja, Mary Pat se senta em um banco bem no fundo. Surpreende-se um pouco ao perceber que não é a única pessoa branca a comparecer no funeral de Auggie Williamson; há nove ou dez outros entre os cerca de cem presentes. É uma reviravolta impressionante, ainda que ela acredite, a julgar pelas roupas das pessoas, que muitos dos que vieram são políticos ou ativistas. Está em todos os jornais, como aquilo que inicialmente pareceu ter sido um acidente está mais para um crime racial cometido por quatro jovens criados no viveiro racista do sul de Boston.

O líder do Comitê de Ação das Pessoas Urbanas de Cor perguntou se a morte de Auggie Williamson foi apenas o primeiro "linchamento" que podiam esperar quando a integração escolar levasse seus filhos ao sul de Boston a partir da próxima sexta-feira. Um organizador comunitário proeminente perguntou se o ódio teria fim algum dia, e um porta-voz da Cooperativa das Pequenas Empresas de Roxbury elaborou uma petição para que a estação Columbia passasse a se chamar estação Augustus Williamson ou que pelo menos uma placa fosse colocada em sua homenagem nas portas do lugar.

A igreja continua a encher, e muita gente parece ser da classe trabalhadora ou da classe média baixa, vestindo roupas compradas em lojas de departamento, e não de marca. Mary Pat escolheu o último banco à direita, caso precise ir embora rápido e sem que ninguém perceba, mas um grupo se aproxima e lhe pede com os olhos que chegue um pouco mais para lá, já que estão acompanhados de uma senhora idosa com um andador. Ela se senta mais para o meio, dando espaço, e quase imediatamente outras cinco pessoas entram pelo outro lado do banco, deixando-a presa entre todos eles. Quando volta a olhar ao redor, a igreja está lotada. Algumas pessoas estão até de pé nos fundos, abanando-se com as letras dos hinos ou com o programa da cerimônia fúnebre do dia.

Pouco antes do início do funeral, o detetive Bobby Coyne entra pelo lado esquerdo e se apoia na parede entre dois vitrais. Ele a vê e pisca surpreso, lançando-lhe aquele seu sorriso gentil e estreitando os olhos para ela — como se dissesse "Não vá a lugar nenhum quando isso acabar".

A família entra com o caixão. Mary Pat imagina o rapaz dentro dele e sua filha no necrotério, e é inundada pela perda e tristeza, mas também por um pecado que não consegue nomear nem definir. Mas é um pecado mesmo assim. Por um momento, fica com medo de desmaiar. De alguma forma o ar ficou muito rarefeito e muito pesado ao mesmo tempo. Ela segura o encosto do banco à frente e fica parada até a tontura passar.

Na Igreja católica, os funerais só perdem para os casamentos e o Natal em relação à duração da missa, porém, mesmo tendo essa experiência, Mary Pat não está preparada para uma cerimônia fúnebre batista tão longa. Cantam quatro hinos antes de sequer chegarem às leituras. E depois disso o pastor, um tal de reverendo Thibodaux Josiah Hartstone III, lembra a congregação de que recebeu o nome da cidade de Thibodaux, na Louisiana, onde, há menos de cem anos, milícias brancas invadiram as casas dos trabalhadores negros da cana-de-açúcar (inclusive a do avô e da avó do reverendo Hartstone), que estavam em greve por um salário justo, e mataram mais de cento e cinquenta homens, mulheres, crianças e idosos (inclusive os avós do reverendo Hartstone) pelo pecado de pedir um tratamento justo e um salário digno. Mary Pat ouve um coro de "Amém", alguns gemidos altos e "Jesus nos ajude!" e "Senhor nos acuda!".

"E quem eram os quatro jovens brancos do sul de Boston senão outra milícia?", pergunta o reverendo Thibodaux Josiah Hartstone III a seu rebanho. "No que aquela milícia de antigamente é diferente desses quatro delinquentes insensatos que assassinaram nosso querido filho Augustus pelo crime de tentar ir para casa? Pelo crime de dirigir um carro que quebrou? Pelo crime de tentar crescer em seu emprego? Pelo crime de atravessar *suas* ruas, de pisar em *suas* calçadas, de usar *sua* plataforma de metrô? Por acaso esse é o leite da ternura humana do qual nosso bom Senhor Jesus falou?"

Mary Pat volta a sentir tontura. E enjoo. O discurso fúnebre para Auggie Williamson está se transformando, de certo modo, em um discurso sobre Jules. Em um sermão sobre o legado de Mary Pat como mãe.

"Não!"

"Não", urra ele, erguendo uma mão para as vigas. "Não! Porque, irmãs e irmãos, este mundo não é *deles*. É nosso mundo. É o mundo de Deus. E eles não têm o direito de expulsar um dos filhos do Senhor do mundo que Ele criou porque não gostam da cor da pele que lhe foi dada!"

Mary Pat abaixa a cabeça e engole várias vezes para impedir a bile quente de vir à tona. Gotas de suor escorrem atrás de suas orelhas e molham a gola da blusa. Uma gota continua descendo por suas costas. Ela mantém a cabeça baixa. Respira fundo.

"Mas Deus é bom", diz o reverendo.

"Amém!"

"Deus é justo!"

"Hum-hum!"

"Deus diz: 'Augustus agora está Comigo!'."

"Jesus seja louvado!"

"'E *Eu*, o Senhor e o Salvador, *vou* julgar os que feriram nosso irmão Augustus! Porque eu sou o Senhor!'"

"O Senhor seja louvado!"

Ao encerrar sua pregação sobre o reino do fogo e do sofrimento, o reverendo Thibodaux Josiah Hartstone III dá início a uma versão do hino *The Day Is Past and Gone* [O dia passou e se foi], e a congregação participa em uma espécie de delírio — um misto de alegria, raiva e amor divino; de mágoa e de paixão — diferente de tudo que Mary Pat já presenciou. O chão treme, os bancos tremem, as *paredes* tremem.

Depois do hino, o pai de Auggie, Reginald, se levanta do banco da frente e toma um lugar atrás do púlpito. É um homem alto e elegante. Mary Pat já o encontrou várias vezes ao longo dos anos e sempre ficou impressionada com sua postura respeitosa e séria. O que mais a impressiona agora, mesmo lá do fundo da igreja, é o desespero inalcançável em seus olhos. Não é o desespero dos que perderam a esperança, mas o dos que foram abandonados. O primeiro é sinal de fraqueza, o segundo é como a lâmina de uma faca. Os que desistem são vítimas, mas os que são abandonados se tornam vingativos.

"Auggie era um garoto como qualquer outro", começa Reginald, sua voz abafada junto ao microfone, "rebelde às vezes na adolescência, mas não a ponto de nos preocupar de fato. Amava a mãe. Brigava com as irmãs. Ah, brigavam sempre." Ele solta uma risadinha. "Concluiu o ensino médio, mas não com notas que dão a um garoto negro uma bolsa de estudos para a faculdade, então foi trabalhar naquela loja de departamentos, queria crescer e se tornar gerente, esperava um dia administrar toda a rede do distrito da Nova Inglaterra." O olhar de Reginald paira vários metros acima da congregação quando ele olha para a frente. "Auggie era vaidoso."

Um riso suave percorre a multidão.

"Era mesmo", diz Reginald. "Ele se preocupava com seu 'estilo'. Mesmo ainda menino, era *muito* exigente com o que vestia. Gostava de chapéus, sapatos brilhantes — os sapatos dele tinham que brilhar como se tivessem acabado de sair da loja —, as camisas de colarinho alto. Ele prendeu uma calça no batente da porta algumas semanas atrás e estava costurando o rasgo sozinho. Eu disse: 'Garoto, por que você não compra uns macacões para isso não acontecer?'. Ele respondeu: 'Não vou andar por aí de macacão nem morto, coroa, você sabe disso'."

Reginald faz uma pausa. Mary Pat sente a igreja toda o esperando, se perguntando onde aquilo vai dar.

Reginald se aproxima mais do microfone.

"Nem morto que Auggie ia andar por aí de macacão." Ele solta um suspiro alto pela boca aberta. "Em vez disso, andou por aí e foi morto na zona sul da cidade. Estava *vivo* quando o encontraram. Mas depois o mataram. E o Senhor diz para perdoarmos o pecador, ou o pecado, mas quer saber, o pecador *que se foda*."

Muitos murmúrios nos bancos, as pessoas olhando ao redor. No altar, o reverendo Thibodaux Josiah Hartstone III dá um sorriso tenso, mas se inclina para a frente como se pudesse correr para o microfone a qualquer instante.

"O que vai mudar?", pergunta Reginald Williamson em voz baixa. "Quando vai mudar? Onde vai mudar? Como vai mudar? Os seres humanos não matam seus *iguais*. Não com facilidade. Simplesmente não fazem isso." Ele se afasta do púlpito e cobre a boca com a mão. Fica parado por um momento, como se tentasse guardar as palavras para sempre. Então dá um passo à frente e diz: "Só matam facilmente seres humanos que enxergam como *outros*. Então, então, isso não pode mudar enquanto não nos virem como semelhantes. Não pode mudar se só nos virem como diferentes". Ele abaixa a cabeça. "Apenas não pode."

Mas vocês são os outros, pensa Mary Pat antes que possa impedir o pensamento. E mesmo quando tenta evitar que as palavras disparem por seu cérebro, elas continuam passando por cima das barreiras. *Vocês só são.*

A bile que ela empurrou de volta ao estômago surge mais uma vez, magma quente subindo por seu esôfago. Mary Pat volta a abaixar a cabeça e respira devagar.

Quando acompanham a saída do caixão pela igreja, os bancos se esvaziam da frente para trás. Então, quando Mary Pat enfim sai do lado de dentro, o caixão já está no carro funerário e a Sonhadora e Reginald se encontram em uma das limusines atrás dele. Mary Pat percebe que seu plano de dar rapidamente os pêsames à Sonhadora e ir embora era uma fantasia. Ela vê Bobby

Coyne conversando com o parceiro, que estacionou sem muito cuidado um carro qualquer no meio-fio e fala com urgência. Bobby concorda com a cabeça várias vezes e, a certa altura, olha ao redor, possivelmente à procura dela, mas Mary Pat usa o vaivém da multidão a seu favor, e os dois logo vão embora no carro comum.

No cemitério, Reginald, a Sonhadora, sua família e seus amigos mais próximos, assim como os ativistas políticos, ficam na frente do caixão. Mary Pat e a maioria das outras pessoas brancas ficam bem atrás, perto da rua.

Os Williamson têm casa própria em Mattapan. Uma pequena casa de estilo colonial holandês na Itasca Street. É uma casa como a dos brancos, como a que Mary Pat gostaria de morar. Limpa. O gramado bem cuidado. Acabamento recém-retocado. O piso é de carvalho claro brilhante. A casa toda cheira a lustra-móveis. A entrada está repleta de fotografias de Auggie, das irmãs e de algumas pessoas de cabelo branco que Mary Pat presume serem os avós. A sala de estar fica à direita e tem entrada em arco. Do lado esquerdo, uma pequena sala de jantar com vitrais dá acesso à cozinha. Depois da cozinha, há um deque de madeira marrom com vista para um pequeno quintal. A recepção dos convidados é lá.

Ao entrar na cozinha, Mary Pat procura a Sonhadora. Só quer dar os pêsames e ir embora. Mas a primeira pessoa que encontra não é ela, e sim Reginald.

"Eu só queria dizer...", começa Mary Pat.

"Que merda você quer me dizer?"

Ela o olha com atenção, para ter certeza de que é o mesmo Reginald que já encontrou diversas vezes. Francamente, não tem certeza. Até o discurso fúnebre dele, nunca o tinha ouvido dizer nenhum tipo de palavrão. Achou que ele podia ser do tipo que não acreditava nisso.

"Sua vadia, perguntei o que você quer me dizer."

Mary Pat observa sua gravata — havia reparado nela quando Reginald passou pelo banco dela para sair da igreja com o caixão do filho. Era ele mesmo.

Ele me chamou de vadia?

"Eu, hã, queria expressar minhas condolências."

"Ah", diz Reginald com gentileza. "Ah, certo, ainda bem. Isso significa muito." Ele toca o braço dela com a mão escura enorme. Aperta-o de leve.

"O que pensou que eu queria?", pergunta Mary Pat.

Reginald aperta o braço dela com mais força.

"Pensei que tivesse vindo explicar por que a idiota da sua filha racista matou meu filho inteligente e de bom coração."

"Pode soltar meu braço?"

Ele aperta com ainda mais força.

"Estou segurando seu braço?"

"Está."

"Tem certeza?"

"Tenho."

"Tem certeza de que não é só um *ponto de vista*? Como, por exemplo, você pode ter vindo e colocado o braço na minha mão, e eu não tenho escolha senão apertar. Isso não é uma possibilidade?"

"Não."

"Não?" Reginald inclina a cabeça para ela. "Pois eu digo que é. Posso dizer qualquer coisa que passar pela minha cabeça, sra. Fennessy. É a porra da lei dessa casa. Achou ruim? Pode reclamar comigo, aqui e agora. Acha que eu não sei que você é durona quando olho para você? Eu sei que é uma vadia durona. Sei que pode sentar a porrada em muitos homens, mas eu não sou um deles, e você não pode se dar ao luxo de descobrir nesse lugar. Porque se eu fosse pular — agora mesmo — no pescoço da mãe de um dos demônios que matou meu filho? De uma mulher que invadiu minha casa no dia do enterro do meu único filho? Se eu fizesse isso, sra. Mary Pat Fennessy, não ficaria em liberdade, mas teria crédito suficiente na prisão por ter acabado com sua vida de merda para viver o resto dos meus dias como um rei."

Muito pior do que a dor dos dedos que agarram seu braço como se fossem uma armadilha de urso é o ódio em seus olhos. Mary Pat tem alguma experiência com ódio — conviveu com ele a vida toda — e o ódio de Reginald *por ela* de fato não tem fim.

"Reginald!"

Os dois se viram e veem a Sonhadora entrando na cozinha.

"Solte-a agora mesmo."

Mary Pat vai se lembrar para sempre desses segundos como alguns dos mais perigosos de sua vida. Ela sabe que Reginald só tem duas opções: ouvir a esposa ou fazer alguma coisa extremamente violenta muito rápido. Naquele momento, Mary Pat tem certeza de que, se esse homem decidir matá-la, vai conseguir.

Ele solta o braço dela.

"Tira essa mulher da minha casa", diz Reginald, passando pela esposa e indo para o deque.

Há um grupo de convidados em frente à casa, então a Sonhadora acompanha Mary Pat até o fim do quarteirão. Elas param perto de uma caixa de correio, a pintura azul desbotada e lascada por ficar exposta demais ao ar livre.

"Eu sinto muito por…", diz a Sonhadora.

"Você não precisa se desculpar por isso. Ele está com raiva. Não sabia o que estava dizendo."

A Sonhadora estreita os olhos para ela.

"Não estou pedindo desculpas por Reginald. Eu o impedi de machucá-la para que minhas filhas tivessem o pai em casa, não na merda de uma cadeia."

A Sonhadora também fala palavrão?, Mary Pat não consegue deixar de pensar.

"Eu estava tentando dizer que sinto muito por sua perda", diz a Sonhadora. "Seja lá como me sinto em relação a você ou sua filha, sra. Fennessy, acho que nenhuma mãe merece passar pela dor de perder um filho, muito menos dois."

"E sinto muito por sua perda", Mary Pat consegue dizer.

"Não." A Sonhadora ergue a mão. "Não fale sobre meu filho. Ele morreu por sua causa."

Espera aí, pensa Mary Pat. *Espera só um segundo.*

"Eu não matei seu filho", rebate ela.

"Não?", diz a Sonhadora. "Você criou uma filha que achava certo odiar as pessoas porque Deus as fez com um tom de pele diferente do dela. Você permitiu que esse ódio crescesse. Provavelmente o encorajou. E sua filha caçula e os amigos racistas dela, que foram todos criados por pais racistas exatamente iguais a você, saíram por aí como máquinas de matar cheias de ódio e imbecilidade. Então quero mais é que *você se foda*, Mary Pat, se pensa por um segundo que vou aceitar isso. Ou que vou perdoar. Não vou perdoar. Pode voltar para seu bairro, se juntar aos seus amigos monstruosos e se preparar para nos impedir de frequentar sua preciosa escola ou o que for. Mas fique sabendo, sua vadia, que a gente não vai recuar, goste você ou não. E vamos continuar em frente até *vocês* desistirem, não o contrário. Até lá, *caia fora* do meu bairro."

E foi isso. Ela foi embora. Ainda junto à caixa de correio, Mary Pat fica surpresa ao perceber que está chorando — lágrimas quentes escorrendo por seu rosto — enquanto observa Calliope Williamson voltar pelo caminho que vieram e desaparecer dentro de sua casa limpa e bem cuidada.

27.

O quartel-general da Frente Global de Libertação da Libéria fica em uma antiga sinagoga na Dudley Street, em uma parte de Roxbury que parece ser os restos mortais do sonho urbano americano. Os três líderes da FGLL usavam óculos de armação esportiva, camisa preta de gola alta e calça xadrez combinando com o cabelo black power estiloso, cavanhaque e bigode com ares de pretensão intelectual, mas Bobby sabe que todo o material de leitura deles foi encontrado pela primeira vez na biblioteca de um presídio. Tanto faz se se aventuraram no tráfico de drogas como meio para financiar um "bem maior" ou o "bem maior" foi concebido para justificar o tráfico. São traficantes de qualquer forma.

Os jovens que trabalham sob a liderança principal representam a essência da organização e, segundo os boatos, lhes deram o apelido de gangue mais autêntico: Moorlocks. Em geral não curtem gola alta, nem cavanhaque, nem óculos com armação esportiva. Usam casaco de couro preto, chapéu de aba larga e sapatos plataforma de sete centímetros. Vendem drogas por toda Roxbury, Mattapan e Jamaica Plain e acabam com *qualquer um* que fique no caminho deles. Estão pouco se fodendo. Essa imprudência os torna perigosos, mas também, em compensação, previsíveis caso alguém resolva atacá-los pra valer.

Vincent, que assiste a filmes demais e lê a revista *Guns & Ammo* como se fosse pornografia, quer encenar uma incursão paramilitar falsa no prédio da FGLL. O plano é entrar lá e sair arrebentando tudo. Há anos que várias das principais empresas de armamento enviam aos departamentos de polícia urbana armas potencializadas de nível militar. Novas filosofias de segurança pública vindas de Los Angeles e Nova York começaram a defender equipes especiais de polícia prontas para o combate. Em Los Angeles, a primeira delas recebeu o nome de SWAT e enfrentou os Panteras Negras e o Exército Simbionês de Libertação em tiroteios cinematográficos que os dirigentes adoram acreditar terem sido responsáveis por restaurar a lei e a ordem. Na realidade, Bobby sabe que essas trocas de tiro trouxeram poucos resultados, um gasto exorbitante com danos materiais e uma nova microgeração de policiais abaixo do padrão que pensam poder compensar o faro ruim, as aptidões sociais piores ainda e a falta de inteligência com armamento pesado.

Ele também sabe que os Vincent do departamento vão acabar tendo a chance de provar se suas teorias estão ou não corretas. De qualquer forma, uma vez que tenham chegado a esse ponto, a caixa de Pandora vai ter sido aberta. Até lá, é Bobby quem manda, e ele apresenta um plano para a Operação Moorlock que envolve uma equipe do Narcóticos e um grupo selecionado de detetives do departamento cuidando da vigilância da sede da FGLL para garantir que todos estejam sendo vigiados até a operação estar bem amarrada.

Na manhã de quinta-feira, depois que conseguiu tudo de que precisava do pessoal dos Narcóticos, Bobby, Vincent e dois outros detetives, Colson e Ray, batem na porta da FGLL e são recebidos por Rufus Burwell. Os outros dois no comando da organização, Ozzie Howard e Simeon Shepherd, estão esperando em um escritório espaçoso com uns poucos livros nas prateleiras e cheiro de incenso e maconha.

"A gente veio até aqui por causa das armas", diz Bobby quando todos se sentam.

Rufus passa a mão pelo cavanhaque como se tivesse assistido a muitos filmes de Charlie Chan na infância.

"Não temos arma nenhuma."

"Têm sim", diz Bobby. "Olha só, a gente pode ficar nesse vaivém e arrastar vocês para a delegacia, fichá-los e mantê-los sob custódia por alguns dias enquanto reviramos este ou qualquer outro lugar que frequentem. Podemos seguir esse caminho. Ou vocês podem simplesmente desistir das armas que Brian Shea e Marty Butler lhes deram, e nunca mais vamos precisar tocar no assunto. Vocês não vão passar nem uma noite na cadeia e não vão ser acusados de nada."

Rufus, Ozzie e Simeon trocam olhares arrogantes e despreocupados antes que Rufus se vire para Bobby.

"Não acho que você está falando sério, ou que possa fazer isso, na verdade."

"Tudo bem." Bobby enfia a mão no bolso. Tira as fotografias do fichamento do sobrinho de Rufus, da namorada de Ozzie e de um garoto de olhos amarelados que, segundo boatos, é o namorado de Simeon. Coloca as fotos em meio ao pó de cocaína na mesa de centro. "Isso foi tirado há meia hora. Nós temos provas suficientes de que cada um deles é traficante. Não é posse de drogas, Rufus. Nem porte de substâncias, Ozzie. Não são usuários, Simeon. É o bom e velho tráfico que a porra do mundo todo conhece. Só isso já dá um bom tempo de cadeia e olha que nem levamos em conta os antecedentes deles. Agora, se quiserem passar o resto da década visitando seus entes queridos na prisão, continuem repetindo que não têm arma nenhuma."

Rufus e os outros dois se entreolham.

"Elas estão no porão", diz ele.

Enquanto Vincent, Colson e Ray descem ao porão com Ozzie e Simeon, Bobby tem uma conversa com Rufus.

"Para que vocês iam usar as armas?"

"A gente ainda está falando de não receber nenhuma acusação, detetive?"

"Estamos."

"Você não seria o primeiro policial a quebrar sua palavra."

"Mas seria a primeira vez que quebro a minha. Rufus, eu te conheço desde que você fazia apostas para Red Tyler. Já te ferrei alguma vez?"

"Nunca diga nunca", diz Rufus.

Bobby já tem esse idiota nas mãos por esconder uma caixa de fuzis automáticos ilegais, e Rufus pensa que ele precisa de mais motivos para mandar um homem negro fichado para a prisão?

"Para que", diz Bobby muito devagar, "iam usar essas armas?"

Rufus vê alguma coisa no olhar dele que acelera sua resposta.

"Eles querem que a gente atire na escola."

"Qual escola?"

"A South Boston."

"Quando?"

"Amanhã." Rufus rói um pouco uma cutícula. "Disseram para atirar em alguns garotos brancos se estivermos a fim."

"Vocês iam fazer isso?"

"Não vou responder a essa pergunta, detetive."

"E qual seria o pagamento?"

"Dois quilos de heroína mexicana."

"E quem contratou vocês para esse trabalho?"

Rufus bufa.

"Vou fingir que você nem perguntou."

"Posso pressionar para conseguir a resposta."

"Vai em frente, detetive. Prefiro morrer, passar dez anos na cadeia, a escolha é sua. Mas não vou dizer nada sobre isso."

"Vimos um dos empregados dele entregando as armas a vocês."

"E esse empregado, para quem ele diz que trabalha?"

Bobby não fala nada.

"Hum-hum", diz Rufus.

Colson, Ray e Vincent sobem a escada, cada um carregando um fuzil M16.

"Então são esses?"

"São", responde Vincent. "Números de série raspados, totalmente automáticos. Para que iam usá-los?"

"Para iniciar uma guerra racial", responde Bobby, olhando para Rufus, que tenta não parecer envergonhado.

"Merda", diz Vincent, "se nós já não estamos em uma guerra racial, em que porra estamos então?"

28.

Todo mundo em Southie sempre diz que Frank Toomey não é difícil de encontrar, porque quem em sã consciência sairia procurando por ele? Mas agora que todos estão em alerta máximo para localizar Mary Pat, a possibilidade de ela chegar perto de algum lugar que ele frequenta ou no qual faz negócios está fora de questão. E precisa acreditar que eles sabem que está atrás dele, então ir até a rua em que Frank mora também está fora da jogada.

Mas sua esposa, Agnes, uma mulher magra com cara e ombros de pássaro, é muito ativa no RNDA (Restaurar os Nossos Direitos Alienados), um grupo irmão do MSIE, que foi formado por Louise Day Hicks, membra do Comitê Escolar de Boston, para proteger os "direitos em extinção dos cidadãos brancos". O único motivo pelo qual os dois grupos não se fundiram em uma única organização é o fato de Carol Fitzpatrick, a líder do MSIE, e Louise Day Hicks, a líder do RNDA, se odiarem por causa de alguma briga que tiveram no jardim de infância. Boatos não confirmados de que a fonte dessa inimizade de uma vida toda é um giz de cera quebrado. Em todo caso, o MSIE está sem liderança no momento, em grande parte porque Mary Pat quebrou os dentes e pelo menos um nariz de algumas das membras, então elas não estão "com uma boa aparência", como dizia seu avô, para participar de uma manifestação. Mas o RNDA está planejando seu protesto há um mês. E Agnes Toomey usou todo o poder de fogo dos subordinados de seu marido na gangue de Butler para espalhar a palavra. Depois de passar a vida toda na sombra do marido assustador, ela vai ocupar seu lugar na frente do comício daquela noite. E, já que a gangue gastou intermináveis horas de trabalho divulgando o evento, é possível — não provável, veja bem, mas possível — que Frankie apareça para apoiar a causa.

Mary Pat usa parte do dinheiro sujo que Marty lhe deu para fazer compras na loja de departamentos Filene's Basement. Compra um par de óculos de sol ovais que lembram os de Jackie Kennedy. Acrescenta ao carrinho uma peruca preta e um lenço bege. Compra um terninho de gabardine azul-claro, uma blusa branca e um par de sapatos brancos de enfermagem. Dá de presente a si mesma um batom vermelho, base e cílios postiços que combinam com o preto da peruca. Gasta um dinheirão com uma bolsa nova para sua arma.

Depois de comprar todas essas coisas, ela as leva ao provador e se troca. Fica um pouco surpresa com os sapatos de enfermagem porque eles machucam seus calcanhares; tinha ouvido falar que as pessoas compravam esses sapatos por serem confortáveis e não precisarem ser lasseados com o uso. Fora isso, seu dia de compras foi um grande sucesso. Mary Pat se olha no espelho do provador feminino do Filene's Basement e uma estranha a encara de volta. Chega a ser desconcertante a facilidade com que desapareceu. Ela tira os óculos, e tudo bem, está de volta, se alguém chegar perto, aqueles olhos azuis só podem ser os de Mary Pat, com toda certeza. Mas novamente com eles, precisa olhar com atenção para ser identificada. Apenas de passagem, é como se fosse outra pessoa.

No ano anterior, pouco antes de terminarem a relação, Mary Pat e Ken Fen foram ao cinema no Bug House, na Broadway, e assistiram ao faroeste italiano *Meu nome é ninguém*, com Henry Fonda e Terence Hill.

É isso que ela é quando se olha no espelho: ninguém.

Um fantasma.

Com uma arma.

Depois das compras, Mary Pat percorre alguns quarteirões e entra na West Street para sua hora marcada no escritório de advocacia de Anthony Chapstone, mais conhecido como Tony Chap. Ele era advogado de Dukie e fez muito por ele, nunca lhe cobrou nem um clipe de papel, a não ser que Dukie pudesse apontar com quais papéis havia usado o clipe. Foi Tony Chap que a ajudou a declarar o óbito de Dukie para que pudesse se casar com Ken Fen na igreja e, tal como o falecido marido havia dito, seus honorários foram razoáveis e sem qualquer surpresa oculta.

Ao vê-lo no pequeno escritório depois de seis anos, Mary Pat fica mais uma vez impressionada com a figura estranha e solitária que Tony sempre deu a impressão de ser. Ela nunca ouviu falar em esposa nem em parentes. As únicas fotografias emolduradas no escritório são de filhotes de cachorro ou de lugares que supõe terem sido visitados por ele — lugares montanhosos e com muitas árvores. Tony está sempre bem-arrumado, mas com um estilo de pelo menos quinze anos atrás — lapelas estreitas no paletó, suspensórios por baixo, gravata-borboleta de seda. É um homem educado, de olhos gentis, e faz muito tempo que Mary Pat parou de se perguntar se ele tem integridade, mas com certeza não diria que é famoso. Ela nem sabe a idade dele — algo entre quarenta e cinquenta e tantos anos, o rosto ainda liso e sem rugas como um bumbum de nenê.

Tony Chap a conduz a uma cadeira e expressa suas condolências pela morte de Jules. Garante que toda a papelada está preparada e traz sua secretária, a velha Maggie Wheelock, que trabalha com Chap desde o começo da carreira dele, para testemunhar e autenticar.

Quando está tudo pronto — assinado, rubricado e em três vias —, ela tira alguns trocados para si da bolsa de dinheiro sujo e a deixa com Tony Chap.

Mary Pat teria pensado que hesitaria em deixar aquele saco de dinheiro para trás. Na verdade, sente-se muito mais leve. E de consciência mais limpa. Como se tivesse acabado de tomar banho em uma pia batismal.

A Manifestação Contra a Tirania ocorre às sete da noite, quando o sol está começando a se pôr no Tribunal Distrital do condado de Suffolk, na East Broadway Street, no sul de Boston. O tribunal fica logo a leste do cruzamento entre os dois lados da Broadway, o qual já está entupido de gente. Sem carros passando, o pessoal se amontoa na rua e nas calçadas do tribunal, e as várias lideranças discursam nas escadas.

A quinta a falar, Agnes Toomey, cuja voz quase nunca é mais alta do que um sussurro, não tem dificuldade de ampliá-la com um megafone. É contra o plano de Deus, diz ela à multidão, obrigar um bairro, uma cultura, um lugar orgulhoso e honrado, a alterar seu modo de vida para acomodar aqueles que são fracos ou preguiçosos demais para ajudar a si mesmos.

Andando pela margem da multidão do outro lado da rua, Mary Pat se pega pensando que uma mulher cujo marido ganha a vida matando gente devia parar de usar o nome de Deus em vão.

As pessoas não entendem a ironia. Estão engolindo tudo.

"Se eles querem escolas melhores", grita Agnes pelo megafone, "que as construam. Ninguém está impedindo."

As pessoas gritam por toda a Broadway.

"Se querem uma vida melhor", prossegue Agnes, "que tirem o rabo de dentro de casa e vão trabalhar."

O *rabo*?

A multidão aplaude e toca cornetas.

"O sonho americano não é uma esmola."

A multidão fica em *polvorosa*.

"O sonho americano é sobre arregaçar as mangas e abrir o próprio caminho. Sem auxílio nenhum."

Uma vasta onda de aplausos.

"Sem ajuda e sem ordens do governo!"

Um grupo de homens passa por Mary Pat carregando sob o braço corpos muito pálidos, pelo menos é o que parece até olhar mais de perto e ver que são bonecos em tamanho real muito leves sendo transportados. A multidão deixa os homens passarem. Um deles, Mary Pat percebe, é Terror McAuliffe, o marido de Big Peg. Ele a olha diretamente, analisando-a — cara e seios, seios e cara — e então segue em frente.

Não a reconheceu.

"Francis e eu temos quatro filhos", diz Agnes, "três deles estudam na escola em Southie. Mas eles não vão amanhã. Porque eu não vou deixá-los ir! Certo? Southie não vai para a escola!"

Toda a Broadway começa a repetir: "Southie não vai! Southie não vai! Southie não vai! Southie não vai!".

Agnes se afasta, radiante, e se volta para alguém na multidão, à sua direita, a uns cinquenta metros de onde Mary Pat está. Pode ver de relance o cabelo preto encaracolado naquele lado da aglomeração.

Mary Pat atravessa a massa de pessoas. Toda sua arrogância

por causa do disfarce se transforma em insegurança de repente. Em confiança falsa. Qualquer um, a qualquer momento, poderia se virar e dar de cara com ela a menos de três centímetros de distância de seu nariz e...

O quê?

Gritar seu nome.

Seria o suficiente.

Agora é Tom O'Rourke quem está com o megafone. Ele também faz parte do comitê escolar. Mas é um orador fraco, seu tom antiquado é uma cura para a insônia, e, embora ele fale sobre os assuntos que mais fazem sucesso — a tirania, o racismo reverso, a perturbação da comunidade e da cultura —, todos estão quase dormindo quando uma salva de palmas se alastra pela multidão. Mary Pat segue as dezenas de cabeças que se viram para ver os homens com os bonecos jogarem cordas por cima dos postes e dos mastros para hasteamento de bandeiras próximo ao tribunal. Eles não têm prática nisso — só uma corda se mantém firme na primeira tentativa —, mas a multidão grita tanto em apoio que Tom O'Rourke desiste de falar no megafone, o que gera mais uma rodada de aplausos.

Mary Pat se aproxima do lugar em que achou ter visto Frank Toomey, mas o sol já se pôs a essa altura. Ainda não está completamente escuro, mas sombras profundas se estendem sobre a multidão em faixas irregulares. Isso torna mais difícil discernir feições do que na escuridão total, a qual os olhos acabam se ajustando. E os óculos de sol com certeza não ajudam. Um sujeito de cabelo preto passa perto dela, mas quando emerge do outro lado do casal entre eles, a barba e o queixo duplo ficam evidentes, e Mary Pat o reconhece como um dos Clark da I Street. Ela se vira no meio do povo e ele está vindo em sua direção, encarando-a, Frank Toomey em pessoa, todo força bruta e desodorante masculino enquanto abre caminho pela multidão com um áspero "Com licença, com licença" que soa menos como um pedido e mais como uma ordem. Ele avança direto para Mary Pat, que não consegue se afastar. Está muito apertado, as pessoas se acotovelando e se virando para ver o que está acontecendo no tribunal, mas Mary Pat percebe tarde demais que já devia ter enfiado a mão na bolsa, que está esmagada atrás do lado direito de seu quadril, uma vez que Frankie está quase em cima dela, a boca se curvando em um sorriso cruel quando está perto o bastante para sentir o cheiro do hálito dele e o ouvi-lo dizer "Desculpa, querida, preciso passar".

Mary Pat gira para a direita o máximo que consegue e então Frank passa, seu corpo grosseiro e peludo roçando no dela, perto o suficiente para que note as manchas grisalhas que começam a aparecer em suas costeletas, e então segue em frente. E logo atrás dele, com as mãos nos bolsos do paletó em uma noite de verão, vêm Johnny Polk e Bubsie Gould, dois cabeças-duras que comandam o South Shore & Gravel e várias lojas de pornografia na Zona de Combate, o bairro da prostituição em Boston.

Antes que a multidão se feche, ela segue o rastro deles, permanecendo bem atrás dos três, enquanto Frank, dois passos à frente de ambos, abre caminho pela multidão como a proa de um barco. Mary Pat se arrepende de ter escolhido um terninho azul-claro — parece ser o tipo de detalhe que as pessoas vão se lembrar depois —, mas então ela lembra a si mesma que não há outro propósito. Seu objetivo não é matar Frank Toomey e fugir. É só matar Frank Toomey. O que, sem dúvida, poderia fazer agora mesmo — basta pegar a arma e atirar nos três cretinos pelas costas. Mas quem seria a verdadeira filha da puta aí? As balas poderiam atingir os três de raspão; uma multidão em pânico poderia resultar em pessoas pisoteadas; ela poderia errar a mira. Não, aquele não é o melhor lugar.

A multidão avança sem parar, fazendo com que Mary Pat gire no meio do caminho e fique involuntariamente de frente para o tribunal outra vez. Os bonecos em tamanho real estão pendurados nos mastros e nos postes, agora com cartazes no pescoço. Em um deles lê-se SEN. KENNEDY, no outro JUIZ GARRITY, no terceiro PREFEITO K. WHITE e no quarto WILLIAM TAYLOR, que ela não sabe quem é. Os homens que carregavam os bonecos seguram isqueiros nas mãos embaixo deles. À medida que a multidão grita em aprovação, eles põem fogo nos bonecos.

Demora um minuto para as chamas pegarem. Elas dançam nas bordas dos bonecos, algumas azuis, outras amarelas. Um deles, Garrity, se apaga, e é preciso reacendê-lo. Mas então...

A luz das labaredas ilumina a multidão mais próxima do tribunal. Banha as pessoas com luz vermelha, amarela e azul, inundando as cabeças e os rostos como água. O ar cheira a líquido inflamável e a fúria. Os bonecos se retorcem nas cordas e queimam.

A multidão grita: "Southie não vai!".

A multidão grita: "Neguinho nenhum presta!".

A multidão grita: "Nós somos um!".

Por um momento, a visão de Mary Pat se torna telescópica, e ela só consegue ver rostos avançando sobre pescoços tensos de tanto se alongar, bocas vermelhas cheias de saliva, cartazes espetados no ar como tridentes, pernas de crianças penduradas nos ombros e no peito dos pais. Atravessar a multidão densa e a densidade de sua raiva é como tentar abrir caminho entre tijolos recém-colocados. Os pulmões de Mary Pat doem como se tivessem fumado meia dúzia de cigarros em sequência, e ela se sente tonta.

Bem quando acha que está a ponto de desmaiar, consegue sair. Vai parar na esquina do cruzamento da West com a East Broadway.

Do outro lado, Frank Toomey vai até um Caddy cereja com teto branco de plástico duro. Conversa muito à vontade com Johnny Polk e Bubsie Gould. Faz uma cara engraçada e todos riem. Diz algo que faz com que os dois inclinem a cabeça. Balança a própria várias vezes para que ambos entendam que ele está falando sério. Então entra no Caddy e se afasta do meio-fio. Dá meia-volta rumo a West Broadway.

Mary Pat espera com muita agonia para ver o que Johnny e Bubsie vão fazer em seguida. Eles mesmos parecem estar em dúvida. Então concordam com a cabeça, caminham alguns metros e entram em um bar.

Mary Pat dispara correndo por dois quarteirões, senta ao volante de Bess e pisa no acelerador. O carro sai da vaga de estacionamento. Começa a ganhar velocidade. Ao se aproximar de uma placa de "pare", Mary Pat estica o pescoço — ninguém por perto — e segue em frente sem parar. Faz a mesma coisa ao passar pela placa seguinte e chega à West Broadway com o coração acelerado. A essa altura, tudo que tem são palpites. Se estivesse indo para casa, Frank teria entrado em uma rua lateral paralela à Dorchester Street e seguido até sua casa na West Ninth. Mas não fez isso. Continuou pela Broadway em direção à ponte. Mary Pat aposta todas as suas fichas e decide que ele está indo para a cidade, para algum lugar no centro.

Se esse fosse o caso — e se alguém *não* tivesse incendiado um carro nem o tivesse largado bem no cruzamento da Broadway com a E Street —, ela teria perdido o rastro de Frank Toomey naquela noite. Mas Bess chega ao cruzamento bem quando o trânsito começa a desviar do veículo em chamas, e Mary Pat avista o teto branco e o carro cereja quando ele está passando pelas labaredas — *será que tudo está em chamas hoje?* — e não o perde de vista até que ele vire à direita na via de acesso da rodovia I-93.

Ela está a três veículos de distância quando o Caddy sai na estação norte e então atravessa a ponte para Charlestown. Os dois carros entre eles param na City Square, então, por uma questão de segurança, Mary Pat deixa Frank aumentar a distância. Aumentar demais, aliás, mas ela não entra em pânico. Não se deixa ser dominada pelo medo. Está em Charlestown — um bairro de um quilômetro quadrado e meio sem garagens cobertas. Se Frank tiver estacionado por ali, vai encontrá-lo.

E o encontra.

Quer dizer, acha seu carro estacionado em frente a uma barbearia do outro lado da rua do Campo de Treinamento na Common Street. A barbearia está fechada, com as luzes apagadas. Há casas ao redor, algumas que datam dos tempos da Revolução Americana, a maioria do início do século xix. São casas geminadas — de tijolo, arenito ou com fachada de tábuas de madeira —, e não há um centímetro entre elas. Ele pode estar em qualquer uma. Ou não. Pode ter estacionado na primeira vaga que encontrou e virado a esquina a pé. Mary Pat pensa em sair para procurá-lo, mas o único lugar mais bairrista que Southie é Charlestown. Se começar a andar por aí espiando janelas, Frank vai ficar sabendo antes que ela percorra meio quarteirão.

Mas, Mary Pat espera, ele deve voltar por causa do Caddy. Ela encontra um lugar com uma boa visão do carro no lado mais distante do Campo de Treinamento, que tem esse nome porque era aqui que as tropas da União se reuniam para ser inspecionadas e treinavam durante a Guerra de Secessão, e arruma a peruca e a maquiagem no espelho retrovisor. Acomoda-se e diz a si própria que não está exausta. Não consegue se lembrar da última vez que dormiu de verdade; mesmo no hotel ontem à noite, não chegou a dormir três horas. Belisca a própria coxa com toda força. Dá tapas no próprio rosto algumas vezes. Fuma um cigarro atrás do outro...

Acorda por volta da meia-noite sem fazer a menor ideia de quando pegou no sono. Pisca meia dúzia de vezes, dá mais um tapa na própria cara e olha ao redor do Campo de Treinamento.

O Caddy continua no mesmo lugar em que Frank Toomey o estacionou.

Meu Deus.

Que sorte do caramba. Nada mais.

Mary Pat resolve ficar acordada mesmo que precise se cortar para isso, mas, em meio ao segundo cigarro, sente as pálpebras pesarem. Ela sai do carro. Fica parada no ar úmido, os pulsos apoiados no teto de Bess enquanto fuma. Vê uma cabine telefônica a meio quarteirão, na esquina. Ângulo perfeito para vigiar o carro de Frank, então corre até lá, entra e fecha a porta. Pensa para quem pode ligar a essa hora da noite — ou a qualquer hora, percebe, sentindo a pontada de dor do exílio —, então põe uma moeda no aparelho e telefona.

"Mary Pat", diz ele quando transferem a ligação. "Como você sabia que eu estaria trabalhando no turno da noite?"

"A sorte dos irlandeses, detetive."

"A gente tirou três rifles automáticos nojentos da rua hoje de manhã."

"É mesmo?"

"Pode apostar. Obrigado."

"Se você trabalhou de manhã, por que ainda está aí?"

"Fui para casa e dormi", explica Bobby. "Mas acabei voltando. Todo mundo está trabalhando dobrado. Metade dos policiais da cidade está se preparando para amanhã. Muitos deles foram lá para os seus lados, para manter a ordem da noite."

"Vi você no enterro de Auggie Williamson."

"Eu também te vi."

"Por que foram embora correndo?"

"Recebemos um mandado que estávamos esperando. Para prender um idiota que matou a namorada, antes que tivesse tempo de matar outra pessoa."

"Você deve ter se sentido bem depois."

"Nem tanto. O que eu faço é muito parecido com faxina na maior parte dos dias." Ele não consegue conter um bocejo de exaustão. "Ouvi dizer que você trocou algumas palavras com os pais de Auggie."

"Hum", diz Mary Pat.

"Aposto que não foi agradável."

"Não foi."

"Eles perderam o filho, que morreu de forma violenta. Ainda estão muito abalados", diz Bobby, tentando dar a mesma desculpa que ela.

"Não." Mary Pat respira fundo, e o ar úmido que solta ressoa nos confins da cabine telefônica. "Eles sabem o que dizem." Ela olha pelo vidro manchado para o Campo de Treinamento, no qual os soldados se preparavam para lutar e libertar as pessoas escravizadas. Imagina que eram jovens ingênuos se cagando de medo. A grama do campo está quase branca com o calor — não choveu nesse verão, nem uma gota — e, sob as luzes da rua e através do vidro sujo, parece neve. Mary Pat nunca se sentiu tão perdida.

Não, percebe ela, perdida não.

Sozinha.

Mary Pat pigarreia e tenta explicar algo ao detetive Michael "Bobby" Coyne, um completo desconhecido se for parar para pensar, mas sente a necessidade de dizer a ele o que nem ela própria entende. Sente a necessidade de ser ouvida, ainda que não faça lá muito sentido.

"Quando se é criança e as pessoas começam a contar mentiras, *nunca* dizem que são mentiras. Só dizem que as coisas são assim mesmo. Podem estar falando do Papai Noel ou de Deus ou de casamento ou do que a gente pode ou não pode fazer consigo mesmo. Dizem que o pessoal do Leste Europeu é assim e que os italianos são assado, e nem fale nos latinos, nos crioulos, mas é claro que não se pode confiar neles. E dizem que esse é o caminho. E você é só a porra de uma criança, então pensa: *Eu quero fazer parte disso. Com certeza, não quero ficar de fora. Vou precisar conviver com esse pessoal a vida inteira.* E lá é quentinho. Tão quentinho. E o resto do mundo? É frio pra caralho. Então a gente aceita essa merda, sabe?"

"Eu sei", diz Bobby.

"E então você finca o pé, porque agora tem filhos e quer que eles se sintam protegidos. E espalha as mesmas mentiras para eles, os contamina com elas. Até que se tornem o tipo de gente que é capaz de perseguir um pobre rapaz até uma estação de metrô e quebrar a cabeça dele com uma pedra."

"Está tudo bem", diz ele gentilmente.

"*Não* está!", grita ela no interior da cabine telefônica. "Não está. Minha filha está morta e Auggie Williamson também porque eu contei mentiras a ela. E antes? Antes que Jules engolisse tudo? Ela sabia da verdade. Eles *sempre sabem*. Sabem aos cinco anos. Mas a gente continua repetindo as mentiras até esgotá-los. Isso é o pior de tudo — a gente os esgota até tirar tudo o que há de bom no coração deles e substituir por veneno."

Mary Pat não tem ideia de quanto tempo fica chorando. Só sabe que, a certa altura, precisa colocar mais uma moeda no telefone, e mesmo assim não conseguiu parar de chorar.

Bobby fica na linha com ela o tempo todo.

Quando os soluços se transformam em fungadas, ela volta a ouvir a voz dele.

"Seja lá o que estiver pensando em fazer, peço que espere um dia."

Ela ainda não consegue falar. Sua garganta está cheia de lágrimas e muco.

"Mary Pat? Por favor. Pare por vinte e quatro horas. Não faça nada. Vou encontrar você onde quiser. Sem distintivo. Só um amigo."

"Por que você é meu amigo?", diz Mary Pat enfim.

"Porque nós dois somos pais", responde Bobby.

"Eu era. Não sou mais."

"Não, você ainda é. Sempre vai ser. E todos os pais fracassam. É a única coisa da qual temos certeza. Então, sim, sua filha Jules tinha alguns defeitos que você passou para ela. Ok. Mas todo mundo com quem conversei, todos falaram no quanto era gentil. No quanto era divertida. Na grande amiga que podia ser."

"Onde você quer chegar?"

"Você também deu a Jules essas qualidades, Mary Pat. A gente não é uma coisa só. Somos pessoas. Até o pior ser humano tem algo de bom dentro de si. E o melhor tem muita maldade no coração. É uma batalha constante. Tudo que podemos fazer é lutar."

"Eu sou boa de briga", diz ela.

"Não estou falando desse tipo de luta."

"Só sou boa nisso, na verdade."

"Aposto que é boa em muitas outras coisas."

"Agora você está puxando meu saco para me manter na linha."

"Você que me ligou."

"E daí?"

"Daí que acho que você quer ser convencida a não fazer o que planeja fazer."

Mary Pat dá risada, e ele fica surpreso ao perceber que é um riso seco.

"Não quero que você me convença de nada."

"Então por que me ligou?"

"Porque um dia alguém vai entender isso tudo."

"'Isso' o quê?"

"O que estou prestes a fazer."

"*Não faça isso.*"

"E quero que você diga para eles o que eu te contei."

"Não quero ouvir isso."

"Eu já disse para você, detetive Coyne, que não se pode tirar *tudo* de uma pessoa. É preciso deixar alguma coisa. Uma migalha. Um peixinho dourado. Uma coisa para proteger. Uma coisa pela qual viver. Porque, se não fizer isso, em nome de Deus, o que a pessoa tem a perder?"

Bem quando Bobby pensa que devia ter começado a rastrear essa ligação cinco minutos atrás, Mary Pat desliga.

Ele fica ali sentado, olhando para o telefone, e se lembra de por que começou a usar heroína. Quando você está drogado, o mundo parece lindo. Quando não está, parece a merda de uma bagunça sem a menor esperança de melhorar.

Mary Pat desliga o telefone e se recosta no interior da cabine. Observa com uma surpresa perplexa quando Frank passa por ela de carro.

Mary Pat o segue de volta a Southie, apostando mais uma vez que sabe aonde ele está indo, portanto não precisa segui-lo tão de perto.

E Frank a recompensa parando em frente à casa dele na West Ninth. A rua está tão silenciosa que daria para ouvir alguém assoando o nariz a um quarteirão de distância. Quando Frank abre a porta do Caddy, ela chega a ouvir o rangido das dobradiças.

Bess já está no embalo. Mary Pat tirou o pé do acelerador e está só deixando a lata-velha seguir pela inércia. Espera para pisar no acelerador bem quando Frank fechar a porta do carro e se inclinar para trancá-la com a chave.

É isso, pensa ela. *É o fim. Eu atropelo o filho da puta, dou ré para terminar o serviço, se necessário, e caio fora. Vou para o mais longe que o dinheiro e a sorte me levarem. O que, sendo sincera, não vai ser tão longe assim. E vou morrer levando tiro da polícia ou da gangue do Butler, porque não vou para a cadeia nem vou deixar aqueles vermes do Marty colocarem as mãos em mim.*

Mas Frank se vira e vê o carro se aproximar. Ele se joga no chão, rola para debaixo do Caddy e quase consegue escapar — quase —, mas os pneus esmagam uma de suas pernas. Embaixo do carro, ele solta um grito agudo.

Mary Pat freia com tudo e sai de Bess.

As luzes se acendem — primeiro na casa ao lado, depois na de Frank. Ele rastejou para fora, saiu de baixo do Caddy e agora tenta se apoiar em um pé só na calçada. Enfia a mão na jaqueta em busca de uma arma. Porém, Mary Pat já passou pela frente do carro com o revólver apontado, a peruca escorregando pelo lado direito da cabeça, e dispara. A bala vai longe, atinge o que parece ser uma lata de lixo na rua. Frank tira a mão da jaqueta, tem algo ali dentro com certeza. Mary Pat mira com mais cuidado e atira pela segunda vez, ouve Frank gritar "Porra!". Ele deixa a arma cair e se inclina, o sangue escorrendo de um buraco na barriga e entre seus dedos sob a luz branca do poste e manchando a frente da calça branca.

Mesmo baleado, Frank tenta atacá-la, mas o pé esquerdo esmagado não ajuda. Ele comete o erro de tentar apoiar o peso do corpo nele e grita — é mais um urro, na verdade —, então cai de joelhos e acaba de quatro aos pés de Mary Pat, que encosta o revólver no alto da cabeça dele.

"Papai!"

Mary Pat ergue os olhos e vê a garota na varanda. Agnes está agachada atrás dela, segurando-a. É a filha mais nova de Frank — Caitlin, que fez a primeira comunhão há poucos meses.

"Não machuca o papai", grita a menina. "Por favor, moça, por favor!"

Frank agarra as pernas dela e Mary Pat lhe dá uma coronhada.

"Não o machuque!", berra Caitlin.

O vizinho, Rory Trescott, corre em direção a eles com um taco de beisebol. Mary Pat dispara uma vez, mirando bem longe dele, e Rory se joga no chão.

Frank cai de lado, o sangue jorrando do buraco em sua barriga como uma fonte fraca de água.

Mary Pat pega a arma dele na calçada e a coloca dentro da calça.

Caitlin Toomey sai da varanda enquanto sua mãe tenta segurá-la.

"Mantenha a menina longe daqui, porra!", grita Mary Pat.

Agnes agarra a filha.

Mary Pat agarra o cabelo oleoso e molhado de Frank com toda a força. Arrasta-o no asfalto até Bess; ele é pesado pra cacete, é quase como arrastar uma geladeira. Nesse momento, a peruca dela cai na rua, no rastro do sangue dele.

"Eu sei que é você, Mary Pat!", grita Agnes. "Sei que é você!"

Mary Pat abre a porta de trás do carro. Puxa as mãos de Frank — primeiro a direita, depois a esquerda — atrás das costas e o algema. Empurra-o no banco traseiro como se fosse um tapete enrolado. Empurra-o até que esteja dentro. Bate a porta e contorna às pressas a lateral de Bess.

"Sei que é você!", Agnes continua gritando. "Sei que é você! Sei que é você!"

Mary Pat se senta ao volante, engata a marcha e arranca com o carro. Já percorreram alguns quarteirões quando Frank geme no banco traseiro.

"Estou sangrando muito."

"Eu sei disso", diz ela.

"Posso acabar morrendo."

"Puxa, que merda, hein, Frank? Isso realmente ia partir meu coração", responde Mary Pat.

29.

Castle Island, no sul de Boston, não é uma ilha, embora já tenha sido. É uma península ligada por uma rodovia, a Day Boulevard, que termina em um estacionamento e em duas trilhas que dão no Sugar Bowl, que vai ser sempre lembrado por Mary Pat como o lugar em que Marty Butler usou uma maleta cheia de dinheiro para contar que ela já não tinha mais nenhum filho vivo nesse mundo. Assim como a ilha não é uma ilha, o castelo também não é um castelo; é um forte. O Forte da Independência, para ser mais específico. A estrutura atual é de granito, construída em meados do século XIX no lugar de dois fortes anteriores que datavam do tempo da colonização.

Edgar Allan Poe serviu o Exército ali a certa altura. Uma experiência que, segundo dizem, inspirou um de seus contos mais famosos, mas Mary Pat nunca leu nada dele, então não tem opinião sobre o assunto. Ela sabe por causa dos tempos da escola que, ao longo da história do lugar — primeiro como fortaleza dos colonos peregrinos, depois como forte britânico, aí como forte americano e, por fim, como monumento histórico pertencente à Commonwealth de Massachusetts —, nunca se disparou um só tiro em uma ação militar a partir de suas muralhas. Mas, assim como qualquer outra coisa em Southie, pensa Mary Pat ao se aproximar, foi construído para lutar em um piscar de olhos.

Frank está desmaiado há alguns minutos quando ela passa por cima da calçada do restaurante fast-food do Sullivan, no fim do estacionamento. Ele acorda assustado. Está confuso e provavelmente não muito consciente devido à perda de sangue. Mary Pat ouve o breve tilintar das algemas quando ele percebe que seus pulsos estão presos. Ela dirige pelo caminho acidentado ao longo do lado norte do forte. Frank grunhe muito.

Bess vai precisar de muita ajuda para o que vem em seguida, então Mary Pat mantém o pé no acelerador enquanto avançam. Quando chegam ao canto noroeste das muralhas, ela se levanta completamente do assento e fica de pé em cima do pedal. Bess derrapa, e Frank cai do banco traseiro com um berro. Mary Pat pisa com força na merda do acelerador e rosna entre dentes para que Bess suba a ladeira. Já quase no topo, as rodas traseiras cedem, e Mary Pat percebe que não vão conseguir. O carro vai recuar e provavelmente rodar para os lados, e então tombar, capotar e rolar.

"A gente vai morrer junto, Frank!", grita ela.

Frank responde com um berro algo como "Você é uma vadia maluca, Mary Pat". Mas Bess, abençoado seja esse veículo caquético, dá um último suspiro com o motor, um último impulso, e as rodas traseiras deslizam pela terra em vez de grama e o carro sobe para o topo da ladeira.

Mary Pat não esperava que os quatro pneus carecas rodando a toda velocidade pisassem em grama úmida em uma noite abafada de verão, então eles sacodem loucamente por todo o descampado que leva às portas do forte. Ela recupera o controle do carro pouco antes de bater, e, quando Bess enfim para, o motor morre. Balança até parar, assobia e tosse arquejos metálicos que chacoalham sob o capô, e a lataria toda treme num surto como se estivesse tendo um ataque cardíaco. Colunas de fumaça marrom brotam na traseira do carro e, em seguida, começam a sair da frente também.

De cara, é como perder um animal de estimação. Mary Pat sai e dá um tapinha na lateral de Bess. Tenta encontrar as palavras certas, mas tudo que consegue dizer é um "obrigada" ao único automóvel que já possuiu.

Enquanto Bess continua a passar pela agonia da morte, Mary Pat segura o velho cadeado enferrujado da porta principal do forte e o abre. Volta para pegar Frank, puxando-o pelo cabelo do chão do banco de trás.

Esperava que ele fosse lutar mais. Que fosse tentar parecer um cara durão. Que a ameaçasse. Mas Frank é chorão. Está surpreso, ao que tudo indica, com a selvageria dela. Quando cai no chão, grita: "*Qual é! Por favor! Por favor*, Mary Pat, minhas tripas estão saindo para fora!". Ela o levanta e o empurra para que passe pela porta aos tropeços, que acabam assim que ele apoia o peso do corpo na perna esmagada e cai novamente. Mary Pat o deixa ficar uns instantes ali deitado, esfregando a cara na grama.

O interior do forte é oval — o largo principal e os depósitos abaixo. Os parapeitos e as fendas de canhão acima.

Mary Pat arrasta Frank para dentro da primeira sala que vê. As salas bem ao lado do largo principal mal podem levar esse nome. Não têm portas nem móveis, nada. Parecem celas de prisão, mas ela tem certeza de ter ouvido dizer que eram depósitos de pólvora, armamento e comida. Apoia Frank na parede e descobre que ele desmaiou de novo.

Frouxo.

Mary Pat pega a pistola que tirou dele. Uma Colt .45 de 1911, quase idêntica à que seu tio Kevin trouxe da Segunda Guerra Mundial. Tio Kev a mostrava quando Mary Pat era pequena e iam ao apartamento dele. Ele a deixava sentar em seu colo com a arma depois de verificar se estava descarregada e lhe contava que a guardava por dois motivos: 1) para sempre se lembrar da selvageria de que um homem é capaz contra seus iguais; e 2) caso os crioulos viessem atrás de todos eles numa noite qualquer.

No fim, usou-a contra si mesmo na manhã de Natal de 1962.

Ela revista Frank. Encontra no bolso dele um pente sobressalente para a .45 e o guarda na bolsa. Tira sua jaqueta, enrola-a e a pressiona na ferida. Ele resmunga, mas não acorda, e Mary Pat usa fita adesiva para prender o casaco enrolado o mais firme possível sobre a ferida.

Ela dá uma olhada na perna dele e quase vomita. Meu Deus. Isso explica por que Frank não consegue se apoiar nela. O pé está virado para o lado contrário e os ossos da panturrilha perfuram a pele como gravetos quebrados. A visão acaba lhe dando a ideia de tirar a outra bota dele.

E é lá que encontra uma faca.

Mary Pat olha para o objeto. Essa é *a* faca? A que ele enfiou debaixo das costelas de Jules para atingir seu coração?

Percebe que Frank a está observando. Ele mal consegue respirar.

"Você sabe que é uma mulher morta, né?"

Ela dá de ombros.

"Você vai andando... Ops, desculpa, vai rastejar para o inferno antes de mim, Frank. Pode apostar."

"Não se me levar a um hospital." A voz dele é amigável. Comedida.

Mary Pat aponta para trás com o polegar.

"Não temos carro, Frank. Ele também já era."

"É só descer a ladeira até a cabine telefônica perto do Sullivan's." Um sorriso prestativo se une ao tom amigável.

"Para... fazer o que mesmo?"

"Chamar uma ambulância. Ou ligar para o Marty."

Ela espera um pouco antes de responder, o suficiente para ver a esperança florescer nos olhos dele.

"Frank", diz Mary Pat com toda a delicadeza possível, "você vai morrer hoje à noite."

Ele abre a boca para falar, mas ela o interrompe.

"Não vai sair dessa", explica. "Nenhuma ameaça, nenhuma promessa, nenhum suborno vai comprar um único dia a mais de vida para você."

Até aquele momento, Frank pensava que ainda tinha uma chance. Mas agora percebe — entende de verdade — que está vivendo seu pior pesadelo. Está acordado para cada momento dele.

Ele procura pelos olhos de Mary Pat e ela o deixa olhar bem fundo. Em algum lugar fora das muralhas do forte, uma gaivota grasna.

O rosto de Frank Toomey fica sombrio e gélido de indignação.

"Não!" Ele puxa as algemas nos pulsos. "Você me ouviu, sua puta? Não! Você vai..."

Mary Pat empurra a testa dele com a palma da mão, fazendo com que bata a cabeça na parede de granito.

"Como é possível", diz ela enquanto Frank tenta se recuperar da tontura, "que ainda tenha alguma raiva de mim? Você matou minha filha, Frank. Minha *filha*. E o bebê dentro dela. Você a usou. Sugou toda a vida dela quando Jules podia estar vivendo e depois enfiou uma faca no *coração* dela. E ainda acha que é um ser humano?" Ela aproxima a lâmina do rosto dele. "É essa a faca?"

Frank a encara sem brilho no olhar.

"Não se atreva a olhar para mim", diz Mary Pat. "Como se minha dor não valesse nada. Ela é tudo." Ela corta a bochecha dele.

"*Meu Deus!*"

"Mandei você baixar esses olhos, porra."

Ele olha para o próprio sangue na lâmina da faca e então para baixo.

"Você só está vivo agora porque eu quero mesmo uma resposta. Como consegue criar seus filhos? Como pode saber alguma coisa sobre o amor e ainda assim matar uma criança?"

"Matei muita gente na vida, Mary Pat."

"Eu sei. Mas uma criança, Frank?"

Ele tenta dar de ombros, com as mãos algemadas junto à parede.

"Não penso nisso." O sangue pinga de sua bochecha em gotas grossas. *Plop. Plop. Plop.*

"Nisso o quê?"

"Em nada disso. Matar alguém é como tirar neve com uma pá: não gosto de fazer isso, mas, se for preciso, eu faço e pronto. E meus filhos não têm nada a ver com o assunto. São meus filhos. Uma coisa separada. Quanto à sua filha..."

"Diga o nome dela."

"Jules", diz Frank. "Ela era um problema. Estava ameaçando contar que estava grávida de mim para minha esposa, e ainda por cima matou aquele garoto, então..."

"Ela não matou ninguém. Estava com eles quando..."

Frank nega com a cabeça.

"Jules estava segurando a pedra. Foi ela."

Mary Pat dá um soco na perna arrebentada. O grito que ele solta é algo animalesco, o berro de uma presa sendo devorada viva no mato alto. Ele cai no chão de terra. Fica com a boca aberta, os olhos arregalados de choque.

"Jules não o matou", diz ela. "Você está só inventando coisas. Você nem sequer estava na plataforma."

"Por que eu ia inventar isso?", arqueja Frank. Os olhos dele se enchem de lágrimas quando diz: "Por favor, não bata na minha perna outra vez, mas por que eu ia inventar algo assim? O que eu ia ganhar com isso? E *é claro* que eu estava na plataforma."

Mary Pat não diz nada por um bom tempo. Olha para o largo do forte sob a luz da meia-lua.

"Acho...", diz Frank quando consegue voltar a se sentar, "acho que ela fez isso como por misericórdia."

Ela o encara.

"*O quê?*"

"É bem possível", diz ele.

"Misericórdia pelo quê?"

Frank não fala nada.

"Pelo quê?", repete Mary Pat.

"Eu mandei fritarem ele."

"Hein?"

"Mandei que jogassem o moleque no terceiro trilho do metrô", explica Frank. "Que fritassem ele. Para mostrar para o resto dos neguinhos o que acontece quando invadem nossa parte da cidade." Ele olha para o sangue encharcando a jaqueta e para a fita adesiva que a prende. A pele dele está pálida e em tons azulados. "Jules não gostou da ideia. Não parava de falar para deixarmos o garoto em paz." Ele bufa. "A gente não podia deixar que ele fosse embora. Não. Eu disse para eles: 'Que se foda. Acabem com o cara'. Os garotos me ouviram, eles sempre ouvem. Puseram o neguinho de pé e estavam prontos para jogá-lo no trilho, e foi aí que ela o atingiu. O que acabou com qualquer ideia de que tinha sido a merda de um acidente, é claro. Ele morreu na hora."

Mary Pat o observa por algum tempo. Estranha o fato de uma pessoa ruim não ser diferente de uma boa. Pode ser o filho de alguém, o marido de alguém, o pai de alguém. Podem ser amados. Capazes de amar. Humanos.

338

"E você não pôde perdoá-la, não é?", pergunta ela. "Por fazer isso."

Frank resmunga de dor por um momento.

"Se ela fosse fraca naquele momento, onde mais ia mostrar fraqueza? Em uma delegacia? No tribunal? Sinto muito, Mary Pat, mas você sabe que há um código aqui. Tem que honrá-lo."

Ela tira o .38 da bolsa e está prestes a explodir a merda da cabeça dele por todo o granito quando ouve um carro se aproximando.

O automóvel entra diretamente no forte. As portas são escancaradas. Os faróis varrem o terreno.

"Hora do acerto de contas, Mary Pat!", grita Marty Butler.

30.

Bobby deixa claro para toda a delegacia que quer ser avisado caso ocorra algo violento relacionado à gangue de Butler nos próximos dez ou quinze dias.

Não demora muito.

Bobby aparece na West Ninth em frente à casa de Frankie Sepultura Toomey e ouve as testemunhas — o depoimento de um vizinho, da esposa de Frank e da filha de oito anos dele. Tanto o vizinho como Agnes Toomey identificam sem nenhuma dúvida Mary Pat Fennessy como a agressora e sequestradora. O sequestro é problemático — para todos os efeitos, deveriam chamar o FBI imediatamente e entregar o caso.

Outro dia talvez, decide Bobby. Hoje não.

Encontram sangue na calçada e a bota de Frank na rua. Mais sangue do impacto com o carro e vestígios por onde Mary Pat o arrastou. Bobby demora um pouco para entender que aquilo que parece ser a cabeça decapitada de um esfregão em uma poça de sangue é na verdade uma peruca.

Ele entra em contato com a delegacia pelo rádio, fala com

Vincent e pede que ele espalhe a notícia para todo mundo que tem uma fonte em Southie. Alguém deve ter visto uma loira enlouquecida dirigindo um Ford Country 1959 caindo aos pedaços pela noite com um assassino de aluguel no banco traseiro.

Bobby volta para a delegacia quando um policial de ronda que trabalha em City Point telefona dizendo que viu um carro em alta velocidade no Day Boulevard, há cerca de vinte minutos, cheio de caras que pareciam ser da gangue do Butler.

Só há um lugar para onde poderiam ir a partir dali.

"Indo em direção ao castelo?", pergunta Bobby.

"Bem, aquilo na verdade é um forte, detetive."

Bobby fecha os olhos e os abre de novo. Respira fundo.

"Indo em direção ao *forte*, agente?"

"Sim, detetive."

"Obrigado." Bobby desliga e corre para o escritório do tenente.

31.

"Quanto mais você fizer a gente esperar, mais vai doer", grita Marty pela segunda vez.

Frank abre a boca para responder, e Mary Pat encosta o cano do .38 no nariz dele. Encara-o com as sobrancelhas erguidas. Ele fecha a boca.

A julgar pela intensidade da luz dos faróis, pelo volume da voz de Marty e pelo ruído dos passos quando eles andam lá fora, ela acha que estão bem perto, talvez a uns quinze metros, não mais do que isso. Contou quatro portas se abrindo e se fechando, o que significa que são pelo menos quatro caras, talvez seis se o carro estiver cheio. Mas isso seria muito chamativo, e Marty não gosta de chamar atenção.

Então, quatro.

Mary Pat ouve-os se espalhar, passos a distâncias variadas pelo terreno, e um deles está se aproximando demais.

Ela faz Frank apoiar o peso no pé que não está fodido e o leva até a porta.

Os passos do outro lado param. A pessoa, Mary Pat supõe, pode ouvi-los.

Ela sai com o revólver apontado para o pescoço de Frank Toomey.

Brian Shea, pego de surpresa a três passos dela, começa a erguer a arma.

"Não, não, não", diz Mary Pat.

Brian olha para Frank — a perna esmagada, a jaqueta ensanguentada presa com fita adesiva à cintura — e abaixa a arma.

"Joga no chão", ordena Mary Pat. "Não vou falar duas vezes."

Ele a encara. Depois olha para Frank. Deixa a arma no chão.

Os outros três estão espalhados a uns dez metros ao redor de Brian. Larry Foyle é o que está mais distante, ocupando o lado esquerdo do semicírculo. Marty está no meio, feito um dente mole em um sorriso desdentado, e Weeds está na ponta direita. Todos estão segurando pistolas apontadas para baixo.

"Tudo bem aí, Frank?", pergunta Marty.

"Longe disso, Marty", responde Frank.

"A gente vai tirar você dessa."

"Eu sei que vão, Marty. Obrigado."

"Tem certeza disso?" Mary Pat aperta o gatilho e abre um buraco no pescoço de Frank Toomey.

Para homens tão acostumados com violência, nenhum deles parece preparado para esse momento. Larry e Weeds ficam chocados, boquiabertos.

"Nãããããão!", grita Marty como se estivesse de coração partido pela primeira vez na vida.

Brian Shea tenta pegar sua arma do chão.

Frank cai, seu corpo parecendo um saco de batatas e sua alma a meio caminho do inferno.

Mary Pat atira em Brian em algum ponto no meio do corpo dele e o ouve gritar.

Marty está erguendo a pistola quando ela dispara — *Bang! Bang! Bang!*

Mary Pat não sabe se o atingiu, só sabe que ele já não está mais lá quando os outros dois atiram de volta, as balas atingindo o alto da parede atrás dela. Larry e Weeds correm para se proteger atrás do carro e não estão mirando com cuidado enquanto disparam.

Mary Pat agarra a parte de trás do colarinho de Brian Shea. Ele está caído de costas e bate os calcanhares no chão. Choramingando e urrando sem parar. Ela permanece abaixada, mantém o corpo dele à frente tanto quanto possível e o puxa consigo em direção ao depósito. Uma vez lá dentro, Brian agarra as pernas dela na altura dos joelhos e dá uma cabeçada em sua barriga. Ela soca as orelhas dele, uma das mãos empunhando todo o peso do .38, e ele a solta.

Mary Pat o empurra para o canto e o chuta sem parar. Chuta-o *pra valer*. Cada vez mais rápido, com força e sem pensar no que está fazendo. Só para muito depois de saber que ele já não é mais uma ameaça.

"Vocês filhos da puta só entendem *isso*, né?", sussurra para ele entre dentes. "Mais nada?"

Brian vira uma bola e ela lhe dá um minuto, caso ele vá vomitar, então se põe atrás dele e o puxa com força para si, as quatro pernas enganchadas. Deixa o .38 de lado — está sem munição — e pega a Colt .45 de Frank. Solta a trava de segurança e põe o pente extra no chão de terra perto dela. Não tem como sair dali, mas só há um modo de entrar no depósito. Eles vão precisar enfiar a cabeça no vão daquela porta se quiserem pegá-la. Mary Pat mantém Brian a sua frente e aponta a .45 para a entrada.

"Você o matou, porra", diz Brian Shea enfim, como se não conseguisse entender a tragédia da morte de Frank Sepultura

Toomey. Como se todas as suas ilusões de um mundo melhor tivessem sido arrancadas dele.

"Claro que sim."

"E deu um tiro no meu quadril."

"Ah, Brian, se você conseguir sair daqui vivo, vai ter um quadril ruim, mas uma boa história para contar."

Mary Pat ouve o ruído de passos arrastados do lado de fora. A julgar pela distância, desconfia que estejam perto do carro.

"Você *matou* ele, porra."

"Por que está tão chocado? Vocês matam gente o tempo todo."

"*Nós*", diz ele. "Você não."

Para além da porta, alguém abre o porta-malas.

Ela passa o braço em torno da barriga de Brian e encosta o cano enorme da .45 na virilha dele.

"Que porra você tá fazendo?"

"Você estava lá quando mataram minha filha?", cochicha Mary Pat no ouvido dele.

"Não estava", diz Brian com a voz cansada. "Só me chamaram depois."

Mary Pat ouve uma pancada no chão do lado de fora, seguida de um barulho de metal contra metal. Para ir verificar, precisaria tirar Brian de cima e enfiar a cabeça pelo vão da porta, correndo o risco de levar um tiro na cara, portanto vai ter que deixá-los fazer seja lá o que estiverem fazendo. Mas admite que está curiosa.

"Quem *estava* lá quando mataram minha filha?", pergunta ela a Brian.

"Frank. Marty estava em outra sala."

"E o que aconteceu?"

"Que eu saiba, Jules e Frank começaram a brigar, ela continuava gritando com ele, Frank puxou uma faca e, você sabe."

"'Você sabe'", repete ela com amargor.

"É."

Mary Pat afasta a pistola da virilha dele.

Lá fora, mais passos arrastados, mais ruído de metal contra metal, e então Marty ordena: "Peguem o tripé".

O *tripé?*

Brian solta ar pelo nariz. Desconfia que ele está tentando controlar a dor.

"Lembra no segundo ano", começa ele, "quando a gente…"

"Lá vamos nós. Lembranças do passado."

Ele ri.

"Não, não, foi engraçado. Lembra que a gente encheu o banheiro dos professores de…"

"Bombinhas", completa Mary Pat. "Sim, eu lembro."

"A gente riu muito naquele dia."

"Riu mesmo", diz ela. "Você acha que isso vai me salvar?"

Brian não diz nada.

Mary Pat balança a cabeça.

"Então por que diabos isso ia salvar você?"

O rosto dele murcha outra vez.

"Agora Marty não pode deixar você viver. Frank era como um irmão para ele."

"Como um *irmão?*", diz ela.

"É. O que mais?"

"O jeito como ele gritou quando matei o Frank? O que você acha?"

Brian pensa um pouco e fica com uma expressão apavorada no rosto.

"Você é doente." Ele cospe na parede à frente. "Uma depravada do caralho."

Mary Pat dá risada.

"Vocês enchem nossa comunidade de heroína. Pagam mulheres para trepar com desconhecidos. Abusam de crianças. Transformam outras crianças em versões pioradas de vocês. Roubam. E matam. Mas a doente *sou eu*. A depravada *sou eu*. Ah, tá certo então, Brian."

De algum lugar na escuridão, Marty grita:

"Mary Pat, querida."

"Marty, querido!", responde ela.

O riso dele ecoa pela brisa leve.

"Deixa meu amigo Brian sair e a gente deixa você ir embora."

"Não vão deixar *não*."

Por um momento, não há nenhum barulho na noite.

"Não, acho que não." Mais uma risada. "Posso fazer uma pergunta?"

"Claro."

"Eu dei muito dinheiro pra você."

"Deu mesmo."

"Por que não o pegou e deu o fora?"

"E fazer o quê?"

"Viver uma vida melhor?"

"Eu vivia uma vida melhor. Frank acabou com ela."

"Mas *eu* não", diz Marty cheio de inocência. "E mesmo assim você atacou toda a minha organização."

"Ah, Marty", diz ela. "Ah, Marty."

"O que foi, Mary Pat?"

"Isso tudo é você. Todo esse horror doentio. Você o comanda e ele comanda você."

"Não entendi. O que me comanda, querida?"

"O medo", responde Mary Pat.

"Medo?" Ele ri. "Do que eu teria medo, Mary Pat?"

"Porra, Marty, isso só você e Deus sabem, mas tenho certeza de que a lista é muito longa e triste."

O silêncio se prolonga por algum tempo. Ela consegue ouvir as ondas batendo suavemente na costa ao longe.

"Você sabe o que eu fazia na guerra, meu bem?", pergunta Marty.

Seja lá o que estiver prestes a acontecer, Mary Pat sabe que não vai demorar muito.

"Não, Marty, não sei."

"Eu era atirador", grita ele.

"Hum-hum…"

"Sendo mais específico", diz Marty, "eu era atirador de elite."

Mary Pat ouve o coice da arma só depois que a bala atingiu o alvo, através do osso e da pele de sua axila direita. Ela gira na mesma hora, um instinto de sobrevivência tão antigo quanto seu próprio corpo, e a bala seguinte transforma a cara de Brian Shea em torta de cereja.

Ele não emite nenhum som. Provavelmente nem se deu conta de que morreu.

Mary Pat se arrasta de volta para o canto da sala, e agora eles disparam as pistolas. Ela vê mais dois tiros atingirem Brian Shea — um no peito, outro explode seu joelho direito.

"Cessar fogo", grita Marty.

Larry e Weeds param de atirar, mas os ouvidos dela continuam zumbindo.

"Sabe o que você acabou de receber aí, meu bem?", grita Marty de novo.

Ela não consegue falar. Não consegue respirar. Todas as suas entranhas estão paralisadas como se uma mão enorme e gélida estivesse apertando seu coração com toda força.

"Foi uma bala revestida de aço de 7,62 milímetros viajando a mais de mil quilômetros por hora, Mary Pat. Quando o choque e a adrenalina diminuírem, o que deve acontecer a qualquer momento, seu corpo vai começar a reagir ao dano. Eu desconfio que vai ficar difícil respirar. Seu sangue vai ficar gelado. Vai ser quase impossível falar. Ou pensar. Mas quero que você fique aí deitada e tente. Quero que pense em todos os seus erros — o primeiro, o principal, foi sua total falta de respeito pela minha generosidade e pela minha *amizade*. Quero que reflita sobre isso", diz Marty, "porque não vou acabar com você. Vou ficar aqui sentado, curtindo um cigarro e o ar da noite, até você morrer, sua vaca traidora filha da puta."

De repente, o fundo da garganta de Mary Pat se enche de catarro quente. Ela tosse só para perceber que não é catarro. E sim sangue.

Que merda.

Mary Pat soube desde o momento em que Marty lhe entregou a maleta com dinheiro que ela não ia parar enquanto todos os envolvidos na morte da filha não tivessem pagado por seus pecados. Não conseguiu chegar ao próprio Marty, o que é uma pena, mas é difícil chegar ao cérebro da operação. Sempre foi difícil chegar ao cérebro.

Mas, cara, ela ferrou com a operação toda.

E agora Marty está lhe dizendo para ficar deitada ali. Para esperar até morrer. Para ser comida pelos ratos.

Vai ser bom ver Dukie de novo (por mais que sinta saudade de Ken Fen o tempo todo). Talvez possam tomar uma cerveja e relembrar o quanto se divertiam no começo do casamento.

"Ei, Marty", grita ela, alarmada com a fraqueza da própria voz.

"Sim, querida?"

Mary Pat se levanta, completamente tonta, e cai de lado em uma parede.

"O que fez você pensar...?" Ela firma os pés. A sensação é de que alguém colou seus pulmões.

E Noel? Não vai ser maravilhoso ver seu Noel?

"O que foi?"

"O que te fez pensar", repete Mary Pat, "que algum dia eu ia aceitar receber ordens..."

Ela se apoia com firmeza na parede à sua esquerda. Passa por cima de Brian Shea, que não tem mais rosto.

"Não consigo ouvir você", grita ele.

"Que algum dia eu ia aceitar receber ordens de um covarde... como você?"

Estou indo, Jules. Estou indo, meu amor.

Mary Pat abre a porta e ergue a arma na noite. Na verdade, dispara uma vez, talvez até duas, antes que comecem a atirar de volta.

32.

A dessegregação federal das escolas públicas de Boston entra em vigor na manhã de quinta-feira, 12 de setembro de 1974. Os ônibus que transportam os alunos negros para a Escola de Ensino Médio South Boston são escoltados pela polícia, que veste equipamentos da tropa de choque. À medida que se aproximam da escola, várias centenas de manifestantes brancos — adultos e crianças — enchem as ruas. Gritos de "Vazem daqui, crioulos" dão lugar a "Neguinho nenhum presta" e a "Southie não vai!". Vários dos que protestam seguram fotografias de macacos. Um deles segura a corda de uma forca.

Os tijolos vêm de um canteiro de obras na West Broadway. Outras pessoas usam pedras. Mas os tijolos fazem mais barulho e causam mais estrago quando atingem as janelas dos ônibus. As crianças lá dentro logo descobrem que o lugar mais seguro durante o bombardeio é debaixo dos assentos, e o único ferimento registrado foi o de uma adolescente que teve o olho atingido por estilhaços; ela precisa de atendimento médico, mas não perde a visão.

Na escola, os alunos negros se deparam com algo que estão

acostumados desde sempre, mas que não esperavam ver aqui — nenhum estudante branco.

No primeiro dia de aula, nenhum aluno branco compareceu.

Quando a notícia se espalha entre os manifestantes, eles começam a gritar: "Vi-tó-ria! Vi-tó-ria!".

Algumas horas antes, às quatro da madrugada, o corpo de Mary Pat Fennessy foi removido do largo do Forte da Independência, em Castle Island e transportado ao Instituto Médico Legal do condado de Suffolk.

Bobby, Vincent e seu esquadrão de detetives e policiais reunidos às pressas chegam ao Forte da Independência aproximadamente cinco minutos depois da morte de Mary Pat e dão de cara com Marty Butler e seus homens juntando os cartuchos usados e se preparando para ir embora. Eles não reagem. As armas que usaram são registradas. Mary Pat Fennessy atirou neles depois de assassinar Frank Toomey. Brian Shea foi morto pelo que Marty chamou de "fogo amigo".

Bobby os leva sob custódia e confisca as armas e o tripé usado para o fuzil de Marty, mas não tem dúvida de que a investigação da cena do crime vai revelar que tudo aconteceu exatamente como Marty diz; de outro modo, ele não estaria tão confiante. Bobby talvez — apenas talvez — consiga levar o caso ao tribunal, só porque Brian Shea morreu devido a três cidadãos que deram uma de justiceiros. Mas as chances de serem condenados são tão altas quanto as do rosto de Brian Shea se restaurar de volta.

No necrotério, cinco balas são retiradas do corpo de Mary Pat Fennessy. A bala mortal foi uma de 7,62 milímetros bem no coração, mas Drew Curran garante a Bobby que outro tiro do mesmo fuzil entrou pela axila direita e a teria matado dez minutos depois.

"Só podia ter sido um tiro no coração", disse Bobby a Carmen alguns dias depois. "Em qualquer outro lugar, ela só teria continuado lutando."

No dia seguinte à morte de Mary Pat, Bobby recebe uma ligação de Calliope Williamson. Eles põem algumas coisas em dia e Bobby pede desculpas por não tê-la visitado em casa depois do enterro de Auggie.

"Não faz mal", diz ela, "o senhor é um bom homem."

Sou mesmo?, pensa Bobby.

"É verdade", pergunta Calliope, "que ela o ajudou a prender os garotos que mataram meu filho?"

"A sra. Fennessy?"

"É."

"Onde a senhora ouviu isso?", pergunta ele.

"No trabalho. Todas as mulheres que eram amigas dela a chamam de dedo-duro, dizem que ela traiu a própria comunidade."

"Ouvi dizer que vocês conversaram", diz Bobby.

"Conversamos, e não vou pedir desculpas por nada do que disse."

"Não estou lhe pedindo isso. Seja lá o que disse, tenho certeza de que foi merecido."

"Mas ela também o ajudou a capturar os assassinos do meu filho?"

"Ela fez bem mais do que isso", diz ele.

"Não entendi."

"O principal responsável pelo que aconteceu com seu filho não vai voltar a machucar ninguém."

"Por causa dela?"

"Sim. Não estou dizendo que a intenção dela fosse fazer justiça por Auggie, não acho que esse foi o caso. Mas ela fez isso mesmo assim."

Calliope Williamson fica em silêncio enquanto processa essa informação.

"O senhor vai ao enterro dela?", pergunta Calliope.

"Depende da data. Se eu estiver trabalhando, não. Se não estiver, vou sim."

Outro longo silêncio. Então:

"Talvez nos vejamos lá." Ela desliga.

Big Peg McAuliffe passa os dias seguintes à morte da irmã tentando localizar os parentes para o funeral. Donnie, em Fall River, diz que vai comparecer e conta que tem notícia de Bill, que já não está no Novo México, mas pode estar em Hartford. Big Peg entra em contato com alguns primos e com uma tia que diz que vão tentar ir.

Big Peg fica irritada com o fato de que não consegue se lembrar das últimas palavras que trocou com a irmã. Sabe quando a viu pela última vez e sabe que conversaram sobre o desaparecimento de Jules. Sabe que a acompanhou até a porta, mas não consegue se lembrar da conversa que tiveram. E isso a incomoda muito; devia se lembrar das últimas palavras que disse.

Algumas pessoas na Commonwealth olham para ela de um jeito estranho, como se o vírus que atacou sua irmã nas últimas semanas de vida também pudesse contaminá-la. Irrita-a saber o que Mary Pat fez com a reputação da família. Vai demorar, talvez muito tempo, para recuperar o prestígio.

"Quer dizer, eles foram cruéis com Jules, mas, sabe como é, ela brincou com fogo e acabou se queimando", diz Big Peg a Donnie quando ele liga de volta.

"Ela era uma criança", responde Donnie.

Isso quase a atinge, mas ela não se abala.

"O que você vai fazer?", pergunta Peg.

"Sei lá", diz ele. "Fazer o quê?"

"A vida é assim"

"Não tem jeito."

"E a gente sabe muito bem como Mary Pat era."

Donnie solta uma risada.

"Quando ela ficava com aquele olhar? Aí não tinha conversa."

"Não tinha mesmo."

"Ah, o Billy diz que vem."

"É mesmo?" Peg acende um cigarro, surpresa com a animação por saber que vai ver dois de seus irmãos depois de tantos anos. "Vai ser como uma reunião de família."

"É."

"É."

"Tudo bem, então", diz Donnie para encerrar.

"Tudo bem, então", concorda Big Peg.

Os dois desligam.

Ela passa algum tempo sentada à janela, fumando e olhando para o conjunto habitacional lá fora. Repara em um lugar na calçada em que ela e Mary Pat jogavam cinco marias, pulavam corda ou amarelinha quando meninas. Nunca foram as irmãs mais unidas do mundo, mas tiveram bons momentos. Big Peg pode ver as duas lá fora; por um segundo, chega a ouvir o riso delas e sua conversa ecoando nas paredes do conjunto habitacional. Uma dor feroz desponta em seu peito — coração, pulmões, estômago. Uma bomba de desolação explode, ondula e irrompe, atingindo seu cérebro por fim.

Como perdeu a irmã?

Onde está a alma de Mary Pat agora?

Como as coisas chegaram a esse ponto?

Big Peg se concentra em um pombo do outro lado da calçada, bicando o parapeito de uma janela. Não tem ideia do que ele está comendo (um chiclete, o cocô de outro pombo?), mas mantém a cabeça baixa. Faz seu trabalho.

A dor no peito passa, a onda de choque desaparece.

As coisas chegaram a esse ponto, recorda Big Peg, porque Mary Pat tinha boas intenções, mas, cá entre nós, nunca foi uma boa mãe. Aquelas crianças mandavam em casa porque ela os mimava. Simples assim. Deixava-os responder, raramente batia neles, dava dinheiro toda vez que pediam. Quando a gente mima as pessoas, elas não nos agradecem depois. Não sabem o que é gratidão. Crescem com o rei na barriga. Começam a exigir coisas que não têm o direito de exigir.

Como os negros e a escola.

Como Noel e as drogas.

Como Jules e o marido de outra mulher.

Peg não pode se culpar pelos defeitos de Mary Pat, não pode se sentir culpada por ter se mantido no caminho certo como uma cidadã de bem, enquanto Mary Pat se afastava para entrar no meio do mato e mergulhar no pântano.

E agora ela finalmente se lembra da última coisa que disse à irmã. Estavam conversando sobre os filhos das duas, e parece uma profecia olhando para trás agora.

Sua vida não pode girar em torno deles.

Um dia antes do enterro de Mary Pat, o filho de Bobby, Brendan, vai parar no hospital com a perna quebrada em três lugares. Estava andando de skate com os amigos em uma rua íngreme perto da casa de sua mãe. Tentou desviar de um buraco, bateu em um Buick, deslizou por cima do capô. Fraturou o calcanhar esquerdo, o tornozelo e a fíbula.

Todas fraturas simples, felizmente. A cirurgia ocorre sem problemas.

Bobby e Shannon ficam com ele no hospital Carney. O gesso parece maior do que o corpo de Brendan, um enorme apêndice branco se projetando do joelho e se pendurando na outra extremidade por um apoio em U acima da cama. Ele está bem-humorado, meio tonto por causa dos remédios, e lhes lança um sorriso perplexo do tipo "Como eu vim parar aqui?". Suas tias e seu tio Tim o visitam, trazem brinquedos, cartões, livros. Escrevem mensagens idiotas no gesso dele. Fazem tanto barulho no quarto que as enfermeiras vêm várias vezes pedir que falem mais baixo. Por fim, conseguem enxotá-los até só restarem Shannon, Bobby e o filho.

Brendan ronca baixinho e Shannon olha para Bobby e diz: "Nosso menino". Sua voz falha porque é a primeira vez que ele se machuca. Brendan raramente fica doente, nunca tinha tomado pontos ou fraturado um osso. Nunca teve nem mesmo uma torção.

Bobby concorda com a cabeça, mantendo a expressão serena e solidária.

Shannon parece exausta. Foi ela quem trouxe Brendan, que ficou duas horas antes de Bobby chegar. Ele sugere que ela vá para casa, descanse um pouco, tome pelo menos um banho para se sentir melhor.

Shannon reluta um pouco, mas como Brendan continua dormindo e a noite se arrasta, ela junta suas coisas, dá um beijo na testa do filho e acena para Bobby, os olhos úmidos e abalados.

Quando ela se vai, o sorriso que ele vinha mantendo no rosto desde que chegou aqui — seu sorriso de torcedor, seu sorriso de pai no controle da situação, seu sorriso "tudo vai dar certo" — desaparece. Pode imaginar a perna preta e roxa por baixo do gesso, inchada e arrebentada por faixas de suturas escuras. A pele de seu filho foi aberta como um peru de Natal para que os cirurgiões pudessem inserir os instrumentos no corpo dele e colocar de volta no lugar os ossos que se partiram como palitos de churrasco. E, embora Bobby esteja grato — muito grato — porque a medicina moderna existe para socorrê-lo, mesmo assim ainda parece uma violação.

Podia ter sido muito pior. Brendan podia ter passado por cima daquele carro e caído de cabeça. Ou quebrado o pescoço. Ou quebrado a base da coluna.

Sempre pode ser pior. Esse era um mantra na família em que Bobby nasceu. E ele concorda com isso.

Mas também deve enfrentar o que seu cérebro aprendeu desde o momento em que pegou pela primeira vez o filho nos braços na maternidade do hospital St. Margaret e que só agora permite se infiltrar em seu coração. Não porque queira isso, mas porque o gesso não lhe deu escolha.

Eu não posso proteger você.

Posso fazer o possível, ensinar tudo que sei. Mas, se eu não estiver lá quando o mundo vier para cima — e mesmo se eu estiver —, não tenho como garantir que posso impedi-lo.

Posso amar você, posso te apoiar, mas não posso mantê-lo seguro.

E isso me assusta profundamente. Cada dia, cada minuto. Cada vez que respiro.

"Papai?" Brendan o está encarando.

Bobby olha para o rosto sonolento do filho.

"Fala, amigão."

"É só uma perna."

"Eu sei."

"Então por que está chorando?"

"Alergia?"

"Você não tem alergia a nada."

"Cala a boca."

"Muito maduro."

Bobby sorri, mas não diz nada. Pouco depois, aproxima sua cadeira da cama, pega a mão do filho. Leva-a aos lábios, beija o nó dos dedos dele.

O funeral de Mary Patricia Fennessy é realizado às nove horas da manhã do dia 17 de setembro. Pouca gente comparece. Calliope Williamson está mais atrás e repara em uma versão grande e gorda de Mary Pat parada na frente com um grupo de filhos rebeldes que parecem precisar de um banho. Há dois homens mais velhos em um banco próximo, de cabelo ralo, e seus rostos lembram o da mulher gorda e o de Mary Pat.

Parentes, então.

Algumas freiras do Solar Meadow Lane estão presentes, mas nenhuma colega de trabalho. Outros dez convidados se espalham em uma igreja na qual caberiam facilmente mil pessoas.

O detetive Bobby Coyne não comparece. Calliope sabe que ele viria se conseguisse — nesse aspecto, é parecido com Reginald, um homem de palavra.

Bem em frente a ela, em outro banco nos fundos, há um homem muito alto e bonito com olhos gentis. Está com um terno mal ajustado e uma gravata com o nó amarrotado. Tem um lenço na mão e chora em silêncio, mas com frequência.

Já o tinha visto — às vezes ele ia buscar Mary Pat depois do trabalho. É o marido dela. Calliope sabe que o nome dele é Kenny, embora não tenham sido apresentados, e que todos o chamam de Ken Fen.

Depois da missa, ela se apresenta na escadaria da igreja e expressa suas condolências. Não só pela esposa dele como também pela enteada.

"Você é a Sonhadora", diz ele.

Ela balança a cabeça.

"Ninguém me chama assim."

"Eu pensei…"

"As mulheres no trabalho… Acho que praticamente a única coisa de que se lembram a meu respeito é a história sobre meu pai me chamar assim quando eu era menina. Não disse que as pessoas me chamavam por esse apelido, mas elas resolveram não dar ouvidos a essa parte. Me chamam dessa forma para fazer eu me sentir inferior, eu acho."

Ele suspira.

"Bem, eu também sinto muito pela *sua* perda."

Os olhos dela pulsam como se alguém tivesse enfiado um espeto de metal em seu coração, mas Calliope não fala nada.

"Muita tragédia acontecendo por aí", diz enfim.

As outras pessoas presentes começam a sair. Ninguém dá os pêsames a Ken Fen. Contornam os dois como se tivessem uma doença contagiosa.

Ambos permanecem em silêncio na escada muito tempo depois que todos foram embora. E é estranhamente confortável.

"O que acha de a gente beber alguma coisa, Calliope?"

"Eu ia adorar."

Eles vão ao bar mais próximo, passando por cartazes e pichações para os quais Calliope se recusa a olhar. Não precisa ver as palavras para sentir sua feiura. Aqui a feiura está em toda parte agora; espalhada no ar, pendurada nos postes. Droga, pode até sentir o gosto, como um pedaço de papel-alumínio preso entre dois dentes.

O bar é um que, segundo Ken Fen, fica aberto dezoito horas por dia para atender aos homens que trabalham nos três turnos da central elétrica. Às dez da manhã, há uma multidão considerável lá dentro, dois atendentes atrás do balcão e uma garçonete servindo às mesas.

Eles passam dez minutos lá sentados. E ninguém repara neles. Um homem gigante e uma mulher negra quase invisíveis em um bar de Southie. A garçonete passa pelos dois quatro vezes. Os balconistas lhes lançam olhares. Mas ninguém anota o pedido.

A garçonete passa de novo, Ken Fen volta a erguer a mão hesitante e ela o vê. Mas segue em frente como se não o enxergasse.

Ken Fen se vira para Calliope, dá um sorriso cansado e ergue as sobrancelhas.

"Ainda bem que vim preparado", diz ele, enfiando a mão no bolso do paletó e tirando um frasco.

Calliope retribui o sorriso da mesma forma.

"Eu também", diz ela, tirando da bolsa o próprio frasco, presente de Reginald no nono — ou décimo? — aniversário de casamento deles.

Os dois erguem as bebidas por cima da mesa.

"Ao que vamos brindar?"

"Aos nossos mortos", responde Calliope. "É claro."

"É claro."

Eles batem os frascos e bebem.

"Mais um", diz Ken Fen.

"Ah, vou tomar mais do que um."

Ele ri.

"Tim-tim."

Mais um brinde.

Ela se inclina novamente.

"Aos nossos vivos", diz Ken Fen.

"Aos nossos vivos", concorda Calliope.

Eles bebem.

Depois da liberação dos restos mortais pelo Instituto Médico Legal do condado de Suffolk, o corpo de Julia "Jules" Fennessy é sepultado no cemitério Forest Hills em Jamaica Plain. Conforme a última vontade e o testamento de sua mãe, ela é enterrada em um mausoléu no topo de uma pequena colina no canto sul do terreno. Todo mês uma parte da herança de Mary Pat Fennessy paga pelas flores que devem ser colocadas na porta do lugar. A herança também serve para pagar outros desejos listados. Uma vez por semana, o coveiro assistente Winslow Jacobs precisa passar meia hora no interior do mausoléu com um rádio portátil sintonizado na WJIB, a estação de música clássica local.

Winslow teve alguns empregos esquisitos na vida, mas esse pode ser o mais esquisito de todos. Mas ele não tem do que reclamar — o coveiro-chefe, Gabriel Harrison, lhe paga quinze dólares extras por semana pelo trabalho (o que significa que Gabriel deve ganhar o dobro), e a verdade é que, depois de um mês, Winslow começou a gostar de fazer essa pausa no seu dia a dia. Além disso, passou a apreciar a música.

Com o passar do tempo, Winslow adquire o hábito de conversar com Julia Fennessy na maior parte das tardes. Fala sobre o filho, que trabalha para uma empresa de pavimentação de estradas na Califórnia, e sobre as duas filhas, que têm as próprias famílias e moram não muito longe de onde cresceram, e sobre a comida da esposa, que não é lá essas coisas, mas é feita com amor e isso basta para ele. Também conta para Julia Fennessy a respeito do pai, o qual ele tem certeza de que nunca o amou, e da mãe, que o amou duas vezes mais para compensar. Conta a ela a maior parte do que consegue se lembrar de sua vida, com todos os seus altos e baixos, todos seus sonhos frustrados e suas alegrias surpreendentes, suas pequenas tragédias, seus pequenos milagres.

Agradecimentos

Gratidão infinita a:

Meu editor, Noah Eaker, que me incentivou a ser um escritor mais preciso e mais econômico.

Meus primeiros leitores — Kary Antholis, Bradley Thomas, Richard Plepler e David Shelley.

Leitores posteriores — Michael Koryta, Gerry Lehane e David Robichaud.

Minha esposa, Chisa. Eu escrevi a maior parte deste romance em Nova Orleans enquanto dirigia um programa de televisão durante surtos frequentes de covid-19 e apagões em um verão abafado na Louisiana. Ah, e também teve um furacão. Em meio a tudo isso, você me deu mais amor, apoio e sábios conselhos do que eu jamais poderia ter sequer ousado esperar. Este livro é para você, querida.

ESTA OBRA FOI COMPOSTA PELO ESTÚDIO O.L.M./ FLAVIO PERALTA EM ELECTRA
E IMPRESSA EM OFSETE PELA LIS GRÁFICA SOBRE PAPEL PÓLEN NATURAL
DA SUZANO S.A. PARA A EDITORA SCHWARCZ EM ABRIL DE 2024

A marca FSC® é a garantia de que a madeira utilizada na fabricação do papel deste livro provém de florestas que foram gerenciadas de maneira ambientalmente correta, socialmente justa e economicamente viável, além de outras fontes de origem controlada.